JN102986
異世界迷宮の最深部を目指そう 13
Aim the deepest part of the different world labyrinth
割内タリサ イラスト／鵜飼沙樹

「ちゃんと一人で守れる？」
ティアラ

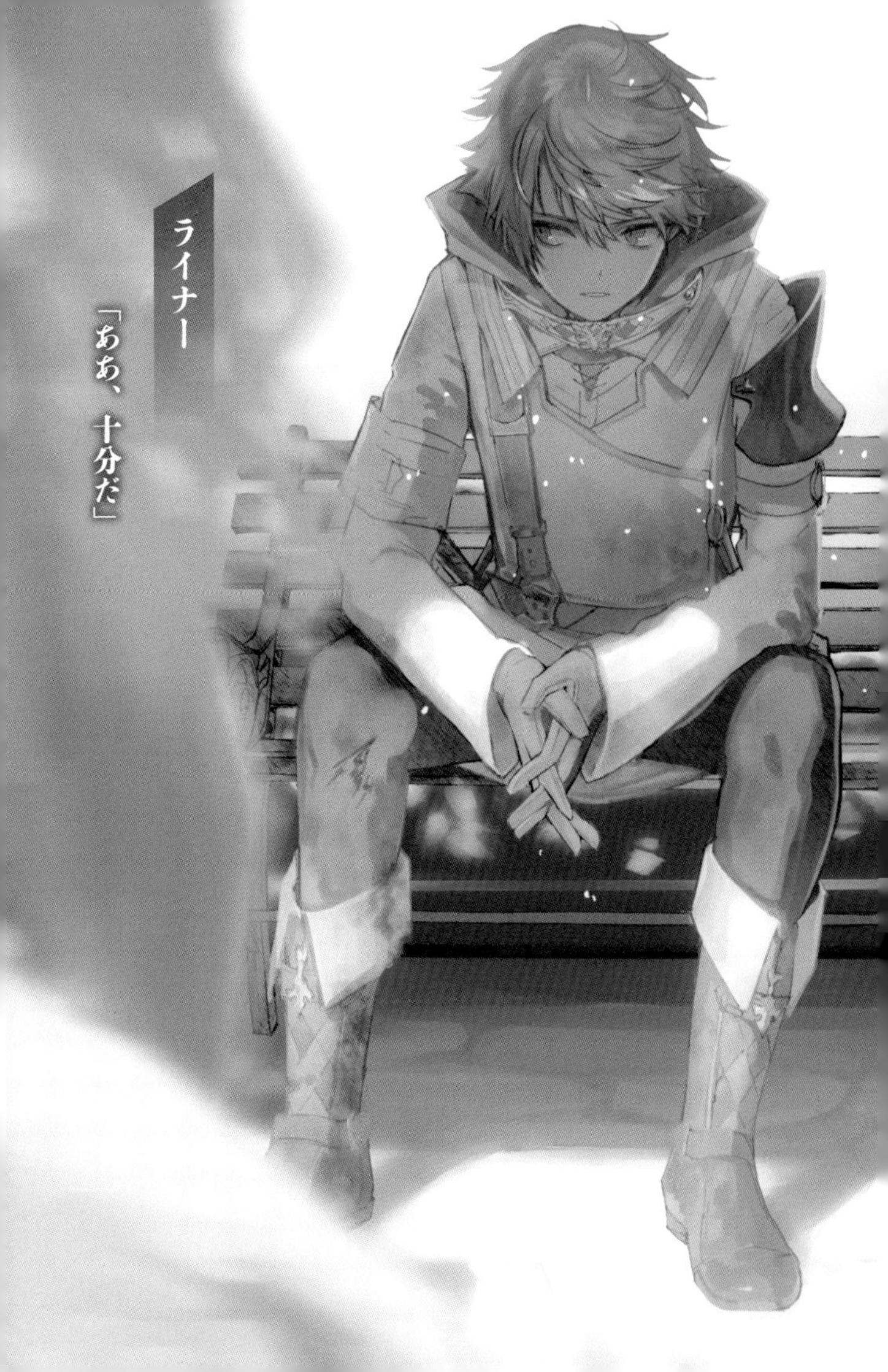

ライナー

「ああ、十分だ」

「『カナミ』……」
「『ティアラ』……」

異世界迷宮の最深部を目指そう 13

登場人物紹介

ラスティアラ・フーズヤーズ

聖人ティアラの再誕のために用意された魔石人間。

相川渦波

異世界に召喚された少年。次元魔法を得意とする。

スノウ・ウォーカー

何に対しても無気力な竜人だったが、最近は少し前向き。

マリア・ディストラス

カナミの奴隷。家を燃やした子。アルティと融合し、力を得た。

ディア

魔法を得意とする少女。シスの魂と分離し、自身を取り戻した。

セラ・レイディアント

ラスティアラに忠誠を誓う青い狼の獣人。男性を苦手としている。

ライナー・ヘルヴィルシャイン

自己犠牲の精神が強い少年。カナミの騎士として付き従う。

グリム・リム・リーパー

呪いから解放された『死神』。カナミの癒やし。

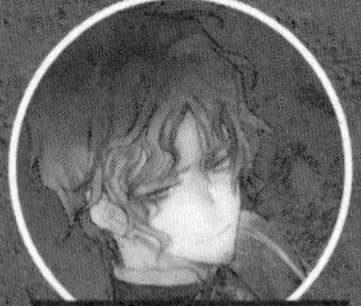

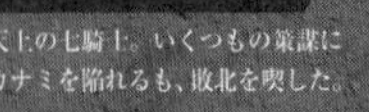

パリンクロン・レガシィ

天上の七騎士。いくつもの策謀にカナミを陥れるも、敗北を喫した。

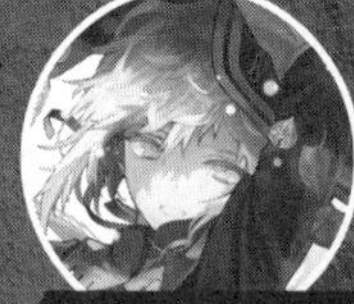

ワイス・ハイリプローペ

魔石人間。カナミ、パリンクロン、ライナーに思いを託し死亡。

ラグネ・カイクヲラ

天上の七騎士の一員。舞闘大会で魔石に異様な執着を見せた。

理を盗むもの　『未練』を持つ迷宮の門番たち。

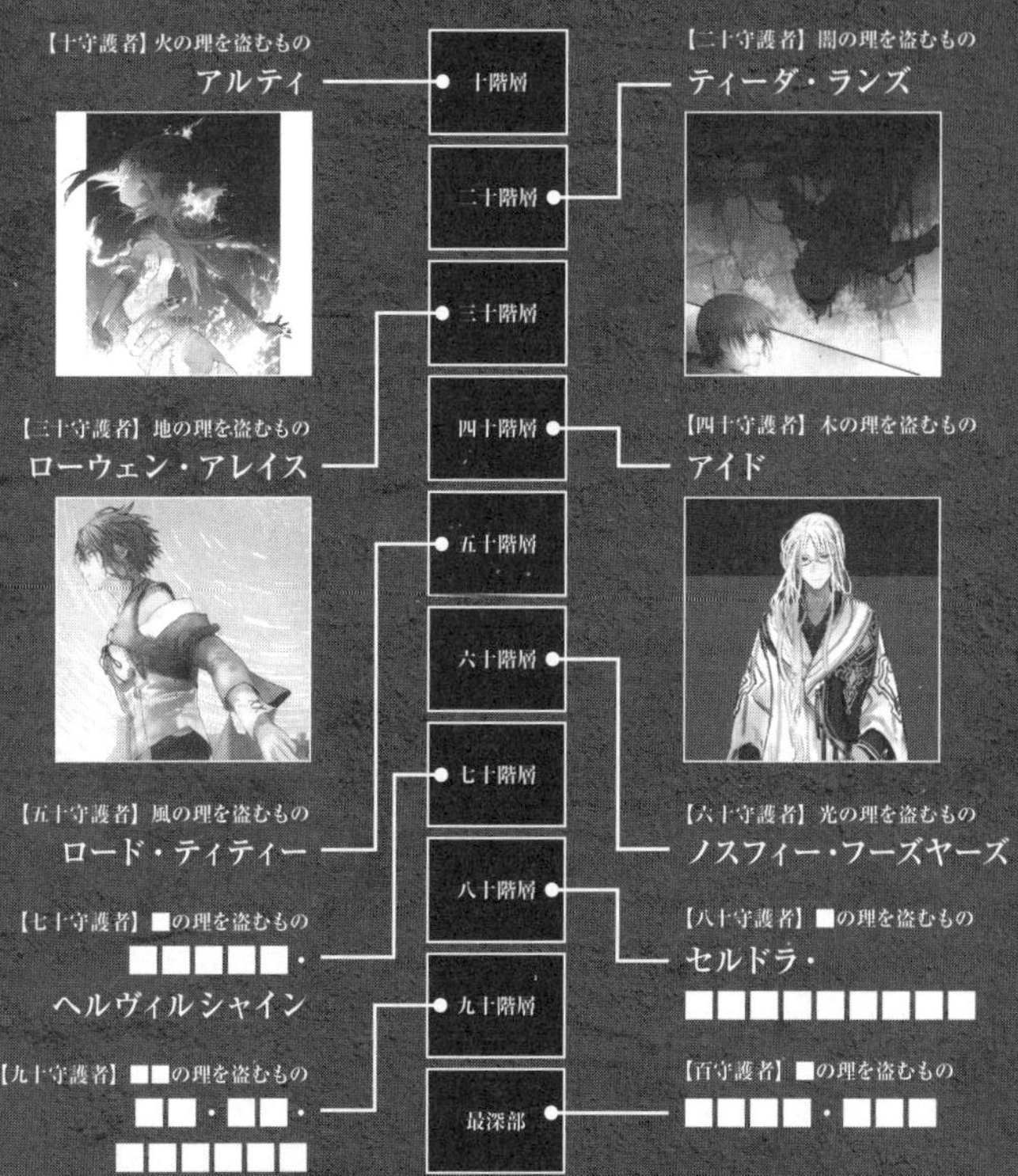

▶これまでのおはなし

突如として異世界に召喚された相川渦波。ゲームのような異世界で、『どんな望みでも叶う』と噂される迷宮の最深部を目指すことに。ヴィアイシアでの決着をつけたカナミは、ティティーとアイドの姉弟の最期を見届け、ディアと陽滝を取り戻す。ひと息ついたのもつかの間、カナミへ届けられた手紙に書かれていたのは『救援』の要請だった――。

CONTENTS

イラスト／鵜飼沙樹

1．血集め

迷宮連合国。

それは「迷宮の利益を最大限追求する」という同じ目的の為に、手を取り合った五国を指す。

フーズヤーズ、ヴァルト、グリアード、ラウラヴィア、エルトラリュー。この中で、最も豊かな国はどれかと問われると、誰もが「フーズヤーズ」と答えるだろう。

理由は、軍事力と財力が抜きん出ていること。その上で、最も古い歴史を持っていること。とても単純な理由だが、とても覆しがたい要因だ。

連合国内でのフーズヤーズの発言力は大きく、物事の牽引役にも選ばれやすい。

その結果、フーズヤーズを中心に、連合国の人と金は回るようになった。

連合国リーダーの座は、これから先も磐石だろう。

それを証明するかのように、いま僕――ライナー・ヘルヴィルシャインが歩いている道は本当に賑やかで、腹が立つほどに煌びやかだった。パッと見ただけで、色の数が多く感じる。赤青緑といった目立つ染物を着こなしている者など、他国ではそうそう見かけない。見る人が見れば、この国の物流の良さや高い平均収入まで、軽く察することができるだろう。

その道の名は、十一番十字路。

フーズヤーズ北部に位置する交差点で、ちょっとした名所として他国にも知られている場所だった。

交差点は、当然のように『魔石線(ライン)』が何重にも張られてあり、石畳にも高価な鉱石が使用されている。道幅は、大人が三十人ほど手を繋(つな)いで歩けるほどに広い。

その道が綺麗(きれい)に交差している地点は、団体で乗馬が楽しめそうなほどに大きな広場となっていた。

十一番十字路には、噴水と長椅子が設置され、中央には石像が雄々しく聳(そび)え立っている。

フーズヤーズという騎士国家様は、何かとシンボルを建てるのが大好きだ。なので、こういった名所には必ず誰かしらの石像が立っているのだが……正直、邪魔だから撤去しろよと、常々僕は思っている。

僕は十一番十字路にある長椅子の一つに座って、ちらりと石像に目を向ける。

若々しい男と女の夫婦像だ。確か、僕が生まれる前に大活躍した貴族様で、『本土』と『開拓地』の交易路を繋いだ偉人だったはずだ。その偉業を自慢したいが為に、多額の寄付を国にして、彫像を置かせて貰(もら)っているってわけだ。

……正直、どうでもいい話だ。

いま目の前で歩いているフーズヤーズの民衆も同じく、時勢に上手(うま)く乗って大儲(おおもう)けした貴族様のことなんて、心底どうでもいいと思っていることだろう。

なので、道行く人々が求めているのは、この夫婦像の歴史ではなく、付随している逸話のみ。それは珍しい夫婦像から連想される根拠のないジンクスだった。

結果、いま僕の周囲には貴族のカップルが多かった。

年齢層は低く、とにかく空気が甘い。何がどうなってそういう話になったのか知らないが、いつの間にか十一番十字路はロマンチックな逢引場所として有名になり、「ここで告白すると絶対成功する！」と噂され、そのご利益をカップルたちは求めて、用もないくせに歩くようになったというわけだ。

僕は十一番十字路の長椅子に座り、昼食用に買っていた硬いパンを齧りながら、その噂に八つ当たりをする。

「ああ、くそっ。なんで、僕がこんなところで、こんな思いをしないといけないんだ……。大体、大聖堂の場所が悪いんだよ。場所がぁ……」

ついでに、自らの仕事場の位置も恨む。

いま僕は、主であるジークと共に迷宮の六十六層に落ちて、一年の時を経て帰還したあと、フーズヤーズの騎士という身分に戻っていた。

ちなみに僕の上司たちは、全員がフーズヤーズ大聖堂で生活している。

なので、何か仕事をするにしても報告するにしても、大体は大聖堂に赴かなければならない。そして、大聖堂で一仕事を終えたあとは自然と、昼食や夕食を摂る必要が出てくる。

もちろん、大聖堂内に食事を摂る所はちゃんとある。あるのだが……どうしても、大聖堂の騎士を一度辞めて戻ってきた身としては、利用し難(にく)いものだった。

元々、僕は騎士としての立場が、大変込み入っている。

大貴族の末弟でありながら、実のところ出自は不明。

そんな僕が『天上の七騎士(セレスティアル・ナイツ)』になったり、『元老院』のお抱え騎士になったり、かと思えば、また大聖堂の騎士に戻ったりして……はっきり言って、要らぬ噂が立ちまくりだ。真面目に騎士として働いている人でなくとも、こんな胡散臭(うさんくさ)い僕を食堂で見かけたら因縁の一つや二つはつけたくなるだろう。

結果、僕は大聖堂で居場所をなくし、最も近い公共の広場で昼食を摂るしかなくなっているというわけだった。

「はあ……」

貴族にあるまじき貧相な食事を終えたところで、僕は溜(た)め息(いき)と共に席を立つ。

一人食事を摂っていた僕を、周囲のカップルたちが、じろじろと見ている。もしかしたら、デートをすっぽかされて落ち込んでいる少年とでも見られているのかもしれない。不愉快だ。そういうのは僕の主ジークだけで十分だと思いつつ、周囲の視線から逃げるように十一番十字路を脱出して、フーズヤーズの街を南下する。

そして、思考を仕事に切り替える。

――いまの僕は任務中だ。

それも、フーズヤーズ大聖堂のトップであるラスティアラ・フーズヤーズから密命を受けている騎士。

任務内容は、千年前の『聖人』である『ティアラ様の血』を集めてくること。

ここ一週間、この任務を中心に僕は動き続けている。

その甲斐（かい）あって、順調ではあった。『ティアラ様の血』を与えられた『魔石人間（ジュエルクルス）』は、必然と才能豊かになりがちで、識別が容易だ。

ただ、その突出した強さゆえに、普通の人間では交渉が難しい。

そこで、レベルの高い僕の出番となる。『ティアラ様の血』のおかげで強気になってる『魔石人間（ジュエルクルス）』たちを、力で脅して話をつけるのが、いまの僕の仕事だった。

正直、やっていることは借り物の力の比べ合いなので、地味に精神にダメージのくる作業ではある。

しかし、この任務も、あと少しで終わる。

元々、必要な残りの『ティアラ様の血』は一割だった上に、残りの所持者の当たりはついていたのだ。

もう一踏ん張りだと自分を叱咤（しった）して、僕は連合国の迷宮に向かっていく。

最後の『ティアラ様の血』を持つ『魔石人間（ジュエルクルス）』が、迷宮探索をしているという情報があった。それも、話に聞けば、その子と僕は顔を合わせたことがあるらしい。

道すがら、フーズヤーズの商店で、迷宮探索に必要なものを買っていく。

腰の後ろの小さなバックパックに非常食などを詰め込んで、街の『魔石線（ライン）』を辿（たど）って、迷宮前までやってくる。

フーズヤーズにある迷宮の入り口は少し特殊で、国による装飾がなされ、定期的に専門職による清掃が行われている。近くには水道が通っていて、ちゃんと警備員も立っている。清潔さだけでなく、治安も完璧なのがフーズヤーズの売りだ。

その綺麗な入り口をくぐる途中、警備員が僕の肩につけられた騎士の肩章を見て、表情を緊張で固めた。互いに軽く一礼をしてから、迷宮の中に入っていく。

そして、懐かしい光景が、視界に広がる。

暗い石造りの回廊に、ぼんやりと淡く光る『正道』。

まだ入ったばかりなので薄暗さは目立たないが、迷宮特有のカビの臭いが鼻につく。

一週間前、ティティーたちのせいで閉じ込められた場所だ。

二度と迷宮には戻りたくないと軽くトラウマになっていたものの、入ってみると不思議な安心感があった。

――つまり、このいつ死ぬかわからない世界こそ、僕の居場所なのだろう。

特に考えることなく出てきた答えに、自分で納得していく。

「また帰ってきたな。久しぶりの迷宮探索だけど、さっさと終わらせようか。――《ワインド・風疾走(スカイランナー)》」

風魔法を構築する。ただ、実際に発動させたのは《ワインド・風疾走(スカイランナー)》なんて妙な魔法ではなく、基礎魔法の《ワインド》。

しかし、普通の《ワインド》ではない。『木の理（ことわり）を盗むもの』アイドから教わった魔法の基礎訓練を活（い）かし、『風の理を盗むもの』ティティーから教わった魔力制御を巧みに扱い、主ジークから教わった心を込めて技名を叫ぶというのを実践した。

エルトラリュー学院生時代に習った「新たな魔法の創造は不可能」という常識は無視して、僕なりの新魔法《ワインド・風疾走（スカイランナー）》を制御していく。

「――駆け抜けろ！」

基礎魔法を走行補助魔法に昇華させて、僕は駆け出す。

レベル上昇によって、ただでさえ人外じみてきている僕の脚力が、風の力で増幅されていく。

走るにつれて、その歩幅は徐々に膨らむ。

二倍、四倍、八倍と、もはや走っているというよりも、滑空しているという言葉のほうが適切な疾走だった。

僕は通常の探索者の何倍ものスピードで『正道』を進み、その途中で幾人かの探索者を目に捉える。走行の邪魔なので、仕方なく僕は壁を走ることにする。風の補助がある限り、たとえ天井を走ったとしても落ちることはない。

いまの僕の風魔法は、そこまで進化していた。

もちろん、これは僕一人の力じゃない。

兄様。ワイスさん。ローウェンさん。ティティー。アイド。みんなのおかげだ。

……ただ、もうティティーとアイドの二人は、この世から消えているだろう。

ジークが連合国を出発してから、もう一週間だ。

順調に進んでいれば、『本土』で決着がついているはずだ。

…………。

なぜだろうか。多大な恩を受けた人ばかり消えていく気がする。

それを寂しく思いながら、さらなる魔法を構築していく。

「――《ワインド》」

また基礎魔法だが、用途は別だ。

風を迷宮内に張り巡らせ、第六の感覚とも言える魔法の感覚を広げていく。

これは魔法の先生たちではなく、剣の先生であるローウェンさんの教えの応用だ。

ジークというお手本が、ずっと近くにいてくれたおかげだろうか。ローウェンさんのスキル『感応』を身につけられずとも、その端っこくらいは摑めていた。

動く物体を風で感じ取り、その詳細を『勘』で推測していく。

いま僕が探しているのは、少年少女の二人組。

それに近しい格好の者たちを見つけては、遠目で顔を確認して、何度も間違えながらも迷宮の奥深くに進んでいく。

そして、数時間ほどかけて、迷宮の二十層手前までやってきたところで、僕は目的の二人を視認する。

「――や、やっと見つけた……！　情報と背格好が一致してるし、『血』の感じもする！」

十九層の『正道』から遠く離れたところで、僕よりも若いであろう探索者二人組がボスモンスターと戦っていた。

どちらも二十層に至っている探索者とは思えないほど、みすぼらしい格好をしている。戦闘に直接関わる武具類は立派なものだが、外套（がいとう）や靴といった日用品に近いものは安物だ。二人とも病院通いのせいで治療費が嵩（かさ）み、いつもお金に困っているという情報は本当のようだ。

この『正道』から離れた危険域でボスモンスターと戦っているのは、経験値よりもレアな魔石による金儲（かねもう）けが目的だからだろう。前もって聞いた情報と一致している部分が多く、僕は安堵（あんど）する。

金に困った若い探索者が相手。交渉が楽そうだ。

なにしろ、こっちの資金源は大聖堂なのだ。ラスティアラ個人が動かせる金額は結構なものだと聞いている。僕は遠目で二人の戦闘を見守りながら、交渉の手順を先んじて考えていく。

しかし、見守り続けても、なかなか戦闘は終わってくれない。

それどころか、どんどん旗色が悪くなっていく。

相手のボスモンスターは……確か、ゴルゴンアンデッド。

エルトラリュー学院で聞いたことのあるモンスターだ。腐食した人型のモンスターで、体内に無数の蛇を飼っている。その特徴は、異常なほどの再生力……だったはずだ。

体力が無尽蔵にあるゾンビ系モンスターを相手に、長期戦は不利だ。

何より、いま戦っている二人は年若く、まだ身体ができていない。病持ちという事前情報が本当ならば、大人の探索者の何倍もきついことだろう。

「仕方ない……」

強引に介入すると決める。

何か文句をつけられても、仕事ということで誤魔化せばいい。

すぐに回廊を駆け出して、二人の前に躍り出る。

驚く二人を置いて、ゴルゴンアンデッドに対して魔法を放つ。

「――《タウズシュス・ワインド》!!」

宙に巨大な風の杭を複数生成して、ゴルゴンアンデッドに襲い掛からせた。

ゾンビ系モンスターは最大火力で一掃するのが一番だ。ティティーから教わった魔法は魔力の消耗が激しいけれど、こういったときに重宝する。

その魔法の結果、風の杭の群れに敵は圧殺されて、光の粒子となって魔石が落ちた。

それを拾って、二人組の少年のほうに投げてから、話しかける。

「横入り、申し訳ありません。ただ、あなた方と急いでお話がしたかったもので……。もちろん、魔石はそちらのものですので、ご心配なく」

一応、仕事中なので年下相手でも敬語だ。

少年は魔石を受け取り、警戒を解くことなく、こちらをじろじろと見ながら答える。

「……いいえ。苦戦していたので助かりました。そちらは……、騎士さんですか？」

「これでも、フーズヤーズの上位階級騎士です。肩章も剣も、ほら、ここに」

こういうときに騎士をやっていると、一定の信頼を得られるので助かる。もちろん、騎士を騙るやつも連合国にはいる。だが、重罪に設定されているのでそう多くはない。

少年は僕の姿を細部まで確認していく。

肩の肩章に、右手に持ったフーズヤーズで支給されている剣。

僕の腰に差してある残り三本の剣を、重点的に観察していた。

いま、僕は計四本の剣を持っている。

支給された『騎士の剣』。それと、主ジークから譲り受けた『ヘルヴィルシャイン家の聖双剣』と『シルフ・ルフ・ブリンガー』だ。

そのどれもが高価であると少年は確認して、少なくとも身分の高い人間であると判断したのだろう。警戒を少しだけ和らげてくれた。

その様子を見て、僕は自己紹介を行う。

「僕の名前は、ライナー・ヘルヴィルシャイン。これでも大聖堂の現人神ラスティアラ様の直属騎士です。そちらは、アルとエミリーで間違いないですか？」

少年少女、元奴隷のアルと『魔石人間』のエミリーは答える。

「はい。間違いありません」

「エミリーです。しかし、なぜ私たちの名前を……？」

名前を知られていることに困惑したのか、少しだけ二人は後ずさる。

「前に会ったことがあるらしいんですけど、覚えてますか？　こっちは気を失っていたから、全く覚えてないんですけど……」

情報を聞けば、僕と二人は接触済みだ。

ただ、そのときの僕は、意識が飛ぶほどの空腹に襲われていたので自信がない。

「……あっ！　あのときの!?　あの死にかけてた人ですね！　先輩のパーティーメンバーだった！」

ただ、僕はわからずとも、アルのほうが顔を明るくして思い出してくれた。

「えーっと、はい。それで、たぶん合ってます。覚えていてくれて、助かりました」

これで話が早くなる。それも主ジークを先輩と慕っているおかげで、さらに交渉が楽になりそうだ。

「あなたが、例の……、本当に……！」

少女エミリーも、少年アルと同じように驚いていた。

ただ、彼女の驚きは隣の少年よりも大きい。

なぜだかわからないが……、妙な違和感がある。なので、少しだけ揺さぶる。

「ええ。その例の……で、合ってますよ。どうして、そんなに驚いているんです？」

「……い、いえっ。思っていた以上に強かったので、少し驚きまして」

「迷宮で、あの二人の力を見てますよね？　あれと比べたら、そこまで強くはないと思いますが」

「その……、私たちにとって、ライナーさんは先輩に背負われてた人ってイメージだったので……」

情けないイメージの僕がボスモンスターを倒したから驚いたと、エミリーは主張する。

……まだ違和感は拭えない。

だが、無闇に交渉相手を問い詰めることはできないので流すしかない。

「ああ、そういうことですか。驚かして、すみません。次は、もう少し静かな魔法で介入しますね」

「あ、いえ！　文句を言ったわけじゃありません！　本当に助かりました！　ありがとうございます……！」

慌てて、エミリーは頭を下げた。それを僕は「構わない」と手を振って答えたところで、アルが話の本題を切り出す。

「それで、先ほど急いでお話がしたいと言っていましたが、一体どんな用が……？」

「悪い話じゃないんです。ただ、厳密には二人に持ちかける話ではなく、そこの君に持ちかける『取引』ですね」

僕はアルでなく、エミリーに向き合う。

「え？　私、ですか？」

それにエミリーは驚き、自分の胸に手を当てて、目を丸くする。

「はい。君の中にある『ティアラ様の血』を、僕は買いに来ました」

率直に言う。ただ、その率直過ぎる交渉にアルとエミリーはついてこられなかったのか、首を傾げて、次の言葉を待っていた。

仕方ない。あとの説明は、大聖堂まで連れて行ってから行おう。

「ここではなんですので、詳しい値段交渉は外でしましょうか。フーズヤーズ大聖堂は君たちを歓迎しますよ」

僕は二人を大聖堂に誘って、『正道』の帰り道を先導する。

それに二人は少しだけ不思議がりながらも、ついてきてくれる。

ああ、本当に騎士という役職は楽だ……。

こんな杜撰な拉致さえも、簡単に成功してしまうのだから……。

――こうして、僕は目的の少年少女を、迷宮で捕まえることに成功する。

この二人には、大聖堂の経費で美味しいものを食べてもらってから、ゆっくりと交渉しよう。そう予定を立てて、ほくそ笑みながら僕は二人を連れて迷宮から出ていくのだった。

右を見ても左を見ても、高価な調度品の並ぶ廊下。

歩く。

豪奢なフーズヤーズ大聖堂の中を、迷宮で拾ってきたアルとエミリーを引き連れて僕は歩く。

向かう先は、ラスティアラの待つ部屋だ。

そして、その道すがら、僕は二人の質問に答えていった。

「――つまり、『ティアラ様の血』を抜くのに、危険はないんですね？　それどころか、危険がなくなるって、話で合ってますか？」

「ええ、そうですね。アルは理解が早くて助かります。もちろん、お金を支払うだけでなく、君たちの病気の治療も全力で支援させてもらいますよ。僕の上司は、君たちのような子供たちを放っておけない性質なので……というか、あれは助ける口実を探すような類ですね」

何よりも先に、アルは相棒であるエミリーの安全を確かめてきた。

これに関しては、一切の嘘偽りなく説明する。『ティアラ様の血』を所持し続ければ、よからぬものに襲われる可能性は高く、血抜きしたほうが絶対に安全だ。

もちろん、血抜きによって才能のいくらかが失われるのは確かだが、そこの補塡はラスティアラのやつが、必要以上にすることだろう。それを僕は丁寧に説明したつもりだったが、アルの後ろにいるエミリーの顔は浮かないままだった。

「エミリーさん、どうかしました？」

「え、え……？　その、何と言いますか……。話が美味過ぎるなあって思って……」

急に話しかけられて、エミリーは慌てていた。

もしかしたら、都合の良過ぎる話に警戒しているのかもしれない。

「そうですね。話が美味過ぎますね。でも、世の中、そういうこともあります。世界には理不尽な不幸がたくさんありますが、こういう理不尽なラッキーも確かにあるのです。素直に受け入れてくれると、こっちは助かるのですが……」

理不尽なラッキーといえば、各地で主ジークが行っている善行が代表的なのだが……話しながら、自分なら絶対に信用しないなと思った。

エミリーが警戒し続けているのも頷ける。

仕方なく、僕は建前を抜いた黒い話を口にする。

「面倒ごとが嫌いなら、本当に金だけの関係で終わるようにできますよ？　できるだけ、僕たちに縁も借りも作らないように手配もできます。本当に不安なら、お金は全く貰わないでおきますすか？」

できるだけ選択肢を多く提示してから、今回の最も理不尽な部分をあえて先に言う。

「ただ、取引の拒否だけは、絶対にできません。フーズヤーズからのお達しですので、連合国の国民である――いわゆる平民の君たちには、拒否するという選択肢がありません。いざとなれば、僕が君たち二人を昏倒させて、主のところまで連れて行く手はずになっています。すみません」

こちら側が権力と暴力をちらつかせていることを素直に白状する。それを聞いたアルは顔を青くして、逆にエミリーは安心した様子を見せた。

　バランスのいい二人だ。

　今日まで二人が上手く支え合ってきたのがよくわかる反応だ。

　この二人を応援したくなるのは、僕が少し大人になったからだろうか……。

　先ほどから自分で思うが、これではまるでハイン兄様の真似だ。

「もちろん、いまのは最終手段の話です。その結論へ至る前に、精一杯の誠意をこちらは見せるつもりですよ。詳しい話を聞くことはできますし、前例のお仲間の『魔石人間』から体験談を聞いてもいいです。『ティアラ様の血』を抜かれた『魔石人間』がどうなったのか、その目で確かめてください。こちらは交渉の時間を多めに用意しているつもりです」

　そう言って、ふと目を回廊の窓に向ける。

　丁度、窓の外の庭で、幼い女の子が働いているのが見えた。

　血集めに協力してくれた『魔石人間』の一人だ。口にするのも憚られる場所で働かされていたので、ラスティアラが買い上げて、ここで侍女をして貰っているのだ。

　その幸運な女の子を、二人にも見てもらう。

　正直、自慢できるものではない。はっきり言って、人身売買だ。しかし、こうして少しだけ黒い部分を匂わせたことで、エミリーは冷静さを取り戻したようだ。アルよりも先に、要望を出してくれる。

「なら、貰えるお金のほうを先ほどの提示額よりも、もう少しだけ増やして――」

「お、おい！　エミリー！　何言ってるんだよ!?」

値段の釣り上げを始めた相棒を、アルは止めようとする。

それにエミリーは真面目な顔で答える。

「だって……、やっぱり一番大事なのはお金だし……」

「それはそうだけど！　けど、おまえなあ！」

このままでは、お金だけで済む話がアルによって止められてしまう。

僕は二人の間に入って、首を振る。

「アル、値段交渉は当然の権利です。ただ、お金の話は僕の担当じゃありませんので、上の人たちに話して欲しいですね」

貴族としての最低限の教養はあるものの、お金の交渉に関して僕は素人だ。

安請け合いはできないので、次に会わせる人物にぶん投げる。

「ライナーさんの上の人たちですか……？」

「はい。あのラスティアラ・フーズヤーズが、君たちと直接会って、一対一で交渉してくれますよ」

もうラスティアラの部屋の目前なので、依頼者の名前を明かした。

いま連合国で最も人気があり、それでいて世界一の神聖さと高貴さを兼ね備えていると噂（うわさ）の少女の名前を。

んー……。相変わらず、納得のいかない噂だ……。

「あ、あの!?　あのラスティアラ・フーズヤーズ様が、ここに……!?」

「ラスティアラ様って、もしかして……現人神（あらひとがみ）の？　大聖堂で一番偉い人じゃあ？」

「はい。そのラスティアラです」

二人は目を見開いた。

それもそうだろう。ラスティアラは連合国で一番の有名人だ。

歴史的に見ても、肩を並べられるやつを探すのが難しいレベルの存在だ。

ちょっとだけ二人の表情を面白がりながら、僕は冗談を投げる。

「というか……もしかしたら、その場でラスティアラ様が君たち二人の身体（からだ）を治してくれるかもしれませんね。生きる魔法図書館みたいな存在なので、うちのお姫様」

ありえない話ではない。

あの頭に馬鹿がつくほうの主は、全世界の『魔石人間（ジュエルクルス）』を救おうとしている。

世界の『魔石人間（ジュエルクルス）』を一人でも多く救う為（ため）に、裏で敵である『北連盟』のアイドと交渉までしたと聞いた。

最近になって知ったのだが、『ティアラ様の血』が一年で集まったという話の背景には、アイドも『魔石人間（ジュエルクルス）』の血抜きに協力して、こちらに横流ししていたかららしい。

それを聞いたとき、敵となったはずのアイドに、僕の知っている先生らしいところが残っているとわかって苦笑いしたものだ。

「し、しかしですね！　なぜ、ラスティアラ様がわざわざ私たちに……？」

「会えばわかります。……というか、もう来ます」

大聖堂にあるラスティアラの自室前まで到着した。

僕たちの来訪にラスティアラが気づいて、部屋から出てこようとしているのを僕は風で感じ取っている。僕が喋り終えると同時に、一番近くの部屋の扉が開け放たれた。そして、この国で最も高貴と呼ばれる少女が現れる。

「ようこそ、大聖堂へー！　歓迎するよ、私の妹ちゃーん！」

いつもの軽装に長い金の髪を振り乱し、満面の笑みで歓待する現人神様だった。

それにアルとエミリーは両方とも愕然としていた。

かろうじて、エミリーだけは声を漏らすことができた。

「い、妹？」

「うん、妹。私も『魔石人間』だからね。家族みたいなものでしょ？」

「え、ええ？　えぇぇ……？」

唐突に家族のような扱いをされて、エミリーは混乱の極みにあった。

「さあ、こっちこっち。私の部屋で話そうか。お菓子とか、たくさん用意したからさ」

そして、ラスティアラは手招きをして、部屋の中へ入るのを促す。

だが、二人とも、そう簡単に身体は動いてくれないようだ。

エミリーは僕のほうに振り返って、目の前の少女の言っていることが本当であるかを確

認してくる。

「ラスティアラ様も、私と同じ『魔石人間（ジュエルクルス）』？」

「そういうことです。先ほどまでのラッキーだという話に、ちょっとは納得してくれましたか？」

この出自の繋（つな）がりがあるから、不自然な幸運ではないと主張してみる。

それでも、まだエミリーの表情は変わらない。しかし、その彼女の手をラスティアラは取って、部屋の中へ強引に連れ込もうとする。途中で、ちゃんと後ろのアルも招く。

「ほらー。彼氏君も、こっちこっち」

アルもエミリーに負けぬほど混乱している。この立場に合わぬ軽い歓待に応じていいものかと、僕に助けを求めるような目を向けてきた。

「アルも、どうぞ。一緒に話を聞いてあげてください」

にっこりと作り笑いを見せて、僕は手を振った。

それに安心したのか、アルは頭を下げる。

なぜかわからないが、先ほどから彼は僕を妙に信用してくれている。

「ライナーさん！　色々と、本当にありがとうございました……!!」

「僕は仕事をしただけですが……。一応、お礼は受け取っておきます」

これから部屋に連れ込まれて何をされるかわからないのに、大げさにお礼を言われてしまった。それに社交辞令で応えてから、僕は二人がラスティアラの部屋の中に消えていくのを見送る。

前途有望な若者が二人、フーズヤーズに取り込まれてしまった。

きっとラスティアラから提示される破格の条件に、すぐさま二人は同意するだろう。あんな調子だが、あの馬鹿主は人を騙す魅力だけはある。その妙な説得力で、純真な二人を虜にしてしまうことだろう。

そんな不敬罪になりそうなことを僕は考えながら、ラスティアラの部屋から遠ざかろうとする。そのとき、少し遠くに見知った顔を見つける。

廊下の奥から二人の騎士が現れた。

先輩騎士のセラさんとラグネさんだ。

「見ていたぞ。ご苦労。やはり、おまえに任せてよかったな。私だと、幼い二人を威圧しかねんからな」

「どもども！　おつかれっすー！」

最上位騎士である『天上の七騎士』の二人が、珍しく大聖堂に揃っていた。

それはつまり、近日中に大事があるということだ。

そして、その大事とは、おそらく――

「お疲れ様です。お二人が揃っているということは、そろそろですか？」

「ああ、そろそろだ。おそらく、いまの少女の血抜きが最後の儀式となるだろうな。同時にラスティアラ様の血抜きも行って、地下の少女に移すことになるだろう」

儀式の終わりが近づいている。合わせて、信頼できる強い仲間をセラさんは選んでくれたようだ。ラグネさんも、僕たちの計画の一員となってくれている。

「ただ、不安が一つある。フェーデルトのやつが何をしてくるかわからなくてな」

仲間を増やした理由の一つが、元フーズヤーズ国宰相代理のフェーデルト。

この時期に来て、あの男が少し不穏な動きを見せているのだ。

まだ『聖人ティアラ』の力を諦めていない可能性があると、セラさんは睨んでいる。

「うぃっす！　なので、ただいま大聖堂は警戒態勢中っす！　警戒対象は内ゲバっす！」

ラグネさんは敬礼をして、自分の仕事の成果を報告する。特殊な魔法もスキルも持たない彼女は、基本的に見回りと情報収集が役目となっている。

はっきり言って、ラスティアラに仕える騎士たちの質は高い。

ちょっとした自慢になるが、僕とセラさんとラグネさんの三騎士は、大聖堂史上でも最高クラスだろう。それでも、僕は万全を期して、先に提言する。

「もし、当日荒事になれば、僕が最初に出ます。二人はできるだけ、主の傍に」

「……む。私の身体を心配しているのか？」

「まさか。適材適所で考えただけです」

そんなことはありえない。

主の為に騎士が犠牲になることは、むしろ本懐だ。

ただ、セラさんの切り札である『魔人化』は、攻めよりも守りに適していると思ってい

るだけだ。なにより、並の相手ならば僕一人で十分というのもある。

「大人数相手に暴れるのは、風魔法の使える僕が適任でしょう。身体が大きくて素早いセラさんは、身を削ってでもラスティアラを守ってくださいね。もし、ラスティアラを守れなかったら、僕はあなたを一生恨みます」

「ふっ、言ってくれる。言われずとも、この命に代えても、お嬢様は守ろう」

言葉通り、セラさんはラスティアラの為ならば、命を落とすだろう。

それだけの覚悟が彼女にはあるので、信用できる。もし、心配があるとすれば――

「う、うへえ。ライナーってば口が悪くなったっすねー。一年前は、こんなキャラとは知らなかったっすよー」

「これが僕の素です。というか、騎士なんてみんな、こんなもんですよ。ちょっと強くなったり偉くなったりすると、すぐ上から目線です」

「あぁぁあ、あのしおらしかったライナーがぁー。いつの間にか、すれてるっすー」

「最初からですって」

このラグネ・カイクヲラという少女騎士を警戒する。

ちょっとした『勘』だが、彼女からは得体の知れなさを感じるのだ。

僕はセラさんほど彼女を信用していない。いや、そもそも僕はラスティアラとセラさんさえも信用していないのだから、ラグネさんを信用できないのは当然か。

僕は『聖人ティアラの復活』に協力しているものの、それ以前に『ラスティアラ・フーズヤーズを守れ』と主ジークに命令されている。

どんな不慮の事態にも対応できるように、常に気を張っておかないといけない。

特に、このラグネ・カイクヲラという少女は、常に監視しないと……。

と、僕が硬い表情を作っていると、そこでセラさんが声をかけてくる。

「それでは、今日連れてきたエミリーとやらの守りは我らに任せろ。おまえは儀式の日まで休むといい。当日の護衛の要は、おまえだからな」

「了解です」

こう見えてセラさんは部隊の隊長（リーダー）慣れしている。

この一週間、ずっと動き続けていた僕の疲労を考えて、迷いなく休息を命令した。

僕のＨＰとＭＰに問題はない。だが、当日に集中力を切らすのを避ける為、素直に従うことにする。

「それでは、ヘルヴィルシャイン家の別荘で休ませて頂きますね」

「ああ、そうするといい。確か、いまはフランリューレのやつもいたはずだ。おまえ、まだ一度も姉に会ってないと聞いたぞ……？」

「……姉様だけじゃありません。ほとんどの家の人と顔を合わせていません。まあ、せっかく時間ができたので挨拶ぐらいはしておきます」

「そうするといい。家族は大切なものだぞ」

「そうですね……」

できれば二度と顔を合わせたくはなかったが、セラさんの善意を拒否するのも憚られ、僕は実家に挨拶することを決める。

家族は大切。確かに、そう思う。あの妹思いのジークと弟思いのティティーを間近で見てきたせいか、より一層強く思う。

ただ、世の中には家族がいても、『家族』として向き合うのを禁じられている人間もいる。

ライナー・ヘルヴィルシャインには、『故郷』も『家族』も、何もかもがない。

このゴミクズの命が帰る場所は、もう主の下だけだろう。

それ以外の場所はどうでもいい。そう本気で、思っている。

それでも、付き合いというものが世の中にはある。

貴族という社会では、特に大事なものだ。その付き合いの為、先輩騎士二人に別れを告げたあと、仕事のつもりで実家に足を向ける。

およそ、一年ぶりのヘルヴィルシャイン家への帰還だった。

血集めの任務を全て終わらせた僕は、家族の待つ別荘に向かっていく。

フーズヤーズという国は国土が細かく区分され、その番地の数字によって市民の格が決

められている。数字の大きい区画には平民が住み着き、数字の小さな区画には貴族が生活している。その区分は百近くまで細分化されていて、一桁には大貴族しか居住を許されていない。

ヘルヴィルシャイン家は、連合国で四大貴族と呼ばれるほど格が高い。

ゆえに別荘であっても、一桁の特別な土地に屋敷を構えている。

その無駄に豪奢で広い別荘に帰ってきた僕は、何よりもまず家の主に挨拶をしに行く。

気は進まないが、それが礼儀であり義務だ。家の侍女を一人捕まえて、自分が帰ってきたことを知らせる伝言を頼み、玄関ホールで息を殺して待つ。できれば、余計な人間には見つからずに義務を果たしたい。

少し待ったところで、兄の一人が現れる。

そして、ドブネズミが入り込んだかのような顔をされてしまう。

「……ライナーか？」

ハイン兄様と同じ明るい金の髪を垂らしたヘルヴィルシャイン家の次男ルカ・ヘルヴィルシャインだ。ことあるごとに完璧なハイン兄様と比べられて少し捻くれてしまった兄で、いまは別荘の主を代行している。

ルカ兄さんは忌々しげに小さく舌打ちをしたあと、僕の帰還を彼なりに喜んでくれる。

「連合国に来ていたのか？　よくも、のこのこと顔を出せたものだな」

「はい。騎士の仕事で、連合国に滞在しております」

「内容は聞かされておらんが、どうせ汚れ仕事をやっているのだろう？　せいぜい、本家に迷惑をかけぬようにやるといい」

もし死ぬのなら家に迷惑をかけず、ひっそりと死ねということだろう。

暗に、ハイン兄様のような真似（まね）だけはするなと言っている。こよなくヘルヴィルシャイン家を愛する次男は、いつ僕が長男の真似をしないかと不安で仕方がないのだ。

そして、その嫌疑は見事に的中しているので、ただただ僕は頭を下げるしかない。

「もちろんです。ヘルヴィルシャイン家に拾って頂いたご恩、必ず返すと心に誓っております」

「どうだかな……」

殊勝な態度でへりくだる僕を見て、ルカ兄さんは呆（あき）れた顔を作る。何を言っても無駄だとわかっているのか、すぐに溜（た）め息（いき）をついたあと義務的な歓迎の言葉を吐く。

「もう何も言わん。ゆっくりしていくといい」

「ありがとうございます」

こうして、僕は義務の挨拶を終える。

安堵（あんど）の溜め息をつきながら、去っていくルカ兄さんの背中を見送る。

荒立てることなく、終えられてよかった。

出迎えてくれたのが立派な騎士であるルカ兄さんだったのがよかった。

これが三男以下の嫉妬に狂った兄弟たちならば、もっと長引いていたことだろう。

──もしくは、いま玄関ホールの向かいの廊下を通る義父のように、一言もなく立ち去るだけか。

すぐに僕は廊下に向かって頭を下げる。

一年ぶりに帰ってきた末っ子に対して、義父は一瞥をくれただけだった。

きっと僕が兄弟たちから嫌がらせを受けて、その果てに死のうとも一瞥するだけだろう。

僕の義理の両親は、僕が死ぬまで無関心で通すだろうという確信がある。

「ふう……。家に帰ってきたって気がするなあ……」

相変わらずのヘルヴィルシャイン家だと安心する。

そして、玄関の隅で縮こまっていた侍女に話しかける。

「ありがとう。これで、挨拶は終わり。これから僕は別荘の庭で時間を潰すから、もう仕事に戻っていいよ」

ルカ兄さんを呼んでくれた侍女に礼を言って、別荘内ではなく外の庭で過ごそうとする。できるだけ面倒ごとを起こさない為の配慮だ。

「いえ、ライナー様。それが……」

「……ん？　どうかした？」

歯切れの悪い返答だった。

彼女に都合の悪いことが何かあるのだろうか。

思えば、先ほどから妙な視線を感じる。腫れ物扱いの僕が帰ってきたことで、別荘で働く侍女たちから好奇の視線を向けられているのかと思ったが……少し違う。

これは、もっと高レベルの誰かの視線が混じっている……？　けど、いまの僕に悟らせない監視なんて、それは『理を盗むもの』クラスだ……。

侍女の反応から色々と推察していると、背後から大声をかけられる。

「ラァイナー!!」

明るく元気で、芯の通った女性の声だった。

その声の主を視認して、喉から声が漏れる。

「げっ――」

ヘルヴィルシャイン家の七女フランリューレ・ヘルヴィルシャインが、ルカ兄さんの去った方角とは逆側から走ってきていた。

侍女に目を向けると、申し訳なさそうに俯いていた。僕の「フラン姉様にだけは内緒にして」という命令を守れなかったからだろう。

「……久しぶりです、フラン姉様」

少しだけ面倒くさげに僕は挨拶をする。

それに姉様は笑顔で応えてくれる。

「ええ、本当に久しぶりですわ。背は伸びましたか？　顔つきが少し変わりましたわね」

「そうそう変わりはしませんよ」

一年ぶりだが、いつも通りだった。

先ほどのルカ兄さんとは真逆の歓待だ。

「あなたが顔を見せてくれないから、変わったように感じるのですわ。『本土』の騎士になったとはいえ、もう少し家に顔を出しても構わないのですよ？　あなたもヘルヴィルシャインの一員なのですから……」

この人は本当に……、家の空気が読めていない……。

いや、読めていても歯牙にもかけないだけか……。

これがヘルヴィルシャイン家で最も優秀な娘なのだから、うちの当主は頭が痛いことだろう。その自由っぷりに苦笑いしながら、僕はお礼を言う。

「ありがとうございます。しかし、その言葉だけで、僕は十分です」

「むぅ。つれないですわね」

少し他人行儀さを感じたのか、フランリューレは不満げな表情となり――しかし、一切へこたれることなく、一歩前に進み、僕の傍に近づく。

「それで、最近あなたはどこで何をしているのです？」

建前なく、核心部分を突いてきた。相変わらずの連続直球勝負だ。

「それは、極秘任務なので何も言えません。おそらく、これからも姉様とは全く別のところで働いていると思います。申し訳ありませんが、いつまでも僕は姉様を守る為の盾ではいられないようです」

適当な理由で首を振り、学院生だった頃のように見守ることはできないと伝える。

昔は、ハイン兄様とフラン姉様の身代わりになって死にたいと、僕は思っていた。だが、もう僕は誰かの代わりに死ぬことはできない。

それは自己満足に過ぎない。心の底から、そう思っている。

この一年で僕は変わったのだろう。

いや、ティティーのやつとの交流を経て、僕の姉を見る目が変わったのか？

とにかく守護者（ガーディアン）や主ジークとの戦いが、僕を成長させてくれたのは間違いない。

ただ、その答えに、フラン姉様は首を振って答える。

「いいえ。ずっとライナーは、わたくしを守る盾ですわ」

だが、頭ごなしに僕の意見を否定するわけでないのは、その表情からわかった。

「――そして、わたくしはあなたの敵を打ち払う剣のつもりです。何か困ったことがあれば、わたくしに言いなさい。この身が折れたとしても、必ず弟であるあなたを助けたいと思っていますわ」

胸を叩（たた）いて、一年前にはなかった笑顔を見せた。

フラン姉様もまた、僕と同じように変わっていた。

十代の一年というのは、本当に大きいものだ。少し目を離すと、別人のように変わってしまう。ただ、その姉の成長を見て、僕は――

「ね、姉様。あなたは……」

馬鹿ですか？

そう言いかける。正直、以前にも増して馬鹿になった気がする。

どこの世界に、盾を守る為にその身体(からだ)を盾にする騎士がいる。

「わたくし、何か変なことを言いましたか？」

「変ですよ。この身が折れたとしてもって……、無茶して守って共倒れなんて馬鹿のやることらしいですよ？　そういうのは格好悪いので、適度に助け合いましょうよ。僕たちはもう加減を知らない子供じゃないんですから……」

「むむむっ。た、確かにそうですわね。互いを信じて、適度に助け合いを行うのが一番と、総長からも教えられましたわ。剣も盾も、過度に酷使すれば無駄に壊れるだけ……。そういえば、剣や盾はもっと大事に扱えと、総長に怒られてばかりですわ」

姉様の総長ということは、『天上の七騎士(セレスティアル・ナイツ)』のペルシオナ・クエイガーさんか？

ああ、総長さん……。心から感謝致します……。

あなたの一年の指導のおかげで、姉様の大雑把で猪突猛進(ちょとつもうしん)な性格が緩和され、このような繊細な思考と物言いができる女性となったのですね。

このヘルヴィルシャイン家では、フラン姉様を可愛(かわい)がるしか能のない馬鹿共しかいなかったので、あなたのような叱ってくれる存在は本当に貴重です。正直、姉様の馬鹿の治療は諦めていました。

「……ちょっと失礼なことを考えられている気がしますわ」

「姉様に失礼を？　それはいけませんね。尊敬する姉様に無礼を働くものは、この僕が許しはしません」

妙に勘のいい姉様に対して、僕は嘯く。

血は繋がらずとも、それなりに姉弟をできていると思う瞬間だった。

「ふふっ。本当に、言うようになりましたわね」

フラン姉様は呆れながら小さく笑い、肩をすくめたあと、急に真剣な表情となる。

「……では、そろそろ本題に入りますわ。いま言った適度な助け合いとやらをしましょうか、ライナー」

「ええ、まあ。僕にできることなら」

その冗談を許さない空気に僕は気後れして、言葉を濁しながら次の言葉を待つ。

「あなた……。カナミ様について、何か知っているでしょう？」

「……し、知りません」

ただ、その次の言葉を聞き、帰ってきた僕を走ってまで捕まえた目的を察し、今度は僕が呆れる番だった。

「その表情!!　やはり知ってますわね!!　『元老院』から下ったライナーへの命令は、大英雄であるカナミ様関連であるのは予想してました!!　そして、数日前に連合国へカナミ様が現れたという噂！　それに合わせてのライナーの帰還!!　これで推理できなくては、ヘルヴィルシャイン家の娘として恥ずかしいですわ!!　さあ、おっしゃいなさい！　いま、カナミ様がどこにいるのかを!!」

姉様は確信を持って、僕に詰め寄ってきた。

……失態だ。

予想できたことなのに、知らないと即答できなかった。僅かに躊躇ってしまった。

まず、僕の基本的な方針として、絶対に姉様とジークは会わせないと決めてある。

なぜなら、会えば姉様が不幸になるからだ。

主ジークの人格は尊敬できるが、女性関係においてだけは最低の一言に尽きる。

その気が本人にないのはわかっているが、ああもパーティーの男女比が偏っているのは異常だ。本来、女性は女性だけでパーティーを組んで、厄介ごとを避ける傾向にある。混合のパーティーがあったとしても、それは学院生同士か、明確にカップルが決まっている場合のみ。男一人に女がたくさんなんてパーティーは、普通は存在しない。

つまり、自分を好く綺麗な女の子ばかりでパーティーを構築するなんて、正気の沙汰ではないということだ。僕の知り合いの誰に聞いても、『アイカワカナミ・ジークフリート・ヴィジター・ヴァルトフーズヤーズ・フォン・ウォーカー』は背中を刺されることも厭わない英雄然とした英雄だと、ある種畏敬の念を込めて囁く。

英雄色を好むと言えば聞こえはいいが、はっきり言って女たらしの最低野郎だ。

ゆえに、あんな駄目男に大切な姉を紹介など、絶対にできない。さらに言ってしまえば、主の周りの女性の手によって姉様が暗殺されるのも見たくない。

……ああ。やっぱり、どう考えても、会わせるのは絶対に無理だ。

本当に失態だ。

この事態は避けようと思っていたのに、姉様が可愛過ぎて油断した……。

もう僕は目を逸らしながら、嘘をつくしかなかった。

「……いや、本当に知らないのです」

「嘘おっしゃい!!」

逆に即答されてしまい、さらに一歩前へと姉様は出てくる。

「さあ、案内なさい。さあ、さあさあさあ！」

このままでは、昔のように姉の特権で押し切られてしまう。

「いや、だから、極秘任務に関わることだから言えないってことです……。どうか察してくださいって……」

「それでも知りたいのですわ！　会いたいのですわ！　この一年っ、やはりカナミ様を超える殿方は現れませんでした！　やはり、わたくしにはカナミ様しかいませんわ！」

驚くことに、この一年の間ずっと、姉様は誰ともお付き合いしなかったようだ。

これでも姉様は、ヘルヴィルシャイン家きっての才女。多くの貴族たちの憧れであり、義父も考えられる限り最上の相手を見繕おうと、必死に努力していたに違いない。

中には、四大貴族だけでなく、王族同然の公爵家からの縁談もあったことだろう。

その全てを蹴って、姉様はフリーを保ち続けたようだ。狂気の沙汰だ。

「姉様。もしかして、全ての縁談をぶち壊しました？　騎士というか貴族として、それはどうかと……」

「貴族である前に、わたくしは一人の乙女ですわ!!」

その馬鹿過ぎる返答に、僕は笑顔を作り続けるしかなかった。

くっそめんどくせぇ……。

ティティーとは違ったうざさだ。

ただ、いまの僕ならば笑顔のままで乗り切れるはずだ。

学院生になったばかりの僕ならば、きっと押し切られて主ジークの居場所を吐いてしまっただろう。だが、もうあの頃の僕ではない。成長したのだ。

「そこまで姉様がご希望するのならば、仕方ありませんね……。確かに、姉様のおっしゃる通り、僕は『アイカワカナミ・ジークフリート・ヴィジター・ヴァルトフーズヤーズ・フォン・ウォーカー』様の近衛を、この一年やっておりました。そして、つい最近、この連合国まで彼を無事にお連れするという大事な任務を果たしたところです。――しかし、僕の任務はここまで。そのあと、あの方がどこへ向かったのかまでは知りません。ご案内のあと、即日の内に僕は、大聖堂の騎士に異動となりましたので」

口がよく回る。性格の悪いやつらとばかり付き合ってきたせいか、いつの間にか僕もろくでもない人間側に近づいているのがわかる。簡単に言うと、パリンクロンとかノスフィーあたりの詐欺師たちに、性格が寄ってきている。

「……ほ、本当に知らないんですの?」

「はい。最後に別れたのは……、グリアードの港です。それ以降は何も」

「港……、むむむ……」

グリアードと言えば、この連合国と世界各国を結ぶ港だ。

こう言っておけば、ジークがどこに向かったのかなんて、そうそう追いようがない。

「さて、僕から話せることは以上です。久しぶりに姉様の元気な姿を見られて、僕は安心しましたよ。そろそろ、おいとましたいと思います」

できれば、姉様には僕や主ジークと関係のないところで、相応の幸せを摑んで欲しいものだ。僕は仕事で忙しい振りをして、ヘルヴィルシャイン家から逃げようとする。

だが、姉様は呼び止める。

「ライナー、最後に一つ。ディア……いえ、シス様のことで、何か知っていませんか？」

「シス様？　確か、『北連盟』に寝返ったと聞きましたけど」

聞き慣れない名前を耳にして、僕は正直に答える。

確か、彼女はジークの仲間だったはずだが、姉様とも交流があったのか……？

「いえ、詳しく知らないのならいいのですわ。ちょっと気になっただけですから」

ちょっとだけとは思えなかったが、深く追及はしてこなかった。

それを僕は黙って見守り、別れの挨拶を終わらせていく。

「それでは、ライナー。また会う日までお元気で」

「はい、姉様も。また会う日までお健やかに」

こうして、僕は一度も玄関ホールから奥に進むことなく、ヘルヴィルシャイン家から出て行く。早足で家から遠ざかり、フーズヤーズの街道の人ごみに混ざり、一言漏らす。

「やっと逃げられた……」

あの家は居辛い。

もし姉様に甘えて長居をすれば、多大な迷惑をかけてしまうだろう。鼻つまみ者となった僕と共にいれば、姉様の人生に支障が出る。

——もうあそこは、僕の帰る場所ではないのだ。

僕を引き取ってくれた当主様の恩惑は、いまになってもわからない。けれど、これからは一人立ちさせて貰おう。個人としてヘルヴィルシャイン家に恩を返す方法は、いくらでもある。僕は街道を歩きながら、これからのヘルヴィルシャイン家での立ち位置を見直していく。その途中のことだった。

「……なんだ？　この感覚は」

雑踏の中、違和感を覚えた。

軽く風の魔法を広げたが、それでも確信はできない。

いや、そもそも何がおかしいのかもわかっていない。

初めての感覚に困惑しながらも、恐る恐る僕は予測を立てる。

「誰かに、ずっと見られている……？」

なぜそう思ったのかはわからないが、そうとしか考えられなかった。

自然と足を人気のないところまで向ける。フーズヤーズの一桁番地を離れて、活気のある場所から遠ざかり、連合国から出ていく。

連合国の五国には、外壁と呼べるものはなく、防衛は『魔石線』頼りだ。来訪者を遮るシステムは一つもなく、来る者は拒まない状態だ。

なので、ここまで来れば、遮蔽物がとても少ない。見えるのは平原と『魔石線』と人が少々。モンスターは『魔石線』が弾き、定期的に探索者たちが狩りをすることで、その数を減らしている。

どうにか敵の位置だけでも特定できないかと、僕は気を張り巡らせる。

すると、突然――

「――やるね。やっぱり、鋭いね。ライナーちゃんは」

声をかけられる。それも、背後から。

「なっ!?」

驚きながら、僕は咄嗟に飛び退き、振り返った。

そして、そこにいる人物を見て、さらに驚く。

「な、なんで……、おまえが動いてる……？」

なぜいるのかより、なぜ動いているのかと、まず聞いた。

そう聞くしかない相手だった。そこに立っていたのは、心臓が止まっているはずの少女だったからだ。

身長は僕よりも少し低く、薄い色素の金髪を胸元で切り揃え、血色の悪過ぎる白い肌を絹の布一枚で隠している。その顔はラスティアラと似通って美しいが、あの美の体現者と比べると少し見劣りする部分が多い。黒子が目元と口元にあり、頬には薄くそばかすが載っている。

間違いなく、一週間前に大聖堂の地下で保管されているのを見た『魔石人間』の少女だ。呼吸をしていないのを、僕自身も確かめた。

なのに、その少女の死体が目の前で、首を振り子のように動かしている。

「へへーん、驚いたー？　気合で動かしてるんだよー」

少女は僕の疑問に答えた。だが、その適当な返答で、僕の警戒は解かれない。臨戦態勢で両手を腰の剣に当てて、さらに問いかけていく。

「おまえ、誰だ……!?」

その問いかけは、直感だった。

この目の前の少女の中身は、普通ではない。もっと別のドロドロとした『何か』だ。決して、普通の『魔石人間』が放っていい存在感ではない。

「私は、ティアラだよ。この時代だと聖人様って呼ばれてるねー、いえーい」

「『聖人ティアラ』……!?」

少女は名乗った。そして、その馬鹿げた名前を、僕は信じてしまう。

これもまた直感だった。聞く前から、そうではないかと思っていたのだ。そう思わせる

だけの輝きが、彼女の身から漏れる魔力にある。

「実はシス姉と一緒で、随分前から表に出られるんでしたー。いいボディ貰っちゃったから、来ちゃった。驚いた？　ねえ、驚いた？」

『聖人』を名乗る少女が、けらけらと笑いながら近づいてくる。

「ま、待て。近づくな……。あんたを信じてないわけじゃないが……、少しだけ考える時間が欲しい……。いや、時間をください」

　この計画の前倒しとも言える唐突な邂逅に、僕は困惑するしかなかった。

　少女の言葉が本当ならば、いま僕はフーズヤーズの悲願と向き合っていることになる。当然、敬語で対応しなくてはならない——どころの話じゃない。これが本当ならば、会話するのも畏れ多いレベルだろう。

　すぐさま僕は膝を突いて、少女より頭を低くして俯いた。

「その、すみません……。『聖人ティアラ』様、どうか無作法をお許しください。僕は平民の出で、敬語が余り得意でなく……」

　対して、少女は首を振りながら、僕の身体を両手で摑んで、強引に引き起こす。

「そう固くならないでいいよー。ここにいる私は『聖人ティアラ』の断片。残留思念みたいなもので、本人じゃないからねー」

「ざ、ざんりゅうしねん、ですか？」

「んーとねー。いま、喋ってる私は『千年後に現れる相川渦波』に事情を説明する為だけの魔法だって思っていいよ。実は、いまの私って大して力もなければ、記憶も途切れ途切れなんだ。『聖人ティアラ』様と区別して、私のことは『魔法ティアラ』さんとでも、親しげに呼んであげてねっ。敬語も必要ないよっ」

困惑し続ける僕に対して、どこまでも優しく丁寧に対応してくれる。

いま目の前にいる少女が嘘をついていないという保証はない。

だが、悪意がないというのは理解できた。

そして、自分は魔法であると自己紹介した。

それはジークの仲間の一人であるリーパーという少女と同じということだろうか。学のない僕にはわからないが、とりあえず真っ当な人間でないと思っておくことにする。

あと彼女も、主ジークやラスティアラたちと同じ類で、堅苦しい形式ばった付き合いが苦手なタイプみたいだ。押し黙っている僕の眼前で、両手をピースサインにして見せ付けてくる彼女を見れば一目瞭然だった。

「いえーい、いえーい」

なかなかにイラッとする光景だ。しかし、それが彼女のコミュニケーション方法なのだろう。少なくとも、もう僕は敬語を使う気がなくなった。

「わかった、ティアラさん。こっちのほうが楽だから、僕も助かる」

「ん。こっちも色々と楽だから、助かるよー」

落ち着いた僕が自然体で答えたのを見て、ティアラさんはピースサインをやめた。

　建前上だが、これで対等であることが示された。

「……あんたには聞きたいことがたくさんある。不躾だが、色々と聞いてもいいか？」

「お先に、どーぞ。その為に、私は出てきたのだから」

　手の平をこちらに向けて、余裕を持って会話の先手を譲ってくれる。

　その立ち居振る舞いから、先ほどと打って変わって、見た目以上の年齢の落ち着きを感じる。いや、彼女が本当に『聖人ティアラ』ならば、それは当然の話なのだが。

「まず最初に、主ラスティアラの為に聞いておきたい。あんたが『誰かに乗り移って喋るだけの魔法』なら、結局は何がどうなっても『聖人ティアラ』は『再誕』できなかったということか？」

「それは『再誕』の定義によるかな。正直、この不完全な『魔法ティアラ』を伝説の『聖人ティアラ』だって信じる人は多いと思うよ。元々、人の自我や意識なんて、すごく曖昧なものだからね。でも――」

　ティアラさんはイエスでもノーでもなく、どちらとも言えると語った。

　そのはっきりとしない答えに、眉を顰める。

　姉様やティティーとは違った面倒くささだ。まるで、ジークやパリンクロンと話しているかのように、妙に理屈っぽくて、遠回りだ。

「――私は絶対に『いまの私』を私だなんて思わない。……例えばさ、君はあの美人なワイス・ハイリプローペお姉ちゃんを、本当にお兄さんだと思えた？　『千年前の始祖カナミ』と『いまの相川渦波』が同一人物だって、本当に思ってる？　両方とも、身体は女性のものを使っちゃって、記憶喪失で連続する意識に大きな穴を作っちゃって、価値観とかも丸っきり変わっちゃって……、それでも同一人物だって言える？　本当に蘇（よみがえ）ったんだって本気で信じられる？」

小難しい話を続けてくれる。

頭が痛くなってきたが、言いたいことは少しだけわかる。

要は、ここで喋ってる『魔法ティアラ』は、自分のことを『聖人ティアラ』と同一人物だとは思っていないと言いたいのだろう。

ただ、いま挙げた例に答えるとすれば、僕の答えは正直――

「うん。でも、その判断は人それぞれ。私も君と一緒で、捉え方次第だって思ってるよ」

先んじられる。僕が言おうと思ったことを、一字一句変えずに答えられてしまった。

「……あ、ああ。僕も、そう思う。一人一人が勝手に決めればいいだけの話だ」

平静を保っているが、内心ではかなり驚いている。

どういうわけかわからないが、いま完全に思考を読まれてしまった。

そういうスキルか予知魔法を持っているのだとしか思えない先読みだ。

しかし、まだ平静を崩しはしない。

そのぐらいは平気でやってくる相手だと思っていたし、あのジークと同じステージに立つということはそういうことなのだと、以前から覚悟していた。

「当たり前だけど……。『答え』なんて不確かで、一人一人価値観は違うよね。ただ、私と師匠の二人は、こう千年前に思ってた。自分が自分であると証明するのは想いの強さ。あと、浮世にしがみつく『未練』の大きさ次第だって」

彼女の言う師匠とは、おそらくジークのことだろう。

僕がジークのことを詳しく知りたいと思えば、それを先読みしてティアラさんは話してくれる。そして、先ほどから、僕を見つめる黄金の瞳が底知れない。ここにいる少女が、伝説上の偉人であることを一秒ごとに再確認させられる。

「師匠は『相川陽滝を救えなかった』という『未練』があるから、千年後のいまも確信を持って相川渦波を続けられている。それに対して、私ってばなーんの『未練』もないんだよねー。だから、もう一回『聖人ティアラ』として生きてやろうって気概は、全くもって湧いてこないわけであるっ。だから、ここにいるのは『魔法ティアラ』さんってことで、よろしくぅ！」

何もかも先回りして、まず自分が『聖人ティアラ』でないことを定義し終えた。

ただ、僕には到底信じられない。それほどまでに、いま目の前で魔法を自称する少女には、存在感があり過ぎる。

「本当にあんたは、何も『未練』がないのか？」

「本当。千年前、『聖人ティアラ』は死んだ。何の『未練』もなく死んだ。他のみんなと違って、私はやりきったんだよ」

「でも、その……、おまえは始祖カナミと恋仲にあったたって、ラスティアラから聞いたぞ？　今度こそ、おまえは想い人と幸せになりたいんじゃないのか？」

「えぇ……。いやあ、それだけはないかなぁー」

思い当たる彼女の『未練』を突いてみたが、即答される。

この問題をあっさりと乗り越えられると思っていなかった僕は、少し呆気に取られる。

「勘違いしてるみたいだけど、私は師匠を異性としては見てないよ。兄のように――って言うと、陽滝姉に怒られるんだよね。だから、私は師匠を父のように思ってたかな？　頼れる師匠として、家族として、大好きだった」

異性でも兄でもなく、師匠であり父として見ていた。

――本当か？

ティアラさんの言葉は、いままでの前提を覆すものだった。

ラスティアラの言っていた『聖人ティアラ』の人物像と、余りにかけ離れている。

その僕の表情を見て、またティアラさんは思考を読んだのか、聞きたいことを先んじて答える。

「あの娘は……、らすちーちゃんは勘違いしてるんだよ。自分の想いを、勝手に私の想いにしてる」

間違っているのはラスティアラであると言い、眉間に皺を寄せた僕の前で早口を繰り出し始める。その仕草と姿は、僕の知っているラスティアラとよく似ていた。

「師匠のことが好きで好きでたまらない我が娘が、私の人生を追体験なんてしちゃったのが、いけなかったんだよねー。完全投影できる小説を、自分が主人公で読んじゃったような感じ？……ちょっと聞いてね？　えーと、ごほんごほんっ。あー、えー」

咳払いをしたあと、器用に声色をラスティアラのものに近づけていく。

そして、まるでそこにラスティアラがいるかのような錯覚に僕を陥らせてから、その内心を代弁していく。

「『あー、この本面白いなー。ふふっ、これに出てくる『聖人ティアラ』ちゃんって、絶対にカナミが好きでしょ！　間違いなく、好きでしょ！　だって、こんなにカナミはかっこいいんだから！　ああっ、カナミ！　滅茶苦茶かっこいい！　それに、これが物語ならティアラちゃんは、絶対にヒロインだもんね！　ヒロインと主人公は結ばれるべき！　ティアラとカナミが幸せなキスをしてハッピーエンドにならないと駄目！　それ以外は認めない！』。……なーんて思っちゃってるわけだね。相川渦波をかっこいいと思ってるのは娘のほうなのに、勝手に私が師匠をかっこいいって思ってることにされちゃってる。ちょっとだけ、ぷんぷんって気持ちだよ。どっちかって言うと、師匠のことは駄目駄目で格好悪いパパって思ってるくらいなのにね。千年前の『冒険』はラブストーリーじゃなくて、心温かな親子の物語だったつもりだったんだよー」

とても駄目な主たちであることを突きつけられてしまう。

考えないようにしていたことだが、あのラスティアラもジークに負けないほどの駄目人間だ。情けない話だが、その解釈は腑に落ちた。

僕は状況を把握し終えて、妙な身内の恥ずかしさに襲われながらも、頷く。

「……いまのはわかりやすかった。あんたらの状況が、よくわかったよ」

「よかったよかった。さっきの『再誕』の話だと、ライナーの眉間に皺が寄ってたから、ちょっと小芝居風に説明してみたよー」

「助かる。悪いけど、あんたらみたいに頭の回転は速くないんだ。育ちが悪いからな」

「でも、師匠と違って、きちんと本質を理解してるね。判断力も、いい感じ。無駄に賢しいだけの師匠よりも、ずっとずっといい」

なぜか、手放しで褒められる。

なんとなくだが、ティアラさんの性格が少しだけわかってきた気がする。

常に飄々としていて、内心が読み切れない。なのに、人の内心はずばずばと言い当てて、上手く懐に入りこもうとしてくる。……劇作家か演出家みたいな人だ。

「それで、もうあんたは本当に現世に興味がないのか？　レヴァン教徒の僕からすると、意外だ。子供の頃は、世界を救ってくれる為に『再誕』する存在だって聞かされてたからな」

「あの伝承は、後世の信者が弄ったやつばっかりだから、ほとんどが嘘だよー。『魔法ティアラ』さんである私の唯一あった役目と言えば、迷宮に召喚されたレベル1の師匠が死なないように、一日くらい世話することだったんだけど……。もうそれは娘がやっちゃったからねー。だから、もーほんとにやることがないね！」

「なら、なんでいまになって僕の前に出てきたんだよ」

「うん。それが本題。さっすが、ライナーちゃんはわかってるー」

待っていましたと、ティアラさんは笑った。

ただ、僕の意思で本題に戻ったのではなく、上手く彼女に誘導されたように感じる。

この少女は他人を操るのがとても上手そうだ。この話術と手練手管で、『聖人』と呼ばれるようになったのかと思うと、話の全てを鵜呑みにはできない。

「我が娘は、この器に『血』を入れて、私を復活させようとしてるみたいだけど――」

ティアラさんは自分の胸を指差して、死体を器と言った。

「私は嫌。正直、そんなことされても、すっごく困る。復活しても、やることないし」

それだけはさせないと、首を振った。

続いて、今度は僕の胸を指差す。

「だからさっ。私の力は、ライナー・ヘルヴィルシャインに託したいんだ。『ティアラ様の血』は全部、君に受け取って欲しい」

そして、赤の他人である僕に継承しろと言った。

薄々感じていた彼女の要望を受けて、僕は焦らずに質問する。

「どうして、僕なんだ？　そこはジークかラスティアラだろ」

「んー、色々と理由はあるんだけど……。一番の理由は、陽滝姉に勝てるのは君だけだからかな？」

その返答は、僕にとって予想外過ぎた。予期せぬ名前に、僕は心底不思議がる。

ここだけは動揺のままに質問するしかなかった。

「は？　ヒタキ……？　ジークの妹さんのことか？　いや、おかしいだろ。なんで妹さんと僕が戦うんだ？」

「戦うよ。下手したら、君は相川(あいかわ)兄妹両方と同時に戦うことになる。ぶっちゃけ、そのときは世界の危機だね。だから、うんと君を強くしておきたいのだ。『未練』も何もないから、適当に世界平和に貢献しに来たわけなのだよー」

おどけながら、僕がジークたちと戦うと、断言した。

先ほどは自分は魔法でしかないと言ったが、その言葉は聖人の予言のように聞こえた。

ただ、その予言はレヴァン教徒の僕でも、余りに受け入れがたいものだった。

「馬鹿か。何があっても、僕が主と戦うことだけはありえない。僕はあの人の騎士をやってるんだぞ？　守る為(ため)の騎士だ」

「だからこそだよ。本当の師匠の騎士だからこそ、君だけは絶対に、師匠の為に師匠と戦ってくれる。『呪い』でも『契約』でもなく、自分の意思で、その選択をする」

説明を聞いても全く根拠にならないと思ったが、ティアラさんは自信満々だ。

僕に理解できない理由で、確信しているのだと思うしかなかった。

仕方なく、話を別のところに持っていく。

「はあ……。そもそも、僕にあんたの『血』を移すって言ってるが、そういうのは『魔石人間』じゃないとできないんじゃないのか？」

話を故意に逸らされたと、ティアラさんは気づいただろう。

だが、きっちりと質問には答えてくれる。

「そりゃ、完全なコピーを行おうとすれば、『魔石人間』じゃないと駄目だよ。でも、力だけの移動なら、そこまでしなくていいよ。その方法は、君ならよく知ってるでしょ？そっちに移ったら、この『魔法ティアラ』の意識は君の意識で押し潰してね。で、私の力の一部は君の血の中に残る。このくらいなら、儀式の場に居合わせてくれれば、君だけでもいけるよー」

その説明は、ワイスさんの力の一部を受け継いでいる僕だから、よくわかった。

要は、僕の中で自殺するから、残った魔力は餞別に受け取れという話だ。

「僕はあんたの生き死にに興味はないし、タダで力をくれるなら遠慮なく貰うつもりだ。けど、そんなことしたら、僕がラスティアラに恨まれるだろ。これ、ラスティアラのやつと話がついてるのか？」

「いえ、全くついてません」

「おい」

肝心なところが抜けているのを冗談交じりに伝えられて、思わず怒りの声を出す。

「話をつけられそうにないから、いま君の前に無理して出てるんだよ。あの娘は、私が

『今度こそ相川渦波と結ばれたい』という『未練』を持ってるって勝手に決め付けてる。何度か夢枕に立ったけど、全然信じてくれなかったねー。あそこまで拗れたのを説得するのは、私に残された時間じゃ、絶対に無理ー」

途中、ティアラさんは捨て置けない言葉を吐いた。

「残された時間って……。あんた、大丈夫なのか？　もしかして、もう……」

「もうちょいで完全消滅だね。強引に出てきてるから『魔法ティアラ』さんとしての寿命が、ごりごり減ってる最中。リーパーちゃんと同じで、魔法生命体って本来の役目じゃないことをすると、すっごい苦しいんだよね……」

僕が問い質したことで、ティアラさんの表情が少しだけ崩れた。

激痛を堪えているかのように、苦しげだ。表情から、限られた時間を使って、いま僕と話していることが伝わってくる。もしかしたら、もう彼女に余裕なんて一つもなく、ただ僕に力を残したいだけなのかもしれない。

「貰える力があるなら貰おう」

だから、僕は妥協して、頷いてしまった。

ティアラさんの存在が怪しげだから渋っていただけで、元々新たな力は歓迎だ。ここに来て、そう僕は思ってしまった。否応なく。

「……おー。ありがとねー。ライナーならそう言ってくれると思ったよー」

「ただ、どうやって移すんだ？　僕は神聖魔法がそんなに得意じゃないぞ」

僕は『魔石人間（ジュエルクルス）』でもなければ、特殊な血筋でもない。

その僕に移すとなると、通常の手順では駄目なはずだ。

「数日後にある最後の『血移しの儀式』を利用するつもりだよ。上手くいけば、儀式は事故で失敗したように見えて……実は、私の力はライナーちゃんに中抜きされてるって感じになると思う。君に迷惑がかからないように移動させる方法は、ちゃんと考えてるから、安心してー」

「まあ、それならラスティアラに恨まれないか……」

問題なさそうに聞こえる。

もし、このまま僕が拒否すれば、数日後にティアラさんは完全消滅する。

最後まで、ラスティアラが『聖人ティアラ』の『再誕』を信じていても、その気がティアラさんにないのだ。絶対に儀式は成功しない。儀式失敗が、最も安全で妥当な決着のつけ方なのは間違いないだろう。

――しかし、正直なところ、聖人の力に僕は興味があった。

当たり前だが、力が欲しい。いくらでも欲しい。将来に待つ守護者（ガーディアン）たちとの戦いを想定すると、いくらあっても損はない。

何より、ティアラさんが力の継承を望んでいる。

『風の理（ことわり）を盗むもの』ティティーのときも思ったが、老い先短いやつらは誰かに自分の生きた証（あかし）を残すことが嬉（うれ）しい傾向にある。そういった節が、いまの彼女の話の中にもあった。

お年寄りを労わるつもりで、この見た目以上にお婆ちゃんな彼女の最期の願いくらいは聞いてやろうかと思った。

だから、つい最近、ラスティアラに誓ったものと同じ台詞を繰り返していく。

「わかった。騎士ライナー・ヘルヴィルシャインはあんたの計画に協力すると誓おう」

騎士失格な自分をゴミクズと罵りながらも、軽く頭を下げて宣誓した。

畏まって騎士の礼を行う僕に、ティアラさんは楽しそうに付き合う。

「ありがとうね。……ライナー・ヘルヴィルシャインを、我が騎士と認めよう。我が目的の為、その力を大いに振るってくれ給え」

その堂に入った主っぷりに、苦笑を漏らしそうになる。

面を上げれば、ティアラさんも同じような顔していた。

こうして、あっさりと僕は、ラスティアラからティアラさんに主の鞍替えを行った。

このとき、ティアラさんの「ライナー・ヘルヴィルシャインだけは、ジークの為にジークと戦える」という言葉の意味が少しだけわかってきた。

主であるはずのジークやラスティアラに嘘をつき、二人にとって大切なティアラさんの力を奪おうとしている僕は、確かに裏切り者の素養がある。

自分の新たな一面を見つけた僕は、ティアラさんと握手をしたあとに、『血移しの儀式』を乗っ取る計画を話し合い始める。

人目につき難い近くの木陰へ移動して、ひっそりと悪巧みをしていく。

共犯を約束したあと、僕たちは計画をあっさりと決め終えた。

「むむっ？　時間が余ったねー」

時間に余裕ができて、木を背にしていたティアラさんが暢気な声を出す。

まず僕は、ティアラさんに残された時間を正確に知りたかった。

「ティアラさん、あとどれくらいいけるんだ？」

「消滅まで、あと十数時間ってところかな？　眠ってたら、もっと持つけどね」

とても軽く、ティアラさんは残りの寿命が一日もないことを告白した。

しかし、その死の瀬戸際で、彼女の顔色に変化はない。

「ということで！　ライナーちゃんに、ちょっとだけ稽古をつけてあげるよ！」

陽気な笑いを大きくして、ティアラさんは妙なポーズを取ってから、自分よりも他人を優先しようとする。その彼女の反応に、僕は困惑する。

『未練』がないにしても、最後にやりたいことはもっとあるはずだと思った。

もし僕ならば、最後に姉様やジークに一目会って話がしたいと願うだろう。

ティアラさんの独特な思考は、儀式までの短い時間では理解し切れない気がする。

色々と諦めながら、僕は妙なポーズを取っている彼女の身体を注視する。

その身体は余りに小さく細く、魔力も乏しく、弱々しい。

はっきり言って、戦いに耐えられる身体ではない。

「稽古って……。その身体で、僕の相手をするのか？」

確か、その身体の持ち主のレベルは、そう高くなかったと聞いている。

いかにティアラさんが入っていても、単純にステータスが足りない。

「んー？　あれ、ライナーちゃん。もしかして、ステータスの数値で判断してる？　おっくれってるー！」

「お、遅れてる……？」

僕がレベルとステータスで判断していたのをティアラさんは看破して、それが間違っていると大声で主張した。

「ステータスなんて、師匠の考えた初期のルールだからね。最新ルール搭載の私からしたら、時代遅れってことだよ。時代は、『数値に表れない数値』。これだねっ」

『数値に表れない数値』……。どこかで聞いたことがある言葉だ。

確か、ラスティアラとラグネさんが二人で語り合っていた気がする。けれど、詳しく説明されたことは一度もない――という、僕の考えを、また先んじてティアラさんは読み取り、話を始める。

「『数値に表れない数値』っていうのはねー。いわゆる『意志の強さ』や『運』とかいった曖昧なものを言うんだ。あと『勘』や『愛の力』とかも含むかな？　これが大きいと、不思議とステータスで負けてても、勝てちゃうの。不思議に思ったことない？　明らかに自分よりステータスの低い相手に、偶（たま）に負けるときあるでしょ？　あれあれ」

いかに力量で勝っていても勝敗は最後までわからない。それが勝負の常であると僕は思っていたのだが……。

「で、『理を盗むもの』たちって、総じて『数値に表れない数値』が滅茶苦茶（めちゃくちゃ）低いんだよねー。まさに、人生の敗北を決定付けられた本質的弱者ってやつだね」

「『理を盗むもの』が弱者だって……？」

直（じか）に戦ったことがある僕にとって、信じられない話だった。

あの強さの代名詞である化け物たちを弱いと思ったことなど一度もない。

「でもで、私は魂からして『数値に表れない数値』が高いのだよー。だから、ステータスとか関係なく、強いよー。すっごく強いよー」

ティアラさんは、ふんっふんっと鼻を鳴らして、しゅっしゅっと何もないところを殴る振りをして、自分は『理を盗むもの』たちより強いと言う。

眉唾な話だ。だが、その僕の疑いはお見通しなのだろう。自分の強さを証明する為に、彼女は距離を取り、素手で構え、僕を手招きした。

「どれ、かかってきなさい。少し揉（も）んでやろう」

「……いまの言葉。確かめさせて貰う」

鍛錬は僕の趣味で、練習試合は大好物だ。

なので、一切の迷いなく、僕は簡易的な決闘を受けた。

決闘のフィールドは障害物のない見晴らしのいい草原。

一対一の真っ向勝負。

負ける気がしない。

いま僕は連合国で最もレベルの高い騎士で、相手のレベルは一桁。

千人に聞いても千人が僕の勝利に賭けることだろう。

だが、対面のティアラさんから、魔力以外の圧力を感じるのも確かだ。

ゆえに、一切の油断なく、僕は風魔法を構築していく。

「――《ワインド・風疾走（スカイランナー）》」

迷宮で使った走行補助魔法を発動させてから、僕は走るのではなく跳躍する。

移動先は、ティアラさんの頭上。

そこに宙返りしながら移動して、逆さまの状態で空気を蹴り、真上から剣を抜き放つ。

迷宮でティティーに教わった『風剣術』の一つだが――

「あまーい！」

その変則的な空中軌道を、ティアラさんは一切の動揺なく目で見て追いかけて、こちらの峰打ちの一閃（いっせん）を紙一重でかわした。それどころか、その空振った剣の腹を軽く指で摘（つま）んだ。一つ間違えば、指が斬り飛ぶ神業だ。摘まれたのは、本当に一瞬だけだった。だが、その一瞬で剣を握っていた僕の体勢を、指先二つだけで見事崩す。その上で、空から落ちてくる僕の顎を狙って、正確に軽く殴った。

「――なっ！」

ぐらりと、空中戦で最も重要な平衡感覚が失われる。

レベルの上昇によってモンスターと同じくらいのタフさを身につけた僕の意識が、本当に一瞬だけ飛んでしまった。

恐ろしい。一瞬の妙技の連続だった。

そこから先は、もう何が起こったのかすらわからなかった。いつの間にか、僕は地面に大の字で寝転がり、鼻の上にティアラさんの拳が乗っていた。

もし、この拳を本気で落とされていたら、いかにレベル差があるとはいえダメージがあったことだろう。ティアラさんが武器を持っていたら、確実に死んでいた。

「…………っ!!」

絶句するしかない。

強いかもしれないとは思っていた。だが、ここまで軽くあしらわれるとは思っていなかった。僕の身体の上に足をつけて乗っているティアラさんは、僕が降参したのを表情で察して、けらけらと笑い出す。

「――いひっ、いひひひっ！　卑怯だよ！　いまの魔法名って、師匠がつけたやつ!?　戦いで笑わせに来るのは卑怯だよー！」

稽古なのに技術的な指導はなく、まず魔法名に駄目出しが入った。

大変遺憾極まりないが、僕は自作の魔法であることを白状していく。

「いや、さっきのはジークじゃなくて、僕が名前をつけた魔法だ……。けど、ジークが叫びやすくてかっこいいほうが強くなるって言ってたから、仕方なくやってるだけで……。こう……、ルビとかをつけると、なんか威力が増すらしくて」

当たり前の話だが、好きでやっているわけではない。

主から力が手に入ると聞いて、技名を叫ぶように心がけているだけだ。

「…………。んー、それ騙されてるよ、ライナーちゃん」

「え？　だ、騙されてる？」

まさかの情報が飛び込んでくる。

絶句の次は、唖然となって聞き返すしかなかった。

「心を込めるのは大切だけど、名前は重要じゃないよ？　ルビとか、完全に師匠の趣味だよね。師匠ってば、また純真な子供を騙してー。はあー、もー」

どうやら、ただのジークの趣味だったらしい。

ずっと「技名とか絶対趣味だろ」と疑い続けていたが、やっぱり趣味だったらしい。

真実を知り、怒りが沸々と内から湧き出して——いや、待て。一旦、落ち着こう。主ジークは人を騙すような性格じゃない。あれほど嘘は嫌いだと言っていたのだ。

「いや、ジークは本気でそう信じていた風に見えた。たぶん、悪気はなかったんだ……と思う。おそらく、きっと」

そう信じたい。信じさせて欲しい。

じゃないと次に会ったとき、斬りかかってしまいそうだ。

「うん。悪気がないのは知ってるよ。でも、そっちのほうが厄介だから困るよねー。いひひっ。ああ、本当に相変わらずなんだからさ、師匠。私んときと同じだよ」

遠い目をしながら、ティアラさんは僕の腹の上から退く。

懐かしさを感じている彼女には悪いが、僕は立ち上がりながら、いまの戦いの評価を聞こうとする。僕にとっては、昔のことよりもいまの稽古のほうが大事なのだ。

「しかし、その身体のあんたに、本当に負けるとは……。それなりに強くなったつもりだったけど、やっぱりまだまだか……」

「ライナーちゃんは強いよ。たぶん、千年前でもかなりのものだよ。ただ、私って飛んでるやつと一杯戦った経験があるからねー。ぶっちゃけ、めっちゃ楽だった！」

自信を持って行った空からの奇襲が、そもそもの選択ミスであったと評価される。

空を魔法で飛べるものなど、そうそういない。絶対に初見だと確信しての攻撃だったが、彼女にとっては見慣れたものだったわけだ。

「そういうことか。確かに、昔は獣人の数も種類も多かったと聞いたことがあるな。スノウやティティーのようなのが、一杯いたのか」

「昔、強欲な竜が色んな種と交配したせいで、沢山の翼持ちが生まれたりしてねー。全滅させるまで大変だったなー。とにかく、私は飛んでるやつに対して、とても強いのだ」

「なるほど。そういう経験が、『数値に表れない数値』に入るってわけか」

「いや、経験は経験だね。『数値に表れない数値』とは違うよ」

「違うのかよ！」

だったら、いまの話は何だったんだよ……。

人を翻弄してばかりのティアラさんを睨む。

その僕を見て、くすくすと彼女は笑いながら、本題に入っていく。

「えーと、いまの戦いは経験による部分が大きかったけど、ちゃんと『数値に表れない数値』も影響してたよ。私は『意志の強さ』が飛び抜けてるから、戦闘中に足が竦むことも迷うことも絶対ない。『勘』が冴えてるから、ライナーちゃんの動きを目で追いかけられなくても、なんとなーく攻撃してくるところがわかる。あと『運』がいいから、なんだかんだで勝ちやすい」

「…………」

ふざけている。

予想していた以上に、ふわふわとした説明だ。数値化できなかったところだから言語化し難いというのはわかるが、これでは信じたくても信じられない。

「いまは信じられないだろうけど、少しずつ実感すると思うよ。なにせ、ライナーちゃんも『数値に表れない数値』が高いからね。だから、君だけが陽滝姉に勝てるって言ったんだよ」

「僕は『数値に表れない数値』ってやつが高いのか？　そんな気は全然しないんだが」

今日まで、自分が特別恵まれていると思ったことはない。

学院生時代でも、『勘』がよかったり『運』がよかったと思ったことはない。

ステータスの『素質』はジークたちと比べると余りに低く、兄様や姉様たちにも劣る。

いまさら才能があると言われても、そう簡単に頷けるものではなかった。

「あっ。はっきり言って、君の『素質』はゴミクズだよ？　『運』も悪くて、『勘』が特別いいとは言えない。私が言っているのは、他のところ。ライナー・ヘルヴィルシャインは『意志の強さ』だけが飛び抜けてる」

欲しい才能が総じて駄目であると言われてしまったが、一つだけ褒められた。

それは『意志の強さ』。つまり、精神力ということだろうか。

「それが高いと、足が竦まないんだったか……？」

あと迷わないとも言っていた。

余り戦闘の役に立ちそうにない力に、僕は少しだけ落胆する。恐怖や迷いなど、誰だって覚悟を決めれば簡単に振り払えるものだろう。特別に有利なものだとは思えない。

「いひっ。とーっても失礼なことを考えてるね、ライナーちゃん。君は心が強過ぎるせいで、他人の恐怖や迷いを理解してあげられない性質みたいだねー。人にはそういう感情があると知ってても、それに共感できない。やっぱり、陽滝姉やレガシィと似てるね」

「待て。いま、パリンクロンのやつと同列に扱わなかったか？」

この世で一番の侮辱を受けて、一歩前に出て怒りを露にする。

「いや、同列じゃあないよ。だって、パリンクロン・レガシィは君の一番の長所である『意志の強さ』を遥かに凌駕した上で、『勘』も『運』もよかった。そして、あの陽滝姉は、そのパリンクロン・レガシィの全てを凌駕していた。似てはいるけど、天と地の差ほど違うからね」

似てはいても、まるで足りないと、はっきり言われる。

パリンクロンのやつが、ステータス以外のところで強かったのは納得できるところだ。ただ、ジークの妹さんが、あの男を超えているというのは少し信じられない話だった。もし、それが本当ならば、妹さんの危険度が跳ね上がる。その不安をティアラさんは、また勝手に読み取って、答えていく。

「そのくらいの認識でいたほうがいいよ。陽滝姉は危険も危険。正直、全盛期の私でも、全く勝てる気がしない相手だったから」

「聖人のあんたがそこまで言う存在なのか？」

いま僕はティアラさんの力の片鱗を見た。もし彼女が、本来の身体を取り戻していたとすれば、ジークやティティーにも匹敵するだろう。

その彼女でも、戦う前から諦めるレベルらしい。

「そんな力を持った上で、陽滝姉は性格が最悪だったからねー。邪魔するものは全て排除がモットーで、すっごい冷酷。きっと、ライナーちゃんたちの誰とも気が合わないだろうね！」

「そ、そんな人なのか。それで、さっき僕が妹さんと戦うって言ってたんだな」

「うん、戦う。間違いなく陽滝姉は『世界中の誰もが納得できないこと』をやらかそうとするからね。本人からやるって聞いたから、間違いないよ」

意味深に、ティアラさんはジークの妹さんについて話していく。

しかし、先ほどから妹さんに関しては抽象的な部分が多い。

「ティアラさん。時間があるなら、そういった過去の話を詳しく聞かせて欲しい。正直、すごく気になるんだが……。一体、ジークの妹さんは何をしようとしてるんだ？」

「……んー」

ここでティアラさんは言いよどむ。

どんな話だろうと軽く話していた彼女だからこそ、その熟考は目立った。

そして、十分に思案したあとに首を振る。

「いや、駄目駄目っ。そんないつかはわかる話よりも、君を鍛えるほうが先決だって。まず陽滝姉を何とかできる力をつけないと、話にならないからねー」

明らかに、はぐらかそうとしていた。ここは聞かれたくない彼女の気持ちを察して一歩退くべきだろうが、ジークの親族の話となると、そう簡単には退けない。

「いつかはわかるって言われてもな……。それで納得できるわけないだろ。妹さんが道を踏み外しそうなときに、僕が止められるかもしれないんだ。ちょっとでいい。簡潔に重要な部分だけでも教えてくれ」

「重要な部分だけって言われてもなー。私の人生全てを、最初から話さないと絶対信じてくれないからなー、これ。でも、それを話すと一日じゃ終わらないし……。んー、やっぱ駄目！　これはもう諦めて！　どうせ、知ってても止められないし！　というか私が止められなかったんだから、絶対ライナーちゃんには無理！　いまの一番の問題は、陽滝姉が目覚めたときに、本気で戦える意志を持つ君が弱っち過ぎることだよ！」

自分のゴミクズぶりを理由にされると、こっちは言い返し難かった。

彼女の言う通り、ライナー・ヘルヴィルシャインの力の足りなさは、あの『光の理を盗むもの』ノスフィーとの戦いで痛感している。

仕方なく、僕は戦いの理由よりも、戦いになったときの保険を取ることにする。

「……わかった。あんたが言いたくないなら、もういいさ。僕も強くなる時間のほうを、多く取りたいからな。誰に何があっても、全力で僕が止めればいいだけの話だ」

「うん、そうそう！　やっぱり、ライナーちゃんはいいねー！　どっかの誰かと違って、無駄に悩まないから話が早い！　自分に正直なのは、賢さ以上の美点だよ!!」

軽く主の悪口を言われてしまった気がするが、概ね同意なので僕は素直に称賛として受け取っておく。

こうして、脱線した話を元に戻して、僕たちは稽古を再開させていく。

「よーし。それじゃあ、特訓を続けようか。まず、どんな強大な相手でも挑戦し続けられるようになるまで、ライナーちゃんの長所の『意志の強さ』を伸ばして貰(もら)うよ。あと、ついでにスキルとかも、ちょろちょろっと教えていこー」

「スキル……!?　僕としては、スキルを中心に教えて欲しいんだが」

「そういうのは、迷宮の守護者(ガーディアン)とかに教えてもらえばいいじゃん。潜れば強くなるようにできてるんだからさ、あそこ。出てくるボスモンスターや守護者(ガーディアン)とかと戦ってたら、そのうち勝手に強くなるよ。それよりも、『意志の強さ』が大事。マジ大事」

連合国のみんなが命懸けで攻略しているところを、美味(おい)しい狩場みたいに説明されてしまい、僕は探索者の代表として一言物申す。

「誰もがあんたみたいに強くなれると思うなよ……。僕が迷宮のボスや守護者(ガーディアン)と戦って、何度死に掛けたか教えてやろうか？」

「……ん？　あー、そういうことか。元が弱過ぎて、迷宮で頑張るのも厳しいんだね。じゃあ、仕方ないなー。じゃあ、まずは最低限のスキルを身につけてもらおうか」

「ありがたい。それで頼む」

新たな師匠は頭が固いわけでなく、柔軟に僕の要求を取り入れてくれる。そして、伝説の聖人が課してくれる特訓がどれだけのものか、少しだけ僕はわくわくしていた。

「はい、それじゃあ、まずはこれ。――魔法《ライト・カフス》」

ティアラさんは手を白く発光させて、僕の両腕の手首に魔法をかけた。それは光の魔法でありながら、確かな重みがあった。簡単に言うと、真っ白な手錠だった。

「はい、次はこれ。頭につけてー」

次に手渡されたものは、とても懐かしい特訓アイテム。黒の手ぬぐいだった。

「手錠に目隠し？　ま、またか……」

「え、また？」

「アイドやローウェンさんにも、似たような特訓をさせられたんだ」

「あの二人が？　それで君は『地の理を盗むもの』のスキル『感応』の片鱗を掴（つか）みかけてるんだね。『木の理を盗むもの』のおかげで、魔法も基礎ができてる」

魔法の基礎については、アイドの姉ティティーの力も大きい。

あとジークからも色々と……役に立ってくれていたような気がしないでもない。

いや、ないか。結局、あのテクニックは適当だったし。無駄な辱めを受けただけだ。

「君の風魔法はなかなかだけど、先にスキルのほうを修得しようか。魔法を百個覚えるより、スキル『感応』一個覚えたほうが強くなれるからね」

「スキル『感応』を……？　僕にも使えるようになるのか？」

「いや、たぶん、一生無理。凡人だとギリギリのところで届かないスキルだし、あれ」

「おい」

ずっと憧れていたスキルでからかわれてしまい、今度は殺気が僅かに漏れてしまう。

そろそろ一発くらい叩（はた）いても許されるはずだ。

「怒らないでよー。意地悪で言ってるんじゃなくて、保証してあげられないってことだよー。あのスキルだけは、私でも絶対に覚えさせてあげるとは言えないんだよね。覚えられたらラッキーくらいのつもりで、特訓していこ？」

単純にローウェンさんのスキルの習得難度が問題らしい。

僕の期待を裏切りたくて持ち出した話ではなさそうなので、渋々頷き返す。

「……わかった。そう簡単に覚えられるスキルじゃないのは、最初からわかってたことだ。このスキルは、のんびり人生を懸けて目指すさ」

「それじゃあ、メインの『数値に表れない数値』を伸ばしながら、並行してスキル『感応』のほうも挑戦するということでー。それだと特訓の内容は、どうしよっかなぁー」

ティアラさんは顎に手を当てて、軽く悩む。

ただ、むむむと唸っていたのは数秒ほどで、すぐに答えを出した。

この人もラスティアラと同じで、基本的に悩まないタイプのようだ。

「よし！　これから臨死体験を繰り返して貰うよ！　たぶん、これが一番早いと思う！」

「ちょっと聞いただけで帰りたくなってきたんだが……」

軽く臨死という言葉を持ち出されてしまい、それなりに無茶な鍛錬をする僕でも気後れしてしまう。

「臨死を繰り返して、心と感性を鍛えるんだよー。これは、千年前のみんなで実証済みの特訓方法だから安心して」

ティアラさんの言葉を疑っているわけではない。彼女の言う通り、死にかけることで得られるものはあるだろう。

ただ、どれだけ実証済みであっても試したくないものというのはある。

なにより、実戦でなく訓練で野垂れ死ぬのだけは、僕の使命として絶対に許されない。

「絶対に死なせないから、大丈夫。この天才魔法使いの私がついてるんだよ？」

僕の乗り気でない顔を見て、ティアラさんは自分が魔法の始祖であることを強調する。

おそらく、ティアラさんは世界で最も回復魔法を上手く扱える魔法使いだろう。

ただ、いまの彼女の身体の魔力は少なく、不確定要素が多い。

まだ僕は力強く頷くことができず、眉間に皺を寄せてしまう。

「もし危なくなったら、この私が最後の命を削ってでも、本気で本当の『神聖魔法』を使うから信じて、ライナーちゃん。何があっても死なせないって約束する」

なかなか承諾しない僕に焦れたのか、命を削るとまで言い出した。

それには、僕も本気で返答せざるをえない。

「いや、そこまでしなくてもいい。いま乗り気じゃないのは、もっと他の方法もあるんじゃないかって言いたいだけで――」

「やらせて。ライナーちゃんを強くすることは、この私の最後の役目だと思ってるんだ。ここで適当なことをやって、後悔だけはしたくない」

ティアラさんは血の気の通わない青い顔で、僕の為に全てを捧げると言い放った。

先ほどから、妙に僕にこだわっているとは思っていたが、ここまでとは思っていなかった。その執着の理由を尋ねる。

「ティアラさんは、なんでそこまでして僕に？」

「……君にやってもらいたいことがたくさんあるからかな？」

「それはわかってる。もしジークと妹さんが道を間違えそうになったら、僕が戦えばいいんだろ？　この特訓のお礼に約束するよ。というか、そんな事態になれば、僕が主の為に動かないわけないから、そこは絶対だ」

「それは安心してる。ただ、私が期待してるのは、それだけじゃないんだ。実は」

まだ他にも、僕にやって欲しいことがあったらしい。

それは何なのか、僕は目でティアラさんに続きを促した。

彼女は少しだけ恥ずかしそうに――けれど、今日一番の真摯な瞳で、答える。

それは僕の生涯を決める『予言』めいた『呪い』だった。

「なにより、私は……。君のような子にこそ、『最深部』に辿りついて欲しいんだ」

「は？　さ、『最深部』？」

「理を盗んで強くなった者たちでなく、使徒であるディプラクラでもシスでもレガシィでもなければ、聖人として選ばれた人たちでもなくて、異世界からやってきた相川兄妹でもなく、どの優れた血脈にも該当しなくて、この世界に生まれた普通の人間であって、大して強くもない君に――」

困惑する僕を置いて、つらつらとティアラさんは続きを口にする。

その口から出てくる名前は、どれもが千年前の伝説的存在たち。

しかし、その全てを振り払って、彼女が願うのは――

「君に『異世界迷宮』の『最深部』を目指して欲しい。そして、世界を救って欲しい」

それは余りにスケールの大きな話過ぎた。

実感が湧かなければ、共感もない。

当然、考える間もなく、僕は首を振る。

「悪いけど、ティアラさん。それはない。僕には関係のない願い過ぎる。正直、僕は迷宮攻略にも世界平和にも興味がないんだ。そういうのは別のやつに頼んで欲しい」

もしジークが迷宮探索に僕を誘えば、喜んで協力するつもりだ。

ただ、そのとき『最深部』に辿りつくのはジークであって、僕ではない。

僕が望むのは、僕の手の届く大切な人たちを、ほんの数人だけ守るくらいだ。

きっと一生涯かけて、その使命を果たして、僕は死ぬだろう。

その程度の器しかないと、自分で自分を評価している。

それなのに、急に世界を救って欲しいなどと言われても、困る。

共感以前の問題として、現実的に不可能だ。

「うん。ライナーちゃんなら、そう言うと思ったよ。ほんと迷宮に興味ないっぽいからねー。ま、そこは無理強いしないから、頭の隅に置いといてくれたら、それでいいよ」

あっさりとティアラさんは退く。

初めから僕が断るのはわかっていたように見える。そして、断られるとわかっていても、僕に言っておきたかったことも……、なんとなくだがわかる。

「頭の隅なら、まあ……、構いませんが」

「ありがとっ。じゃあ、この話は終わりね。早く特訓再開しようかっ。でも、ちょっと移動しないとね。ここだと街から近過ぎて、誰かに見られちゃう」

言いたいことは全て言い終えたのだろう。急に、きりきりとティアラさんは動き出す。僕は溜め息をつきながら、それに付き合う。

「あんたの姿を見られると、色々不味いからな。もっと遠くに行くか？」

「そうだね。できれば、秘境っぽいところがいいかな。それなりにモンスターが出て、危険なところが理想っ」

「モンスター相手に特訓するのか？　なら、丁度いいところがあるな。向こうには魔石を発掘できる森があって、そこからさらに北へ進むと深い谷があって――」

「ふんふん。面白そうなところがあるね――」

ティアラさんと僕は、共に平原を移動して、開拓地の危険地域に入っていき――

こうして、本格的な特訓が始まる。

その日の特訓の内容は、とても単純だった。そして、とても理不尽だった。

開拓地にあるモンスターが蔓延る谷までやってきたところで、不意打ちでティアラさんに背中から攻撃される。さらに、見たことのない魔法で容赦なく魔力を枯渇させられ、精神汚染で脳みそを浸され、目隠しと手錠の上に、崖から突き落とされた。

少し間違えれば、回復魔法など受け付けようのない即死だ。落ちていく途中、咄嗟に頭を腕で守っていなかったら本当に死んでいた。臨死体験というのは誇張でも何でもないと、僕は谷底でモンスターの群れに囲まれながら実感した。

しかし、それは小手調べの特訓。その日から、僕は一日一回殺されかけては魔法とスキルを磨くという無茶苦茶な鍛錬で、『血移しの儀式』までの時間を過ごしていく。

基本的に、付きっ切りで教えてもらうことはない。前日の別れ際に、ティアラさんの出した課題を貰って、次の日の夜までに終わらせて、一日の締めに殺されかける。

それを延々と繰り返した。これならば、彼女の残り時間を無駄に浪費せずに、その教えを身につけることができる。

例の臨死体験は、日を追うごとに凶悪さを増していった。

鍛錬の一つである以上、少しずつ負荷を増やしていくのは当然な話だが、正直なところ正気を疑うものばかりだ。

指一本動かない疲労困憊の状態で迷宮に放り込まれたり、出血箇所を二桁ほど作ってから湖に沈められたり、町中を歩いてるところを予告なく刺されたりと、本当に多種多様な拷問によって、順調に僕の心は荒んでいく。

死にかけ慣れている僕でなかったら、はっきり言って何度かマジで死んでいる。

僕の勘違いだと思いたいが、苦しみながらも必死に生き足掻こうとする僕を見て、彼女が満面の笑みを浮かべていることがある。ジークと同じで、これは単に彼女の趣味なのではないかと、僕が疑い出したときのことだった。

「――あっ。スキルに『表示』されたよ」

もう何度目か数え切れない臨死体験から復帰して、ティアラさんは何もない宙を見つめながら、そう言った。

この日も、初日で出会った郊外の草原で僕たちは稽古を行っていた。

伝説上の聖人であるティアラさんは、伝承通りに神懸かりなスキルをたくさん持っていて、あらゆるものの全情報を抜き取れる。それは神官の扱うステータス確認の強化版のようで、僕のスキルに新しいものが増えたのを見たようだ。

僕は回復魔法で塞がっていく傷口を眺めながら、その詳細を聞く。

「や、やっとか……。あと少し、何の成長も見られなかったら、身体が勝手に反撃し始めてたところだ……。それで、どんなスキルが僕に？」

「……あ、やべっ」

「おい」

じーっと宙を見つめていたティアラさんが、急に顔を背けた。

まるで、見てはいけないものを見てしまったかのように。

「いやぁ、スキル値1.00以下で成長中のスキル『感応』があったんだけどね。それが見事……、別スキルに変化しました!!　やっぱ、追い詰めるだけじゃ、アレイス家の奥義には辿りつけないかー。これは、流石の聖人様でもわからんかったわー。急にスキルが裏返るんだもん。仕方ないよね、これは、これは！」

「お、おい……！　てめえ、ローウェンさんの残したスキルを潰しやがったのか……!?」

「でもでもっ、あれってさ！　天才が覚える系のスキルだから、どうせライナーちゃんには無理だったと思うよ！　うんうんっ、どうせ無理だったって！　気にしない気にしない！」

「気にするに決まってんだろ!!　あれは憧れのスキルだったんだよ！」

できればジークたちとお揃いのスキルを持ちたいと、常々思っていた。しかし、このティアラさんの言い振りだと、二度と僕が『感応』を得ることはなさそうだ。

「す、すんません。ちなみに新しいスキルは『悪感』ってなってます。えーと、確か、自分の身の危険を察知することに特化したスキルだったっけ？　スキル『感応』と似たようなもんだから怒らないでよー」

新しいスキルは『悪感』というらしい。

その効果のほどは薄らとわかる。

僕は臨死を繰り返したことで、死の間際に慣れてきた。その経験のおかげで、どうして死の間際に陥ってしまうのか、死の間際ですべき最善の行動は何かなど、その答えを導きやすくなった。簡単に言えば、生き足掻く為のスキルだ。

「はあ……。いや、ありがとう、ティアラさん。こっちもいいスキルだと思うよ」

冷静に考えれば、あの剣の才能の塊である二人と同じスキルを身につけるなんて、とてもおこがましいことだったのかもしれない。

それよりも、新しい力を与えてくれたティアラさんにお礼を言うほうが正しい。

「うん。いいスキルなのは間違いないよ。これ、例の『数値に表れない数値』にも関わるスキルだからね」

「ああ。これを会得したことで、そっちも成長したのか？」

「むしろ、私のメインはそっちだったからねー。いまライナーは、第六感や直感が研ぎ澄まされて、かなり『勘』が鋭くなってるはずだよ。ここいらで、もう一度だけ模擬戦してみよっか」

そう言って、ティアラさんは初日と同じように素手で構えた。それに対し、僕は騎士として弟子として、大きく頭を下げる。

「……よろしくお願いします」

「うむ。どこからでもかかってきなさい」

草原で向き合い、僕は飛び出した。

初日の手合わせと違い、今回は身を屈めて、地面すれすれのところを疾走する。低く身体を構えて、鞘に入ったままの『シルフ・ルフ・ブリンガー』でティアラさんの顎を狙った。

初日と違って、全く油断のない僕の動きに、ティアラさんは目が追いついていない。

間違いなく、鞘が彼女の顎を捉えると思った。だが、頭の後ろに黒い靄のような不安感を覚える。日常生活で感じる『上手くいかないときの不快な重み』が、身体にのしかかった。

急遽、僕は斬り上げを取りやめた。同時に、ティアラさんが明後日の方向に顔を向けていたにもかかわらず、見事な回避行動に移っているのが目に映る。

「――んっ、やるね！」

「何度も、カウンターを取られて堪るか！」

相変わらずの先読み能力を羨みながら、次の攻撃に移っていく。

狙いは、ティアラさんの腹。そこを狙っての横薙ぎだ。

……今度は何も感じない。

自信を持って剣を振るうが、それをティアラさんは悠々とかわしてみせた。

そして、避けざまに手を僕の腕に伸ばしてくる。流石に、素手相手に後れを取るほど僕は甘くはない。ただ、ティアラさんも僕の剣が簡単に当たるほど鈍くない。

両者共に有効打を取れないまま、数十ほどの攻撃を交互に繰り返していく。

その最中、最初に感じた『上手くいかないときの不快な重み』が、また頭の後ろから背中にかけてのしかかってきた。今度の予感は、大きい。

ただ、感じ取れはしても、その情報をどう扱えばいいかわからない。予感通りにティアラさんは紙一重の回避を成功させて、その隙を突かれて僕の足は払われる。

無様に転んで、また僕はティアラさんの寸止めの拳を眼前に迎えることになった。

「――くそっ。また負けた……。負けたけど、少しだけ前と違うか？　本当に少しだけど……、なんだこれ」

敗北したものの、今日までの人生で感じたことのない『何か』があった。

その根拠のない『何か』が『数値に表れない数値』だとしたら、いままでのティアラさんの話は本当だったということになる。

根拠のない『勘』によって、ティアラさんの回避行動がわかるときがあった。

どういう原理なのだろうか……。

余りに不思議な現象だ。魔力の消費もないのに、魔法みたいな効果がある。

この感覚をジークやローウェンさんも感じていたのか……？

いや、二人とは違う気がする。天才的な当て勘を持ってた二人と違って、僕の攻撃は全く当たっていない。なんとなく頭の中に浮かんだのは、自分の攻撃が失敗するところばかり。成功のイメージは全く湧かなかった。

おそらく、スキル『感応』とは、真逆。

これは『成功』ではなく、『失敗』を読み取る為のスキル。

　と、僕が悶々と一人考えているのを、ティアラさんは表情から読み取って、彼女なりの説明が始まる。僕の上で。

「うわぁー。私が教えたことだけど、ほんと戦い方が歪ー。……変なことになってるね。もしかして、自分の『失敗』しか読み取れてない？」

「あ、ああ……。こうしたら駄目だってことは妙にわかるようになった。ただ、どうすればいいっていう感覚は全くない……」

「性格としか言いようがないね。卑屈なところのあるライナーちゃんは、『失敗』を感じ取るのに特化してるんだよ。道理で『悪感』なんて、珍しいスキルを身につけるわけだよ。私と同じスキルの……、『鋭感』とか『直感』とかを教えてあげるつもりが、本当に変なことになったなぁ」

「いや、それでも助かることには間違いない。ただ、どういう原理なんだこれ？　正直、わけのわからない感覚が急に膨らんで、気持ちが悪い」

「えーっと、臨死体験を通じて、ライナーちゃんは自分の命に何度も触れたことで、魂が敏感になってるんだよ。魔力を生産する魂の感覚が鋭くなれば、自然と魔力の流れを読む感覚も鋭くなる。って話らしいよ」

　ティアラさんの独自理論に、僕の眉間には皺が寄るばかりだ。

　もしエルトラリュー学院の教師が聞けば、馬鹿らしいと一笑に付すだろう。教会の神父が聞けばありえないと首を振られるだろう。

「そうなってるから、そうなってるんだよ。元から感覚の鋭い天才たちと違って、君はここまでしないと、同じ域に並べないのであるー」

けれど、ここにいる聖人様は、その理論を信じていた。

「死が魂の感覚を鋭くする、か……」

「ちなみに、この感覚って、臨死をやめたら数ヶ月でなくなっちゃうと思うよ。私の経験上、間違いない」

「え、定期的に死にかけないと消えるスキルなのか？」

「だから、常に戦場に身を置く必要があるんだけど……。間違いなく、ライナーちゃんは大丈夫だろうね！」

それには僕も同感だった。きっとジークと共にいる限り、ずっと僕は格上と戦い続け、何度も死にかける。そして、どれだけ危険な目に遭っても、絶対に彼から離れることもない。それを僕自身が望み続ける。

このスキル『悪感』は、ジークの仲間たちにもない僕だけの力だろう。

少しだけ優越感を覚えて、僕は口の端を少し吊り上げた。

それを見たティアラさんは満足そうに笑って、続きを促す。

「気に入ってくれたみたいだね。よかった。……さてさて、そのスキルを意識して、もう一回やろうか。今度は、こっちも色々とスキルを使いたいから剣貸してよ。そろそろ、君の『剣術』のほうも磨いてあげたいし」

「『剣術』まで見てくれるのか？　それじゃあ、こっちの綺麗な剣を――」

僕の欲しいスキルが話に出て、すぐに腰に下げた剣の中で最も立派な『ヘルヴィルシャイン家の聖双剣』を手渡そうとした。聖人に見合うものをと単純に思ったのだが、それは断られて、いま僕が使っている魔剣のほうを指差される。

「いや、『ルフ・ブリンガー』のほうが使い慣れてるから、そっちでお願い。いまは『シルフ・ルフ・ブリンガー』って名前みたいだけど」

断る理由がないので、『シルフ・ルフ・ブリンガー』を手渡しながら話しかける。

「使い慣れてる……？　ああ、そういえば、ローウェンさんがこれは聖人の遺品だとか言ってたっけ」

例の『舞闘大会』のときに、僕は『地の理を盗むもの』ローウェンさんと一緒に行動していた時期があった。そのときに『剣術』だけでなく、剣についても色々と教授して貰ったのを思い出す。

「これでも私ってば、一端の『神鉄の鍛冶師』でもあるからね。実は、私自らの手で作った剣なんだよ、これ」

「そうなのか？　あー……、その、すまない。勝手に改造して……」

「気にしてないよ。遺品って言っても、千以上ある作品の内の一つだからね。むしろ、この改造はいい仕事してるから、感心してるくらい。元は所持者と共鳴するだけの剣だったのに、完全にライナーちゃんの為の魔剣になってる」

「あんたが知ってるかどうかはわからないが……、千年前の北の将の一人レイナンド・ヴォルスって人がやってくれたんだ」

「え、あの人が？　ということは、迷宮内で会ったんだね。本当に人生のめぐり合わせってのは不思議なものだね……。この千年後で、そうなるかー」

ティアラさんは感慨深く剣を眺めた。

ローウェンさんと同じ目をしていた。千年前を生きる者にしかわからない懐かしさが、その剣にはあるのだろう。千年も未来の世界に呼ばれて、そこに自分の生きた名残があるなんて……、きっと僕には一生わからない感覚だ。

「よし！　懐かしむのは、ここまで！　過去よりも、いまが大事！　それじゃあ、稽古を再開させよー！　そろそろ日数も結構過ぎて来たからね、時間は大切にー！」

じっと僕が見つめているのに気づいたティアラさんは、はっと我に返り、すぐに『シルフ・ルフ・ブリンガー』を抜いて、身構えた。

「ああ。もう一手合わせ、頼む」

そのティアラさんの気持ちに応えて、僕はレイナンドさんとの関係を聞きたいのを堪えて、『ヘルヴィルシャイン家の聖双剣』を構えて走り出す。

すぐに距離は詰まり、両者の剣が斬り結ばれる。

ティアラさんは鍔迫り合いを嫌って、打ち付けた剣を引いた。案の定、高ランクの『剣術』を彼女は扱えて、技術で筋力の比べ合いを拒否した。

先ほどの素手対鞘とは違い、すぐに勝負はつかない。速さと力で僕が攻め続けて、それをティアラさんが技術で捌いていく形になった。

あえて、ティアラさんは剣戟を長引かせている気がする。

この間に、先ほどのスキルを上手く使ってみろということなのだろう。

──神経を、研ぎ澄ませる。

先ほどティアラさんは「死が魂の感覚を鋭くする」と表現していた。ならば、死を身近に感じることで、身体の奥底にある魂をより深く認識して、それを──

「ねえねえ。ライナーちゃんはさー。好きな子とかいるー？」

集中をティアラさんが乱してくる。

剣を振るいながら、にやにやと笑っていた。

「………………」

好きな子とかいるか。

……ただ、あえて言えば、あの人くらいだろうか。

ああ、くそっ。集中が途切れた。それよりも、いまは魂の感覚だ。

敵の剣の切っ先に集中して、もっともっと死に近づいていけ。

「え、えぇえ……？　咄嗟に思い浮かべたのが、お姉さんって……。ちょっと将来が心配だよ。千年前の同類さんたちを見る限り、ろくなことにならないよ……？」

「お、おい！　その心を読むスキル、やめろ!!」

僕は剣を乱暴に振り回しながら、少し焦って叫ぶ。

出会ったときから怪しいって思ってたけど、もう間違いない。

こいつ、他人の心の内を勝手に読み取ってやがる！

「ばれたか。でも、やめないよ？　ここからはスキルを使って戦うって言ったじゃん」

「そうじゃなくて！　戦いに関係ないスキルはやめろって言ってんだよ！」

「これも立派な戦術の一つ。この程度の攻撃で心を乱してちゃ、実戦で『悪感』を使いこなすなんて、夢のまた夢だよー」

戦術。つまり、挑発ということらしい。

そう言われてしまえば、これ以上の反論は見苦しいだけだ。

仕方なく、僕は落ち着いて、剣に集中し直していく。

「そうそう。これは挑発だよ。いいスキルを持ってても、それを動揺で使えなくなっちゃ宝の持ち腐れだからね。まずは、言葉攻めに慣れてもらうよ。いーひっひ」

パリンクロンを思い出させる表情を見せながら、ティアラさんは徹底して言葉で戦おうとする。おそらくだが、これは彼女の本来の戦い方ではないだろう。

そんな話は、千年前の伝説で聞いたことはない。戦う前に「稽古をつける」と言ったということは、つまり――これから先、僕が戦うであろう敵たちの得意分野の予習をしてくれているのだ。ならば、いま僕がやるべきことは、敵の言葉に惑わされずにマイペースを保つことだろう。

「この数日、ちょろっと私生活を見させてもらったけどさー。ライナーちゃんって本当にシスコンだよねー」

どんな誹謗中傷を受けようとも、動揺なく剣を振るえ。

むしろ、余裕を持って、敵の挑発を嘲笑い続けろ。

「他にも、可愛い女の子は一杯いるのにねー。あっ、うちの娘とかどうよー？」

剣戟の中、僕は鼻で笑って、答える。逆に煽ってやる。

「はっ。ラスティアラか？　あれはないな。一番ない」

「む、むむっ。うちの娘のどこが駄目なのよ!?」

「正直、全部」

「ぜ、全部……？　いや、そんなことないじゃない。いいところあるじゃない？　か、顔とかさ……」

「逆に、あの女って、顔しかいいとこないだろ」

これで少しでも頭にきてくれたら、剣戟にも隙ができるが……。

「くっ、否定できないのが悔しい……」

なぜか本気で納得され、本気で落ち込まれてしまった。

とはいえ、剣戟に緩みはない。立ち直りが早いところも似ていて、すぐにティアラさんは表情を明るくして、話と戦闘を進め直していく。

「じゃっ、他に身近な女の子……。ラグネちゃんとかセラちゃんあたりは、どう？　ライナーちゃんに気はあるのかなー?」

「……この話、まだ続けるのか?」

「続けます」

敬語で即答だった。

もう言葉による動揺がないことは証明したつもりだが、妙に食いついてくる。

そういえば、ハイン兄様から聞いたことがある。ラスティアラのやつはお喋りが好きで、その中でも色恋沙汰が特に大好きだったと。

もしかしたら、ティアラさんも単純にお喋りしたいだけなのかもしれない。寿命の少ない彼女は時間を節約して、特訓中に話しているだけの可能性が出てきた。

「…………」

精神鍛錬だと思おう。これから戦う可能性のある『理を盗むもの』たちが、お喋りな傾向にあるのは確かだ。ティアラさんやジークのように、戦いながら別のことをできるようにならないと、これからの戦いについていけないと、無理やり自分を納得させる。

「どちらも、『天上の七騎士』の同僚だったってイメージしかないな。そもそも、僕の人生にそんなことを考える余裕なんてない」

「……ふうん。本気で言ってるね、つまんないなー。それにしても、『天上の七騎士』かー。そんなのもあったね。『予言』が捻じ曲がって伝わっちゃってるせいか、本来の役目から遠ざかってるけど」

「へえ、そうなのか？　ちょっと信徒として気になるな。『天上の七騎士（セレスティアル・ナイツ）』本来の役目って何だったんだ？」

「あれは、師匠が『最深部』に至る為（ため）の護衛を数人ほど用意して欲しいって意味だったんだけど……。いつの間にか、私の為の騎士ってなってた。私、びっくり」

「ああ、そういう意味があったのか。すごく重要な役割じゃないか」

「重要かどうかはわかんないけどね。千年前の七人の『理を盗むもの』に対抗して、なんとなく作っただけだから」

「でも、そのなんとなくは例の『勘』だったんだろ？」

今日までの訓練で少しずつわかってきたことがある。

ティアラさんが「なんとなく」と言っても、それは僕たちの「なんとなく」とは別物だ。

一見すると無意味そうな特訓にも必ず理由があり、その言葉にも深い意味がある。

彼女の「なんとなく」という『勘』は、百発百中に近い。

いわば、『予言』。始祖だったジークの『予知』に比類する力を持っていたから、彼女は千年前に聖人と呼ばれたのだろう。

「お？　ライナーちゃんも、わかってきたね。うん、私は『勘』で確信して、師匠一人では絶対にどこかで折れるって思ってたから、頼りになる仲間たちが七人ほどいるって判断したの。でも、用意せずとも、師匠は勝手に仲間を集めてたけどねー」

「七人……」

ティアラさんは、はっきりと人数を示した。

それが誰なのかはわからないが、その中に入りたいと僕は思った。

一年前の『舞闘大会』のときに共にいた人たちを数えれば、残りの席は少なそうだ。

僕は本当の『天上の七騎士(セレスティアル・ナイツ)』になる為、絶対に強くなってみせると誓って、握った双剣を振り抜く。ティアラさんは予期せぬ強打に驚き、踏ん張らずに後方へ飛んだ。

「おっ」

喋りながらも、ずっと僕の攻撃をいなし続けていたティアラさんが後退した。

僕の『剣術』とスキルが、敵の動きを捉え始めたのだ。

こんなところで立ち止まってはいられないことを、双剣の先を向けて宣言する。

「すぐに、この頭の裏に張り付く感覚を……、『数値に表れない数値』ってやつを理解できるようになってやるよ。あんたが消える前にな」

「……うん、期待してる」

傲慢な台詞(せりふ)をティアラさんは嬉(うれ)しそうに受け取った。

そして、その宣言を実現させるべく、さらに稽古を厳しくしようとする。

「それじゃあ、もっともっと卑怯(ひきょう)なスキルを使って、君を追い詰めてあげようかな。お婆(ばあ)ちゃんだから、スキルが豊富なのです。思考の誘導とか得意だよー。いひーひっひ」

剣を構えるティアラさんの様子が変わる。ここまでは微笑を貼り付けて、のらりくらりと戦っていた彼女が、少しだけ本気の表情を見せた。

その鋭い目つきのまま、一歩目を踏み出そうとする。

が、二歩目には続かず、急に慌て出す。

「――――っ!?　えっ!?　不味い！　らすちーちゃんが近づいてきてる!!」

ばっと勢いよく振り返って、ティアラさんは連合国の街を見る。

広がる平原にラスティアラの姿は見えない。だが、その豊富なスキルとやらで遠くからの接近に気づいたようだ。僕の返答も待たずに、近くの茂みに向かって走り出す。

「あれえ……!?　もう儀式の準備は全部終わったのかな!?　私は息を殺して、心臓も止めて隠れてるから！　あとお願いね！」

かなり物騒な一言を残して、ティアラさんは茂みに隠れた。これも何かのスキルの力なのか、隠れるところを見たはずなのに、もうどこにいるのか全くわからない。

少し置いてけぼり気味だった僕は、彼女の言葉通りに街の方角に目を向ける。

すると、小粒ほどの人影でありながら、明らかに他と違う輝きを放った人物が近づいてくるのを見つけた。

すぐに、僕は一人で剣の鍛錬の振りを始める。ティアラさんの名残を感じ取られぬように、慎重にラスティアラの接近を迎え入れる。そして、近づかれ――

「……あれ？　いま、誰かいた？」

木陰で剣を振っていた僕に、開口一番でラスティアラは聞いた。

「誰か？　ずっと僕は一人だ。暇だったから、剣の鍛錬をしてる」

先ほどのティアラさんとの稽古のおかげか、そ知らぬ顔で答えることができた。

ラスティアラは少しだけ不思議そうな顔をしたが、すぐにいつもの顔に戻って、剣を振る僕の近くに座り込んだ。黙々と剣を振る僕を見つめながら、話す。

「ふうん……。ほんとライナーって模範生だよね。騎士としても、学院生としても」

生真面目なところを褒められてしまうが、自分よりも模範的な人はたくさんいる。

「騎士の模範と言えば、クエイガー元総長かハイン兄様あたりだろ」

「うーん。その二人は、ただの仕事人ってイメージかな。仕事だから騎士をやってる感じ。私が心から騎士だって思ってるのはライナーだけだよ」

「そりゃ……、どうも」

理由を説明されて、素直に僕は称賛を受け取った。

本当に成長したものだと、自分で自分に感心する。

兄様の話をラスティアラとできるなんて、『舞闘大会』のときは思いもしなかった。「ハイン兄様は仕事人」という評価を聞いても、激昂することなく納得できている。結局、兄様は全てを平等に守る完璧な騎士などではなく、どこにでもいる普通の男だった。子供の頃、兄様が完璧な騎士だと思ったのは、ただ必死に仕事をこなしていた後ろ姿を見て、勘違いしてしまっただけ。その事実を、いま心から認めることができる。

「さーて、その立派な騎士であるライナーに朗報です」

僕が物思いに耽っているのをラスティアラは十分に見守ったあと、笑顔で自分の用件に入っていく。

「この前のアル君とエミリーちゃんだけど、きちんと血抜きの許可は貰えたよ。儀式の準備のほうも大体終わった。早ければ、今日の夜にでも準備が終わって、明日の朝に儀式を始められると思う」

「それを教える為に、わざわざ僕を探してくれたのか？」

今朝、ヘルヴィルシャイン家から出たとき、行き先は誰にも告げなかった。

どこにいるかわからない僕に連絡する為だけに、大聖堂で一番偉いラスティアラが歩き回ったというのは……少し申し訳ない気分になってしまう。

「ん、まあね。と言っても、なんとなくライナーがここにいるのはわかってたから、見つけるのはすぐだったよ。昔から『勘』がいいんだ、私って」

「あ、ああ。そうみたいだな」

一瞬、茂みのほうに目を向けそうになる。

ラスティアラの『勘』の良さの元となっているのは、間違いなくティアラさんだろう。

だが、ここにいる『勘』がいいと自称する少女の前で、その茂みに目を向けることはできない。必死に僕は目の前のラスティアラだけに集中する。

「それじゃあ、これからライナーも大聖堂に集合ってことでー。あっ、でも来る前に、家に戻ってね。いまセラちゃんが、例の二人と一緒に君の家で待ってるから。アル君とエミリーちゃん、ライナーにお礼言いたいんだって」

その口ぶりから、最初は四人で行動していて、僕の家まで訪れていたとわかる。

そして、ヘルヴィルシャイン家の屋敷に僕がいなくて、仕方なくラスティアラがひとっ走りして探すという流れになったのだろう。

「家にアルたちがいるのか。でも、お礼は初日に散々言われたんだが」

ここで一番偉いラスティアラが走り回るというのが、彼女らしいところだ。

「それでも、またお礼が言いたいんでしょ。いやー、やっぱ私の姉妹だね。『魔石人間(ジュエルクルス)』って、いい子ばかり」

「そうか？　あんたと似て、エミリーのやつも面倒くさそうだったぞ」

「いやいや、女の子はみんなあんなもんだって」

そのラスティアラの言う「みんな」というのは、例のジークのパーティーのことだろうか。確かに、あれらと比べてしまえば、どんなやつだろうと面倒くさくない。

僕が納得いかない顔で反論を諦めると、ラスティアラは急いで来た道を戻ろうとする。

「それじゃあ、ライナーは早めに家に戻ってあげてね。私も先に大聖堂に戻るよ。あとちょっと、準備が残ってるからねー」

一年前の聖誕祭の儀式は、フーズヤーズの神官たちの協力があった。だが、今回は僕たちだけで行わなければならず、その準備がまだ残っているらしい。

ラスティアラは忙しそうに――けれど、お祭り前の子供のように目を輝かせて、大聖堂に戻ろうとする。その様子を僕は注意深く見る。

久しぶりに二人きりで話したが、とても普通だ。

いや、普通どころか、物分かりのいい理想の上司と言っていいだろう。冗談を飛ばして、部下の緊張を解してくれる。絶えず笑顔を保って、この人についていけば大丈夫と思わせてくれる。余裕のある大人のお姉さんって感じだ。

その姿を見て、少しだけ希望を抱く。

ティアラさんは無理だって言っていたが、話し合えば、もしかしたら――

「ラスティアラ、少し待ってくれ」

「ん、なになに？」

「最後に一つだけ聞きたいことがある。もし……、もしもだぞ？　聖人ティアラが明日の儀式を……、『再誕』を望んでいなかったらどうする？」

その僕の質問を聞いた理想の上司ラスティアラは振り返り、即答する。

「それは絶対ないよ。急にどうしたの？」

同時に襲い掛かる。背中を押し潰すほどの、圧力。

いままでの気軽な空気を引き裂くかのように、ラスティアラの全身から肌を刺すような魔力が漏れて、僕は無様に後ろへ転びそうになる。

「…………っ!!」

剣を握り、気を張って、臨戦態勢と言ってもいい状態だったにもかかわらず、その一言だけで倒れかけた。

もちろん、その圧力は戦意でもなければ殺意でもない。ただ単純にラスティアラは、ちょっと意にそぐわない発言に対して、強めに返答しただけ。

それでも、呑まれそうになった。

女神と見紛う外見からは想像できない爬虫類に似た双眸。

全てを焼き尽くす太陽のごとく、黄金色の瞳孔が輝いている。

軽い気持ちで見つめていると、瞳の奥に引き寄せられる。どれだけ彼女に悪意はなくとも、本人の意思とは関係なく燃やし尽くされる。

この恐ろしさが、ラスティアラ・フーズヤーズの力であり、本質。

自分の力は張りぼてであると、再確認させられる。

しかし、張りぼてだからこそ、退けはしない。僕に特訓をつけてくれた師匠たちの為にも、恐怖を打ち払い、毅然と言い返す。

「なんで、それはないって断言できるんだ？　あんたは聖人ティアラと、会ったことも話したこともないのに」

「確かに、会ったことはないね。けど、ティアラ様の人生なら見たからね。だから、私にはわかるんだよ」

この質問に対して、ラスティアラの中で答えは最初から決まっていたようだ。

まだ一歩も退かない僕を見て、ぽつりぽつりと彼女は断言する根拠を話していく。

「ティアラ様はね……。子供の頃、病弱で部屋から一歩も出られない生活だったんだ。侍

女が一人に、本だけが積まれた部屋。やんごとなき血筋でありながら、そこでずっと育った。生まれたときから『魔の毒』に身体を蝕まれて、毎晩苦しむだけの辛い生活。死にかけて死にかけて死にかけ続けて……、死と隣り合わせの毎日の中、ティアラ様は絶望していた。世界を恨んでいた。このまま、自分は誰にも関われず、生まれた意味もなく、苦しんで死んでいくのだと、人生を諦めかけていた」

幼い頃のティアラさんの話だった。

それをラスティアラは自分のことのように話す。

「でも、そこにカナミが現れるんだ。僕なら君を治してあげられるかもしれないって、そう言って……、その開かずの部屋の扉は開かれた。それは、まるで昏き深海に届いた天の光のようで……。貝のように閉ざされたティアラ様の心が、少しずつ開かれていって……。――あの物語は始まった」

ラスティアラはカナミの登場を、吟遊詩人のような大仰さで語る。

興奮で頬が紅潮し、魔力で金の髪が躍り、双眸に太陽の熱が増していく。

「それから、カナミは毎日、病床のティアラ様の様子を見に来てくれるようになるんだ。本人は妹さんの治療法を探す為の実験だって言っていたけど、カナミが心からティアラ様を心配していたのは間違いないよ。あのカナミだからね！　そして、本来は親から与えられる人の温かさを、ティアラ様はカナミから初めて感じていくの……」

つらつらと機嫌よく話していくラスティアラに、僕は言いようのない恐怖を感じる。

興奮しているのはわかる。だが、その感情移入し過ぎている姿は、少し狂気的だった。

「知っての通り、カナミのおかげでティアラ様の身体は回復する。絶望から救われる。ここで死んじゃうと、フーズヤーズの歴史が消えちゃうから当たり前だね。……そのあと、ティアラ様の回復は『奇跡』と呼ばれるようになって、本来の立場であるお姫様としての暮らしに戻っていく。父王は感激し、次期女王になるのではないかという噂もあった。けど、いまさら継承権なんて、ティアラ様は欲しくなかった。何の魅力もなかった。どうでもよかった。当然だよ」

　本当に楽しそうに話す。ティアラさんの言った通り、ラスティアラは千年前の物語を我がことと捉えているように見える。

「だって、そんなどうでもいいものよりも、魅力的なものが彼女にはあったから！　それは世界を救う為に、フーズヤーズに現れた五人の英雄たち！　『使徒』の三人と、それに付き従う二人の『異邦人』！　特に、命の恩人であるカナミと、ティアラ様は一緒にいたいと思った！　隣を歩み続けて、ずっと共に生きていきたいと思った！　お姫様なんて立場よりも、それはずっとずっと魅力的なことだった!!」

　そう言い切って、ラスティアラは大きく息を吐く。

　自分の趣味を吐露できたことに、大変満足しているのだろう。

　ハイン兄様も似たような癖があったので、それを冷静に分析できた。

　そして、身の内の熱いものを一時的に吐き出したせいか、急にラスティアラは冷静さを取り戻す。長々と語っていた自分に気づき、それを少し恥ずかしがる。

「……と、とにかくね！　ティアラ様はカナミと結ばれるべきなの！　千年後のいま、絶対に再会すべきなんだよ！」

もう圧力はなくなっていた。

女神と見紛う美しい少女が、口を尖らせているだけだ。

「だって、私と違って彼女は『本物』のお姫様。『作りもの』なんかじゃない。うん、そうだよ。あれは、私じゃない。……私じゃあないんだ」

そう言い終わろうとしたとき、初めての表情を見せた。

目を細め、眉を顰め、けれど口の端は緩んでいる。それは悲しんでるようで、喜んでいるようで、期待しているようにも見える。

「あんたは……、ティアラさんが羨ましいのか？」

「羨ましい？　え、私がティアラ様を？」

どうやら、見当外れだったようだ。けれど、人の好いラスティアラは僕の間違いを頭ごなしに否定せず、一考してくれる。

「……そうかもね。私って、結構嫉妬深いところがあるから。でもさ、それ以上に私はティアラ様が大好きだよ。ティアラ様の物語の大ファンで、心から幸せを応援してる。うん、やっぱり私は応援してるんだと思う」

負の色の一切ない、たおやかな笑顔だった。

ティアラさんほど鋭い『勘』ではないが、僕は直感的にラスティアラは本音を言っていると思った。だからこそ、色々と納得できないところが多い。

「けど、あんたもジークのことを好きなんだろう？　どうして、そんなに簡単に身を引ける？」

前に、二人が相思相愛なのは確認した。

いま、ラスティアラが嫉妬深いことも確認した。

それなのに、目の前の少女は想い人を他人に譲ろうとしている。

その矛盾に、あっさりとラスティアラは答える。

「んー、たぶん……。順番だからかな？」

「順番……？」

「『好き』の大きさの順番。私の『好き』ってさ、たぶん、マリアちゃんやスノウの十分の一くらいしかないよ。やっぱり恋物語っていうのは、『好き』が一番大きい子が優先されるべきだと思うよ。基本でしょ、基本」

恋物語の基本……？

呆れて、返す言葉がなくなりかける。

前々から予測はしていたが、やはりこの女はおかしい。

ラスティアラは独自のルールを展開して、それを遵守している。そのルールは演劇や小説ならば、よくあるお約束。つまりこいつは、大して『好き』の大きくない脇役である自分が、主人公とハッピーエンドを迎えるのは納得いかないと言っているのだろう。

だから、チャンスをティアラさんに譲るのに抵抗がない。おそらく、あの元奴隷の少女や竜人に想い人のカナミを取られたとしても、きっと笑顔で祝福できてしまう。

何でも楽しんで、いつでも心から笑えるのが、ラスティアラ・フーズヤーズの強さの一つだと思った。

彼女は迷宮探索も世界の冒険も、戦いも日常も、危険も安全も、敵も味方も、何もかもを楽しんでいる節があった。唯一、悲しむ姿を見たことがあるとすれば、それは舞台にさえ上がれないときだけ。むしろ、『好き』という感情が常人よりも濃くて万能だから、こうも独占欲が歪になってしまい……、こんなの説得なんてできるか。

そう僕は結論付けた。僕のような常人の思考では、ラスティアラの価値観には決して追いつけない。追いついて説得できるのは、きっとジークか仲間の女たちくらいだろう。

これの処理は、もう主ジークに任せよう。それが一番だ。というか、正直言って深く突きたくない。絶対やばい。

「……なるほど、わかった。そう決めてるのなら、もういいさ。僕からは何も言わない」

「おっ。さっすが、ハインさんの弟ー！　この気持ち、わかってくれるー!?」

正直、兄様という前例がなければ、いまの話の半分も理解できなかっただろう。

それほどまでに、こいつの話はおかしい。

「いや、わかったけど、共感はしてないからな。はっきり言って、わけわからないぞ、おまえ」

「えー？　ちぇっ。まあ、そう言われるのはわかってたけどね。それで、もうそっちの話は終わり？」

「ああ、もういい。おまえが聖人ティアラの『再誕』を誰よりも必要としてるのは、よーくわかった」

これで明日の儀式で、憂いなく裏切れる。

ラスティアラには悪いが、ティアラさんのほうがまともだった。

だから、僕はティアラさんの味方につく。

大雑把な話かもしれないが、まともかどうかというのは僕の信頼する判断基準の一つなのである。

「オッケー。それじゃあ、私は急いで大聖堂に戻って準備してるね。そっちも家に寄ったあとは、すぐこっちに来てねー。たぶん、とんとん拍子で進めば、今日の夜から儀式始めちゃうからー」

僕が裏切りを心に誓ったところで、ラスティアラは小走りで街に戻っていく。

その背中に別れの挨拶をかけて、手を振る。

「ああ、先に行ってこい。こっちはちゃんとセラさんたちに会ってから、そっちに行く」

「ばいばーい！」

それにラスティアラは、背を向けたまま手を振って応えた。

小走りといえど、基本的な身体能力の高いラスティアラだと、姿が消えるまですぐだった。その瞬間まで、僕は忠義深い騎士として手を振り続けて、完璧に姿が消えたところで近くの茂みに声をかける。

「どうして、あんなになるまで放っておいたんだ」

とりあえず、親を自称する先代の聖人様に、この時代の聖人の異常さを責める。

「えぇえ？　私のせい？」

すごすごと茂みから出てきたティアラさんは、心外と言った様子で首を振る。

「私じゃないって。私の意識が出たときには、もうああなってたんだから。むしろ、あんなのをよくフーズヤーズは育てたもんだと、ちょっと引いてるくらいだよ」

「じゃあ、うちの教育係のせいになるのか？　確か、ハイン兄様とパリンクロンが担当だったか……」

「ヘルヴィルシャインの末裔（まつえい）とレガシィ君の転生先が？　その二人なら……たぶん、レガシィ君のせいだね！　レガシィ君は、基本的にアレだから！」

「やはりか。聖人様が言うなら間違いないな！　くそっ、パリンクロンのやつめ……！」

どっちかと言うと、今回は兄様のほうが原因な気がしないでもない。だが、パリンクロンのせいにしておく。あいつのせいにしておけば、大体は回り回って正解になることが多いのだから仕方ない。

そして、僕とティアラさんは存分にパリンクロン・レガシィを呪ってから、冷静に現状を整理していく。

「冗談は置いといて……。あんたが一番カナミが好きって本当なのか？　少なくとも、ラスティアラはそう思って、順番を譲ろうとしてるぞ」

「いやあ、それなりに好きだけどさあ。一番はないと思うよ？　娘の中でディアちゃん、マリアちゃん、スノウちゃんあたりを見てたけど、正直勝てる気しないよ」

「だよな。あそこらへんに勝てたら、もうアレだ」

ティアラさんは力や技術は凄いが、比較的まともな性格をしている。

ジークの周囲のやつらと並ぶには、色々と足りていない。

「どうして、我が娘があそこまで私の気持ちを決めつけるのか……、わっかんないんだよねー。唯一つわかることは、もう娘との『親和』は不可能ってことだね。もう私の声は娘に届かないから……」

『親和』という単語は、パリンクロンと戦ったときに聞いたことがある。

『理を盗むもの』の力を使いこなすのに必要だったという認識程度だ。少し詳しい説明が欲しいと僕は思い、いつものごとく、それをティアラさんは察してくれる。

「あれ、知らない？　なら、道すがらに『親和』について教えてあげるよ。これは明日の儀式にも関係あることだからね。魔法の真髄の一つだよー」

「助かる」

こうして、僕たち二人は去っていったラスティアラと鉢合わせにならないように道を選んで、ゆっくりと屋敷に帰っていく。

その帰り道で、僕たちは別れの挨拶にも似た会話をする。

「もう儀式の準備は終わりかー。たぶん、さっきのが最後の授業になりそうだね」

「ああ、明日でお別れっぽいな」

これで稽古も最後だと思うと、少しだけ歩く速度が緩む。

死にかけてばかりだった。だが、終わってみればそれなりに楽しい毎日だった気がする。

けれど、振り返りはしない。その寂しいという感情よりも大切なものが僕たちにはある。

二三歩ほど歩いたところで、もう僕たちの歩みに迷いはなくなっていた。

『親和』とは人生の重なり。

どれだけ魂が酷似しているかを指すらしい。

同質の魂を掛け合わせることで、より高次元な魂に昇華させるのが『親和』。

本来、死した魂は世界に溶けていく。しかし、同質の魂が近くにあれば、溶ける前に一部を吸収させることができる。ティアラさんが千年前の魔法開発で見つけたルールの一つらしいが、正直なところ話の半分も理解できなかった。

なんとか理解できたのは、いまラスティアラとティアラさんは魂の形がかけ離れているということ。もし、一つの体に二つの魂が入ってしまえば、相反し合って、どちらかが消滅するということ。

逆に、ジークの仲間である元奴隷の少女と『火の理を盗むもの』は魂の形が酷似していること。一つの体で二つの魂が見事に融和できていること。

ヘルヴィルシャイン家への道すがらに『親和』についての話を聞き終わり、僕は屋敷の正門前でティアラさんと一旦別れる。

「それじゃあ、私は庭のほうから忍び込むから」

「え、あんたも家に入るのか？」

「うん。例の二人の話を、私も聞きたいからね。また陰に隠れて、こっそり聞いてるよ」

そう言い残して、大聖堂に帰ると思っていたティアラさんは屋敷の庭に紛れていった。

定期的に使用人が庭の見回りをしているものの、ティアラさんならば捕まることはないだろう。師を心配することなく、僕は屋敷の中に入っていく。

すると、すぐに侍女の一人が僕の下に駆け寄って来て、客の来訪を知らせてくれる。ラスティアラの言っていた通り、セラさんたちが客室で待っているようだ。

先輩を待たせないように、僕は急いで屋敷内でも上等な客室に移動して、勢いよく扉を開けて入る。

中には、騎士のセラさんに探索者のアルとエミリーが待っていた。

まず代表してセラさんが僕に話しかけてくる。

「帰ってきたな。邪魔をしているぞ。その様子だと、お嬢様から話は聞いたようだな」

「遅れてすみません。時間が空いていたので、今日は郊外で剣を振っていました」

「ほう、感心できる休日の過ごし方だ。うちの若い騎士たちは、たるんでいるからな」

軽く手を挙げあって、挨拶を交わしていく。

奥の探索者二人は深々と頭を下げていたので、その必要はないと笑って応えてあげる。

「しかし、おまえの姉は相変わらず凄いな。待っている間、質問責めにあったぞ……」

「姉様が……？　あー、ジークのことですね」

「ああ。『舞闘大会』で袖にされたはずだが、まだご執心の様子だった。誤魔化すのが大変だったぞ」

「一度袖にされた程度で、姉様は止まりませんよ」

セラさんは顔を顰めて、僕の姉との交流を報告してくれる。その表情から、僕と同じ目に遭ったのがよくわかる。よく見れば、後ろの二人も似たような表情をしていた。姉様は誰彼構わずに情報収集しているようだ。

いつか独力でジークまで辿りつきそうで怖い。

「さて。おまえの姉は置いておいて、本題に入ろう。おまえの連れて来てくれた二人との交渉は終わり、もう儀式の準備も終わる。お嬢様は明日の朝にでも儀式を行うと言っていたが、おまえはいけるか？」

「はい。もちろん、いつでもいけます」

「いい返事をしてくれる。おまえがいてくれて、本当に助かる」

僕としては当然の返答だったが、セラさんは僕の参加を聞いて心底安堵していた。

その本題に続いて、後ろで待っていた二人が前に出てくる。

再度、深く頭を下げたアルがお礼を言ってくる。

「ライナーさん、本当にありがとうございました。あなたのおかげで、俺たちの病気は治りそうです」

「ああ、ラスティアラに治して貰えそうなのか。よかったな。ただ、お礼はいいって前も言ったろ？　僕は仕事をしてるだけだから」

「それでも、今日までの苦労を思えば、お礼を言わずにはいられないんです」

アルに合わせてエミリーも頭を下げていた。本当に礼儀正しい二人だ。

「ちなみに、俺は儀式のとき、大聖堂の外にいます。もし何かあったとき、俺だと足手まといになりますから……。エミリーが敵の人質にでもなったら、きっと俺はみなさんよりエミリーを優先してしまいます」

そして、儀式の日の所在を教えてくれる。

心細いであろうエミリーに付き添ってもいいと思ったが、そうはならないようだ。

当のエミリーが強く同意していた。

「うん。もし人質になったら、とても困ったことになるから……、外で隠れてて。極力、不安要素は取り除こう。私は一人でも大丈夫だから心配しないで、アル君」

「心配はしてないって。ライナーさんがいてくれるから」

二人は少し物騒な予測をしていた。

まるで、儀式の日に何者かの襲撃が約束されているかのようだった。

「セラさん、もしかして……」

「はっきり言おう。儀式の日、あのフェーデルトのやつが何かしかけてくる」

「言い切りますね。理由を聞いても？」

セラさんは憤慨しながらも、酷く真剣な顔で説明していく。

「露骨に裏で手を回して、私を大聖堂から引き離しにきたのだ。そのせいで、いますぐ私はここを発たなければならん。屋敷の外には『本土』からの迎えが、一杯潜んでいる。いま、ここにいられるのは、おまえという騎士に業務を引き継ぐという名目で、なんとか時間を稼いでいるからだ」

あのセラさんが、ラスティアラの一大事に離れる……？

どのようにフェーデルトが手を回したかは知らないが、上手くやったものだ。

「『本土』に行っているクエイガー元総長に事故があってな。その補填として、私は向かわないとならんのだ」

「クエイガーさんが事故？」

「流石に、その事故がフェーデルトの仕業かまではわからん。だが、やつが上手く『元老院』に掛け合って、補填の騎士を私にしたのは間違いない。私を遠ざけて、儀式の警備を手薄にした以上、必ず動くはずだ」

「そこまでわかってるなら、そんな命令無視してしまえばいいのでは？」

「無視すれば、私でなくお嬢様の立場が悪くなる。戦いは今日だけではないのだ。隙を生まないように立ち回る必要がある。何より、お嬢様が行ってこいと命令された」

セラさんも本意ではないのだろう。唇を噛んで、明日の儀式への不参加を告げた。ただ、一切の心配はしていないと、僕の目を見つめる。

「私とお嬢様は、おまえを信頼している。おまえの力は兄ハインを超えて、心身共にフーズヤーズ最高の騎士に至ろうとしている。そのおまえという切り札がある限り、私たちに敗北はないと、そう信じている」

目と目を合わせて、切り札はセラさんでなく、僕だと言う。

目を逸らしそうになるのを、ぐっと堪える。

大変良心が痛む……。

僕は裏切りを何とも思わないゴミクズ以下の騎士なのに……。

「そんな顔をするな。もちろん、何の手も打ってないわけじゃないぞ。私の代わりに、当日は頼りになるやつを護衛につかせるつもりだ」

その後ろめたさで歪んだ顔を、セラさんは都合よく解釈してくれたみたいだ。

年下の部下である僕の不安を払うべく、増援を約束してくれる。心当たりがあった。

「ラグネさんですね」

「ああ、一人はラグネだ。一応、あともう一人呼んでみたのだが……。流石に、そっちは間に合わないだろうな。明日は二人で分担して、上手く護衛をして欲しい」

三人目もいるらしいが、不確定なので数えないで欲しいようだ。

つまり、明日は二人。たった二人で、一年前は千人超えで警備していた儀式を成功させろということだ。それをセラさんは激励と共に、僕に頼み込む。

「おまえたち二人がいれば、たとえ大聖堂の騎士たち全員が相手でも後れは取らんと信じている」

騎士たち全員が相手か。

確かに、ラグネさんを含めた全員が相手でも、僕一人でいけるはず。

風の魔法は多人数を相手取るのに優れている。

最悪、風の繭でラスティアラか神殿を包んでしまえばいい。今日までの特訓で、その魔法を数時間持続するだけの力は手に入れている。

守護者(ガーディアン)クラスの敵さえ現れなければ、間違いなくいける。

あのクラスの敵なんてそうそういない。ほぼ確実に大丈夫と言っていいだろう。

「任せてください。必ずラスティアラは僕が守ります。この剣に誓って」

騎士の誓いを嘯(うそぶ)いて、僕はセラさんの不安を取り除く。

正直、ラスティアラの意に沿うかどうかは保証できない。

しかし、必ずラスティアラの命だけは守る。この命に代えても。

その言葉に満足したのか、もう時間はないといった様子でセラさんは部屋から出て行こうとする。

「うむ。任せた」

セラさんは今生の別れのように、強く僕に言い残す。

このまま、連合国から出るのだろう。それ以上何も言うことなく、セラさんは部屋から出て行った。続いて、アルとエミリーも再度礼を言ってから退出する。

客室に僕だけが残り、すぐに誰もいない部屋で声をかける。

「聞いてたか？」

「うん。明日は気をつけて。なんとなくだけど、必ず襲撃はあるよ」

ティアラさんが部屋の窓を外から開けて、猿のように器用な動きで入室してくる。

ずっと外の壁に張り付いて、中の話を聞いていたのだろう。

そして、少し矛盾している「なんとなく」「必ず」という『予言』をした。

セラさんが危惧している事態は必ず起きると思って、動いたほうがよさそうだ。

「なら、すぐにでも大聖堂に行って、ラスティアラの護衛をしないとな」

「私も地下室に戻らないと。儀式の準備の最後には、この死体を神殿まで移動させるだろうから」

僕たちは揃（そろ）って、大聖堂に向かうべく準備をする。

その途中、ティアラさんは少し楽しげに声をかけてくる。

「とうとうだね。明日、今日までの特訓の成果が試されるよー！」

「そうだな。ただ正直、あまり強くなった気がしないんだが……」

虚勢を張っても仕方ないので、僕は正直に答えてしまう。

「うん。正直、私も上手く教えられた気がしない」

「おい」

師であるティアラさんも正直に答えた。

「いひひっ。まっ、完璧とは言えないけど、それなりに教えられたと思うよ」

「あとは、僕が一人で勝手に鍛えるさ。あんたには感謝してる」

いつものことだ。

基本的に千年前の偉人たちに、時間はない。

ゆえにローウェンさんのときも、アイドのときも、ティティーのときも、その得意とするスキルの骨組みだけを教わって、完成は自分の力で行えという方針だった。

いまさら、それを不満に思うつもりはない。あるのは、感謝の念だけだ。

僕たちは冗談を飛ばし合いながら、ヘルヴィルシャイン家を出て、フーズヤーズの広い街道を歩き、例の十一番十字路を通り抜けて、大聖堂に到着する。

いつも通り、城塞のような大聖堂は柵と川にぐるっと囲まれている。

正門に続く大橋には、警備の騎士たちが並んでいる。

僕は堂々と正門を通れるが、ティアラさんはそうもいかない。

「じゃっ、また私は庭のほうから入っていくから、これでバイバイだね」

当然のように、ティアラさんは裏から忍び込むつもりのようだ。出てくるときも柵と川を越えたのだろう。屋敷のときと同じく、一切の心配をすることなく見送る。

「また明日な」

「うん、また明日」

明日の人生最後の別れに向けて、今日の別れを済ませた。

そして、僕は警備の騎士に挨拶をしながら正門をくぐり、ティアラさんは大聖堂の裏手に向かって駆け出す。

広い敷地内を歩いていく。

途中には、無駄に大きな花壇や階段があって、建物に辿りつくだけで一苦労だ。

大聖堂の扉の前までやってきた僕は、周囲の空気の違いを感じ取る。

すれ違う騎士たちに、違和感があった。

それは本当に些細（ささい）な違和感。この時間には余り見ない顔の騎士が出歩いていたり、騎士たちの表情が僅かに固かったり、庭に満たされる雑音が少し大きい程度のものだ。

だが、この数日で研ぎ澄まされた感覚が、ある種の確信を抱く。

明日は同僚の騎士たちが相手だ。エルトラリュー学院の元同級生たちが並ぶこともあるだろう。だが、一切の躊躇（ちゅうちょ）なく斬ると心に決めておく。

僕は足を進める。常に張られてある大聖堂の魔法の結界が、身体（からだ）を撫（な）でた。その感触を無視して、建物の最奥にある神殿へ向かう。

儀式の予定場所は一年前と同じだ。

そこに主ラスティアラがいると予想して、真っ直ぐ向かう。

神殿の前の大扉までやってきたところで、女性同士の話し声が聞こえてくる。聞き耳をたてなくとも、その声の主も会話の内容もわかった。

「――あぁ、やっと会える……！　あの伝説のティアラ様に……!!　ラグネちゃん、あのティアラ様だよ!!」

「はい、お嬢！　あのティアラ様っすね！　いやー、どんなお方なんでしょうねー。この国どころか、世界の歴史上で一番偉い人って聞いてますから、本当の本当に『一番』なんでしょうねー。すんげー楽しみっすー！」

「私も楽しみ。会ったら、何を話そうかなー。やっぱり、物語の掠れてるところを、しっかりと聞くのが一番かな。あー、ほんと楽しみ」

ギギギと鈍い音をたてて、神殿の扉が開かれる。

一目見て、まず空っぽだと思った。

広過ぎる部屋の中にいたのは、たった二人。

ラスティアラ・フーズヤーズとラグネ・カイクヲラ。

前に僕が神殿に来たときには、煌びやかな調度品で飾られて、大量の高級そうな椅子が並んでいた。それらが全て撤去されているので、本当に何もない。

綺麗な大理石の床が広がり、壇上の上部にステンドグラスがあるだけ。

その壇上の床に、ラグネとラスティアラが協力して魔法陣を描き込んでいた。

古びた羊皮紙を片手に、お喋りをしながら仲良くだ。

事前に聞いた話では、その魔法陣が完成すれば、前夜からラスティアラがそこに座って精神統一をするらしい。おそらく、魔力を流し込み続けて、大掛かりな術式を起動させるのだろう。儀式の詳細は知らないが、大まかな予測はつく。

僕は護衛の為に神殿の間取りを頭に叩き込みながら、壇上の二人に近づいていく。

「ラスティアラ、セラさんと話をつけてきた。こっちで僕が手伝えることはあるか？」

「ん、お帰りー。でも、特にはないかな。この描き込みもすぐに終わるし、かと言って警戒が必要なほど、私は疲れてないし……」

ラスティアラは首を傾げて、僕にできることを探してくれる。

しかし、僕が必要とされるのは明日だけのようだ。

ラスティアラが儀式に掛かりきりで動けなくなり、疲労困憊で敵の迎撃もできないときが、僕の出番だ。もし敵が突くとすれば、その時間の可能性が高い。一年前の儀式で、主ジークが突いた時間が。

「わかった。なら、僕は端っこで、仮眠を取ってる。そっちは二人で楽しみながら、準備を続けてくれ」

「そうだね。今日の夜はラグネちゃんが、明日の朝からはライナーが警戒しようか」

すぐに僕は神殿の壁まで移動して、身体を預けて休息を取り始める。

少し肌寒いが、眠ることは十分に可能だ。

僕は大胆にも熟睡することを決めて、瞼を閉じる。

瞼の裏の暗闇の中、ラグネさんの声が聞こえる。

「今日は、私に任せるっす。逆に明日はしんどいから、そのとき頼むっすねー」

はっきり言って、いまみたいなラスティアラが十分に動ける状態ならば、護衛の必要など全くない。ジークの前では守護者相手に手も足も出なかったと言っていたが、だからと言って彼女が弱くなったわけではない。依然として暴力の塊であり、騎士が束になっても敵わない現人神様なのだ。

ゆえに、僕が警戒するのは明日の早朝から。

そのときまで、じっくりと休もう。

緊張のし過ぎも、焦り過ぎも『失敗』に繋がる。最高のコンディションを保ち続けることにいまは集中だ。『勘』だが、それが最善であると僕は思った。

遠くからラスティアラとラグネさんの無邪気な話し声が聞こえる。ティアラさんの稽古で疲労の溜まった身体を休ませる為に、強引に意識を闇の底まで沈めていき、外界からの光と物音を閉ざす。

――こうして、儀式前の最後の夜を迎えて、さらに時間は過ぎていく。

眠りながらも、時間感覚はあった。

とうとう予定日に入った。今日、太陽が完全に昇りきる頃に、ティアラさんは完全消滅し、その力は受け継がれる。

ラスティアラでも、フェーデルトでもなく、フーズヤーズの誰でもなく――この僕が、フーズヤーズの伝説の後継者となる。

2. 血移しの儀式

朝露の匂いがする。

瑞々しいだけでなく、草木や土の香りも絡まって鼻腔を満たしていく。しかし、耳を澄ませども、雨音はしない。眠っている間に一降りしたのだろうか。

僕は薄い膜のような眠気を霧散させて、瞼を開ける。

目に入ってくるのは、薄暗い神殿の内部。

壁に並ぶ窓に目をやると、濃い藍色の空が見えた。その空の端っこに、いまにも消えてしまいそうな薄い月が、ぽつんと一つ浮かんでいる。

幽かな月明かりが窓から差し込み、漂う塵を白く色づかせていた。

まだ陽は昇っていないけれど、もう夜ではない。どっちつかずで曖昧な時間帯だった。

神殿内で目を覚ましたという状況のせいか、不思議と神秘さを感じる。

灯りのない神殿内を、目を凝らして見回す。

昨日と違うところが数点ある。

まずラグネさんが、僕と同じように神殿の壁に背中を預けていた。僕とは反対側の隅っこで、絵画を見るような目つきで、壇上に目を向けている。壇上には見事な魔法陣が描き終わってあり、その中心でラスティアラが両手を握り合わせて祈っていた。

神殿のステンドグラスを通して、差し込む月光の淡い光を浴びつつ、ゆっくりと自身の魔力を魔法陣に流し込んでいっている。

その魔力が濃過ぎるせいか、祈りに合わせて彼女の白い服と金の髪が、まるで命を持っているかのように揺らめく。

決して、色鮮やかとは言えない。だが、ラグネさんの目を奪うだけの美しさがそこにあった。魔力に耐性のない一般人が見れば、神聖な神の化身と見間違えることだろう。この厳かな光景の邪魔をしてはならないと身体が動かせなくなり、僅かな眼球の動きさえも冒瀆になると遠慮してしまうことだろう。

老若男女にかかわらず全てを、その身の魅力だけで虜にする。

それがラスティアラ・フーズヤーズだ。

ただ、僕には余り関係のない魅力なので、寝起きの挨拶と共に、静寂を軽く打ち破る。

「いま、起きました。ラグネさん、調子はどうですか？」

遠くにいたラグネさんが、びくっと身体を震わせた。

そして、頭を掻きながら僕に答える。見惚れていて警備が疎かになっていたのを恥じているようだ。

「あ、あぁっと……もしかして、そろそろ朝っすか？　あー、朝っすね。一応、もう準備は全部終わって、いまは魔法陣にお嬢の魔力を沁みこませてるところっす」

「そのようですね。予定では、朝になったらティアラ様の身体とエミリーを神殿内に入れるはずでしたが……」

「うぃっす、ちゃんと終わってるっす！　事故って魔力が混ざらないように、向こうで待って貰ってるっす！」

壇上とは逆方向。神殿の入り口近くの長椅子に、二人の少女の姿があった。

まず椅子に座っていたエミリーが、僕が目覚めたのを確認して、礼儀正しく頭を下げる。

「おはようございます。ライナーさん」

その彼女の膝を枕にして、もう一人の少女が眠っている。

いや、眠っているのとは少し違うか。何しろ、その身体の心臓は止まっているのだから、膝を枕にして少女は死んでいる、が正しい。

昨日までティアラさんの身体となって元気に動いていた『魔石人間』の死体が、寝かされていた。

二人の姿を見て、準備万端であるのを確認する。

そして、そこで予期せぬ三つ目の朝の挨拶が飛ぶ。

「おはよー、ライナー」

壇上のラスティアラが祈りの姿勢のまま、こちらを向くことなく声を出した。

祈っている間は話せないのかと思ったが、そうでもないようだ。とても軽い様子で、背中越しに僕たちへ指示を出していく。

「じゃー、みんな揃ったところで、そろそろ本格的に儀式を進めよっかー。予定よりも早く、魔力のほうも溜め終えたしね。エミリーちゃーん、こっちまで来てー」

「はい、ラスティアラ様」

呼ばれたエミリーは、ティアラさんを抱きかかえて移動しようとする。

その前に僕は一足跳びで彼女の隣まで移動して、代わりを申し出る。

「そっちの『魔石人間（ジュエルクルス）』は僕が運ぶ。あんたは自分の仕事に集中しろ」

「はい……。助かります」

エミリーは才能ある探索者とはいえ、小柄で魔法使い寄りのステータスだ。

抱えて運ぶのに苦労すると思って、ティアラさんの身体（からだ）を受け取る。そして、壇上まで続く絨毯（じゅうたん）を進むエミリーの後ろを、腕の中の『魔石人間（ジュエルクルス）』の顔を見つめながら歩く。

全く息をしていない。

昨日までの表情豊かな姿が、嘘（うそ）のようだ。

もし、この儀式が僕らの思惑通りに失敗すれば、あのティアラさんの妙にイラつく顔は二度と見られないと思うと、少しだけ寂しいものがあった。

ただ、その感情を表に出せば、ラスティアラたちに怪しまれるだろう。

僕は無表情を努めて、ティアラさんを壇上まで運んだ。続いて、ラグネさんも壇上に登って周囲を警戒し始める。ラスティアラも少し緊張し始めていた。ここから先が本番であると、誰もがわかっているのだ。

儀式が、始まる。

「さーて……。ここから先は本当に動けなくなるから……、みんな、頼んだよ」

僕とラグネさんに目を向けて、ラスティアラは頼み込む。

それに僕たち騎士二人は強く頷(うなず)き返す。

「全部、僕に任せてくれていい。休んでた分は働く」

「ちょっと眠くなってきたけど、頑張るっすー……！」

ラグネさんは僕と違って、昨日からずっと神殿の警護をしている。その言葉通り、眠たげに瞼が落ちかけていた。余り徹夜が得意ではなさそうだ。

その様子を見て、ラスティアラは苦笑する。

「夜はラグネちゃんが頑張ってくれてたから、仕方ないよ。ここから先はライナーの仕事だよ。それじゃあ、ライナー。魔法陣の中央に彼女の身体を置いて」

「了解」

僕はティアラさんの身体を魔法陣まで運び、それにエミリーも続く。

「エミリーは、そこに座ってるだけでいいからね。途中で魔力が吸われる感じがすると思うけど、びっくりしないように」

「はい。しっかりと手順は覚えてますから、大丈夫です」

「偉い偉い」

こうして、魔法陣内に三人の『魔石人間(ジュエルクルス)』が揃った。

ぺたりと腰を落として、エミリーは壇上に座り込む。その隣にはティアラさんが寝転がり、その身体に手を当ててラスティアラは魔法構築を始める。

「『魔石人間(ジュエルクルス)』じゃない二人は離れてて……。魔法効果範囲内に入って、魔力とか色々混ざったら困るからね……」

ラスティアラの指示に従って、僕とラグネさんは魔法陣から出て行く。さらに、万が一の事故が起きないように、余裕を持って遠ざかる。

「ん、そのくらいの距離でオーケーだよー。さあ、準備も万端。今日は記念すべき日になるよー。みんな、見逃さないように！」

軽く冗談を交えたあと、ラスティアラは儀式用の魔法を本格的に始動させていく。

描かれた魔法陣が発光し、それに合わせて三人の魔力が混ざり合う。

「魔法陣起動。想起用術式の収束開始。儀式開始。――神聖魔法《再誕(リヴァイヴ)》」

魔法名が呟(つぶや)かれて、大聖堂が心臓のように脈打った。

同時に『魔石人間(ジュエルクルス)』の三人から魔力の霧が漏れ始める。

その赤い霧は混ざり合い、溶け合う。

血が空気中で循環して、白く発光する。

いま、あの『再誕』の儀式が、本当の意味で始まったのだと確信する。

これでラスティアラは動けない。

もちろん、ティアアラさんも動けない。

昨日聞いたところ、この《再誕(リヴァイブ)》という魔法はティアアラさん側から働きかける共鳴魔法らしい。

そして、全神経と全魔力だけでなく、その身の血の全てさえも費やして発動させる。魔法にとって最も重要な血を費やすということは、この儀式の間、もう別の魔法を唱えることができないということでもある。

つまり、疲労困憊（ひろうこんぱい）で敵の迎撃が不可能になるのは、ラスティアラだけでなくティアラさんもなのだ。さらに言えば、これは歴史上にも例のない大魔法でもある。

伝説の千年前の聖人ティアラさんが全てを費やし、さらにこの日の為（ため）に生まれた現代の聖人ラスティアラも全てを費やして、ようやく発動可能になる『親和』の魔法の極致。と、ティアラさんから聞かされた。

元エルトラリューの学院生として元レヴァン教の騎士として、この大魔法を直（じか）で目にできるのは喜ぶべきところだろう。

ただ、この大魔法は必ず失敗すると僕はわかっている。

この術式は最後の最後で、対象をライナー・ヘルヴィルシャインに変える。

儀式を主導するティアラさんが、そう決めてしまったのだから絶対だ。

その最後のタイミングを見逃さないように、僕は気を張る。

予定では、儀式が終わってもティアラさんが目を覚まさないことにラスティアラは戸惑い、その隙を突いて僕はティアラさんに触れる。

それだけで、ティアラさん側で魔法を発動させて、力の全てを僕に送ってくれるらしい。

要は神聖魔法《レベルアップ》みたいなものだから簡単だと言っていたが、初めての作業に、否応なく僕の緊張は高まる。

仄かに発光し続ける三人を、騎士二人が見守り続ける。

魔法陣の右側に僕が立ち、左側にラグネさんが立って警護している。いつどんな奇襲があっても対応できるように、二人で目を光らせている。

先ほどまで「眠い」と言っていたラグネさんだったが、仕事が本格的に始まれば別人のように集中している。眠さを理由に、手を抜く気はないようだ。

そして、その鋭い表情から油断ならない強敵であることもわかる。

おどけているようでいて、彼女は非常に強かな人間だ。どんなときも冷静で、自分の手が届く範囲の最善を選び続ける。慢心も油断もなく、坦々と仕事をこなしていく。

それが、ラグネ・カイクヲラ。

その性格の代表的な事例が、『舞闘大会』決勝戦後での出来事だろう。

いまでも、あの光景を、はっきりと思い出せる。あの日、僕はローウェンさんの剣を見事奪った。自分で自分を褒めてやりたい手際だった。ジークという人生最大の強敵を相手に、一切油断はしていなかった。にもかかわらず、あっさりと横からラグネさんがローウェンさんの剣を奪っていった。

おそらく、あのタイミング以外で僕が剣を奪われることはなかっただろう。

たとえ、『最強』と名高いグレンさんでも、ジークのパーティーメンバーの誰が相手でも、僕は後れを取ることはなかった。

その磐石の警戒を、唯一ラグネさんだけが掻いくぐってみせた。

とにかく辛抱強く、最良のタイミングで意表を突くのが上手い人なのだ。それはティアラさんの言っていた『数値に表れない数値』による勝利を引き寄せる才能だろう。

そして、その才能を持つラグネさんはローウェンさんの剣を眺めながら、一度も見たことのない表情を浮かべていた。普段は小動物のような愛くるしさを振りまいているからこそ、あれは際立っていた。

ラグネさんは剣という凶器を見て、顔を歪めて笑った。

陽気に笑ったのでも、嬉しくて笑ったのでもない。

あのとき、最も近くにいた僕だからこそ、確信できる。間違いなく、ラグネさんは殺気を漏らしていた。剣に見惚れ、うっかり殺意を放ち、その口の端を吊り上げていた。

いまにも、ローウェンさんの剣を得意の『魔力物質化』で限界まで伸ばして、観客席に向けて横に振ってしまいそうな危うさがあった。直後にエルミラード・シッダルクが剣を奪わなければ、何が起きていたかわかったものではないと、いまでも思っている。

ここからは難癖だが、初期の『天上の七騎士』時代、ラグネさんはパリンクロンのやつと仲が良かったと兄さんから聞いたことがある。それだけで最大の警戒に値する。

つまり、僕はラグネさんを信用していない。

なので、僕は壇上で外からの奇襲を警戒する振りをしながら、すぐ近くで呟くラグネさんに最も注意を払う。

「あー、うー。ねーむーいーっすー。お腹も空いてきたーっすー」

「ラグネさん、眠いのはわかりますが寝ないでくださいよ。お昼までの我慢ですから」

「うぃっす。ただ、お昼ご飯食べたら、寝まくると決めたっす。……うぅ、それまで我慢我慢」

　昨日までのティアラさんの授業を思い出し、第六感を研ぎ澄まさせて、魔法陣の反対側に立つ彼女と談笑しながら、監視する。

「そういえば、儀式が終わったら、お祝いでみんなでご馳走を食べるとラスティアラは言ってましたね」

「っすねー。お嬢が料理してくれるらしいっすよ。お嬢は何でも一流だから楽しみっす」

「ティアラ様の歓迎会のつもりですかね……？」

「じゃないっすかねー」

　同僚らしく、ラグネさんとくだらない話をしながら、時間は進んでいく。

　当然、目前の魔法も、力強さを増していく。

　目に見えて儀式は進んでいき、同時にラスティアラの魔力が極端に減少していく。

　彼女の中にある魔法《再誕》の術式に魔力が奔り、フル稼働で消費されていっているのだろう。それを僕とラグネさんは、腰の剣に手を当てたまま見守る。

　次第に陽が昇り、神殿内に光が差し込んでくる。

清々しい朝の光によって、薄暗さが掻き消えていく。

陽光に照らされる三人の『魔石人間』だったが、誰一人眉一つ動かさない。

儀式に注力しているのだろう。

三人だけ時間が止まっているかのようだった。

儀式は順調に進んでいるのだと、静けさが証明していた。

そして、窓から入り込む日差しの角度が、徐々に変わっていく。

時間の経過と共に、日が天まで昇ろうとしていた。

そのとき。

日が昇る途中。

一つ、異変があった。

「――うっ、ぅうう」

突然、魔法陣内のエミリーが呻き出した。

よく見れば、額から汗を流し、呼吸を荒らげている。

同じく、隣で魔法構築しているラスティアラも尋常ではない量の汗を流している。だが、こちらは事前にわかっていた症状だ。

しかし、座って協力するだけのエミリーが体調を崩すというのは予定にないことだ。

まず、間近のラグネさんがエミリーに駆け寄った。

予定外の事態に対して、緊急で魔法陣の中に入った。それを僕は見守る。腰にある剣から手を離さず、ラグネさんが何かしでかさないかと気を張る。

「エミリーちゃん、平気っすか？　凄い汗が――」

「はい……、平気です。何も問題ないです。全て予定通りにいっています」

肩に手を置いて心配するラグネさんに、エミリーは首を振ったあとに笑顔を作った。

「なら、いいっすけど……」

「安心してください。何もかもが、予定通りですから――」

そして、肩にあったラグネさんの手を取って、

「――魔法《スリープミスト》」

儀式に必要のない魔法を発動させた。

紫色の靄がエミリーの手から這い出て、ラグネさんの腕から体内に侵入していく。

「え――？」

ラグネさんは一言だけ漏らして、膝を折った。

そこまで確認したところで、僕は駆け出す。

ラグネさんと同じく、僕も反応が遅れてしまった。ラグネさんばかりを警戒し過ぎたせいで、エミリーの初動を見抜けなかった。

ラグネさんに魔法をかけ終えたエミリーも動く。

僕もエミリーも、向かう先はラスティアラだった。

僕とラスティアラの距離は数字にすれば十メートルほどだったが、エミリーとラスティ

アラの間は一メートルもない。すぐ隣だった。

その距離の差が、明暗を分ける。

エミリーはラグネさんの次に、祈り続けるラスティアラの首に手をかけた。

その手に魔力を漲らせて、叩きつけるかのように叫ぶ。

「止まってください！　私はラスティアラ様を殺して、『血』だけ貰っても構わないんですよ!?」

「――――っ!!」

無防備なラスティアラの首に、ゼロ距離の魔法は不味い。

即興の魔法でも死の危険がある。

それだけは不味い。なぜなら、それは僕の命よりも大事な命だ。

――立ち止まってしまう。

なまじ反射と思考が早過ぎるのが悪かった。一瞬の思考の間に、僕はジークから請け負った『ラスティアラを守る』という使命を思い出してしまったのだ。

僕が静止したところで、少し遠くでラグネさんの声が聞えてくる。

「う、うぅん……」

壇上に倒れ込み、瞼を閉じて眠っていた。

先ほどの睡眠を促す魔法が、徹夜の身体に突き刺さったのだろう。

不甲斐ないと思うよりも先に、仕方ないと思う。

元々、ラグネさんは魔力の低い騎士だ。魔法の耐性は最低レベルで、相手は『天上の七騎士（セレスティアル・ナイツ）』に迫るほどの魔力特化の探索者だった。その睡魔を弾（はじ）けというのは無理なことだろう。

ただ、その無理なことをどうにかできそうなのがラグネさん――そう思って警戒していたのだが、この儀式の場を制したのはエミリーだった。

そして、僕を置いて、魔法陣内の二人が小声で話し始める。

「すみません、ラスティアラ様。あなたの構築した魔法は、私が使わせて貰います」

「エ、エミリーちゃん……。なんで……？」

「本当に、すみません。儀式で身体が繋（つな）がっているいまなら、私にも勝機があります。あなたの魔法を奪って、逆に妨害の術式を流し込ませてもらいます……」

どういう仕組みかはわからないが、エミリーが儀式の主導権を奪っていた。

ラスティアラとエミリーの魔力がティアラさんの身体に流れ込み続けていたはずなのに、いまでは全てを彼女が吸い上げている。

流石（さすが）に見過ごせず、声をかける。

「待て。おまえ、好き勝手を――」

「ライナーさん!!」

しかし、名前を強く呼ばれて咎（とが）められる。

暗にさっきの「動けばラスティアラを殺す」という言葉を突きつけられてしまい、次の言葉を口に出せなくなる。

的確に僕の弱点を突いてくるものだ。

仕方なく、僕は現状の一番の安全策を叫ぶことにする。

「わかった、エミリー！　僕は近寄らない！　その代わり……、ラスティアラ！　おまえがそいつを縊り殺せ！　魔法は使えなくても、おまえの腕力ならできる！」

僕は動けなくても、ラスティアラは別だ。

疲労困憊で動くのも億劫だとしても、全くもって動けないわけではない。

気合で首の骨一本くらいは折ってくれと頼み込む。

「馬鹿ライナー……！　妹相手に私は、そんなこと絶対にしない……！」

だが、その一番の安全策にラスティアラは乗ってくれない。

「くそっ――」

これが駄目ならば、ノーリスクで現状を打開する方法は他にない。

僕が悪態をつく間に、ラスティアラはエミリーに話しかける。

あの馬鹿は僕の案を実行するどころか、敵を心配げに見つめていた。

「ねえ、聞かせて……。エミリーちゃん、どうして……？　話してくれたら、私が助けになってあげられると思うよ……？」

最悪だ。

ラスティアラは『魔石人間』に、死ぬほど甘い。

それが致命的な甘さであることが、いま証明された。

「ラ、ラスティアラ様。すみません。でも私は……──」

ただ、その致命的な甘さが、エミリーの顔を歪ませていく。

二人の間に、一瞬の無言が挟まった。

その本当に短い時間で、ラスティアラは全てを察したようだ。

納得した様子でエミリーの手から浸透してくる魔法を受けて、項垂れていく。

「ああ、そういうこと？　そういうことかあ……、なら、仕方──、ないか──な──」

眠るかのようにラスティアラは魔法陣の上に倒れ込んでしまう。

隣のティアラさんと合わせて、二人の死体が並んでいるかの状況になった。

その二人を手中に収めたエミリーは、次に僕を睨む。

「ライナーさん、もう完全にラスティアラ様は私のものです。もっと離れてください」

「……わかった」

その命令に僕は従う。

ここで無理をしてまで、『血』にこだわるつもりはない。

ティアラさんや儀式も大切だが、それよりも大切なのはジークに頼まれた『ラスティアラの安全』だ。それを盾に取られてしまっては、強気に動くことができない。

僕が距離を取ったところで、エミリーは眠るラグネさんの腰にある剣を奪った。

「まず、死体は使えないようにしないと……。確か、即死を避けて、腹部を刺せば……」

独り言を呟きながら、剣の切っ先をティアラさんに刺し込む。

腹部から赤黒い血が溢れ出すのを見て、僕は師匠の名を呟く。

「ティアラさん――！」

正直なところ、別に構わない。

薄情かもしれないが、あの身体の生死は、そこまで優先順位の高いものではない。

ティアラさん自身、そう思っているはずだ。短い付き合いだが、そのぐらいはわかる。

死に直すティアラさんの身体を見届けている間も、エミリーは独り言を呟き続ける。

「これで、この場にいる健常な『魔石人間』は私だけ……。あとは『血』と力が私に移るのを待てば、終わり……。これで全部終わり……」

まるで自分に言い聞かせているかのような声だった。

ラスティアラの厚意を無下にしたことを後悔しているように見える。

「……ちっ」

舌打ちする。

はっきり言って、後悔してくれないほうがやりやすかった。

僕のように裏切りを手段としか思わない相手ならば、全力で潰しにかかれる。

とりあえず、ラスティアラが察したであろう事情を僕も聞こうとする。

「おい、エミリー。僕から言いたいことが一杯あるんだが……」

「そのまま、あなたは全て終わるまで見ていてください。あと少しです。じっとしていてくれたら、ラスティアラ様を殺しはしないと約束します」

どうやら、僕には事情を話してくれないようだ。

ラスティアラのときと違って冷たい対応だ。

ただ、今日までのエミリーとの交流を考えれば妥当なところだろう。

僕は納得して、自分一人で考え込むことにする。

……正直、悪い展開ではない。

先ほど、彼女は『血』と力を移すと口にしていた。

つまり、言ってしまえば、エミリーは僕の代わりをやってくれているだけ。

このまま放置すれば、昨日まで僕に稽古をつけてくれた『魔法ティアラ』の人格は消滅するだろう。エミリーは身体を明け渡す気がなさそうだし、ティアラさんだって乗っ取る気なんてない。その力の残る先が、僕からエミリーに代わるだけで、僕の最優先事項である『ラスティアラの安全』は確保される。

安心の展開と言っていい。

ただ、感情として、ちょっとした苛立ち（いらだ）があるのも否めない。

ティアラさんは名指しで、その力の後継者に僕を選んでくれた。

いわば、僕が力を得るのは正式な手続きを踏んだ遺産相続のようなもので、それをエミリーが横からかっさらおうとするのは、強盗だ。

騎士として、強盗を行う犯罪者を見過ごせないという気持ちがある。その感情に従って、まず僕は絶対安全な範囲でだが、できる限りの揺さぶりをかけにいく。

「……なあ、エミリー。理由はなんだ？　もしかして、金が足りなかったのか？」

刺激しないように、ゆっくりと動機を聞く。僕が対話だけを望んでいるとわかってくれたのか、エミリーは警戒を少し緩めてから首を振った。

「違うか。なら、これをアルも知ってるのか？」

エミリーの相方の名前を出す。すると、彼女は焦った様子で弁明する。

「アルは知りません。知ってたら絶対に止めてます。これは私一人の判断です」

罪があるとすれば、それは自分一人で被りたいようだ。

その様子から、少しずつ動機が見えてくる。

つまり、アルには知らせることのできない自分勝手な理由で、エミリーは事に及んだ。

どこかで聞いたことのある恋愛事情かもしれないとわかり、僕はうんざりとする。

予想通りならば、説得は難しい。かといって、協力するのも難しい。

どう話を切り出せばいいものかと悩んでいると、ギギギと神殿の扉の動く音が聞えてくる。その第三者の声が、神殿内に響く。

「ふふふ、お金ではありませんよ。相変わらずですね、騎士ライナー」

声の方角に顔を向けると、そこには位の高い神官服に身を包んだ宰相代理フェーデルトが立っていた。

その後ろには護衛と思われる騎士とバイザーをつけた『魔石人間（ジュエルクルス）』が数名ずつ。

神殿内の状況が転んだのを察して、大聖堂内に控えていた手駒を引き連れてきたようだ。予想していた介入だ。僕は冷静に指差す。

「エミリー、あそこのやつに脅されて、裏切ったのか？」

フェーデルトでなく、エミリーと話を続ける。

それに対して、彼女は目を逸らした。当たりと見ていいだろう。

そして、僕の問いにはエミリーでなくフェーデルトが答える。

「ははは っ。脅しなんて野蛮な真似、この私がするわけないでしょう？　そもそも、彼女は裏切ってなどいません。最初から、この私と協力関係にあったのです」

仕方なく、僕は話の早そうな元上司と向き合うことにする。

「最初からだって？　どういうことだ？」

「言葉通りの意味です。あなたたちが『ティアラ様の血』を掻き集めていたのは、ずっと前からわかっていたこと。それを私が傍観し続けていたのは、最後の一人である彼女をこちらに引き込んでいたからです。そうとも知らず、今日までご苦労様でした。こちらの手間が大変省けましたよ」

わかりやすくて助かる。

僕たちが血集めに奔走している間、フェーデルトはいいとこ取りだけを考えて動いていたようだ。道理で、迷宮で出会ったときからエミリーの様子が少しおかしかったわけだ。責めるつもりはないが、ちらりとエミリーに目を向ける。

「ライナーさん、すみません。でも、あなたが私たちの身体を治すなんて言うから……」

フェーデルトが内情を饒舌に話し始めた以上、隠し事はできないと判断したのだろう。

謝罪と共に、動機を語り出す。

「この病気の身体は、アル君と繋がる為の大事な身体……。絶対に治させはしません……。ええ、私もアル君も、ずっと病気のままがいいんです……！　ずっとずっと病気のままでいいって、私は思っていた！　それなのに、ライナーさんたちが進めようとするから！余計なお節介をラスティアラ様がするから！　私だって、仕方なくです！　せめて、アル君の前じゃなくて、私一人のときに話を持ちかけてくれたらよかったのに!!」

病気を治したくないから。

その後ろめたい考えを、アルのやつに悟られたくもない。

それが動機らしい。

わかってしまえば、単純な話。

早い者勝ちの勝負に、僕たちは負けていたわけだ。

経緯と動機がわかったところで、僕はすっきりする。

けれど、一つだけ引っかかることがある。

——繋がる為に、病気のままがいい……？

いま向き合っているエミリーとフェーデルトではなく、もっと別のところで似たような話を聞いた気がする。

その話の出所を思い出そうとして、中断させられる。

前方に立つエミリーが、手に持っていた剣の切っ先を僕に向けたのだ。

「だから、すみません。私はライナーさんたちを裏切ります」

それに僕は、溜め息と共に対応する。

「はあ、どっかの誰かたちみたいに面倒くさいことを言う。……そんな隠し事を抱えて、ずっとアルと一緒だって？　できるか、馬鹿。おめでたい頭し過ぎだ。いいから二人で治療されて、次のステップに移れよ」

「そ、そんなこと！　私は頼んでません！　余計なお節介って言っているでしょう!?」

「おまえは頼んでなくても、アルは望んでるんだよ、馬鹿。もう少し賢いやつだと思ってたけど、あれは全部フェーデルトの入れ知恵だったたってだけか。つまり、今回の僕の敵は――」

ヒステリーを起こしているエミリーでなく、神殿入り口に立つ男を睨む。

フェーデルトは自分の策略が上手くいっている為か、にやりと自慢げに笑っていた。

ああ、いい……。大変、やりやすい……。

自らの行いを悔やみ、思い悩みながら戦う少女。

片や、純粋な若者を騙す小ずるい成人男性。

殴れと言われたら、誰だってフェーデルトを選んで、ぶっ飛ばす。

なにより、うっかり殺してしまってもいいというのは、とても大きなメリットと言える

――と僕に思われているとは知らないで、フェーデルトは調子に乗って語り出す。

「ふふっ。ええ、エミリーさん。あなたの気持ちは、よくわかりますよ。もしあなたたちの病気が治療されれば、生きる世界が丸ごと変わることでしょう。例えば、いままでは病が理由で近づくことができなかった人たちとの交流が増えるでしょうね。私生活で二人きりの時間は、間違いなく減る。それどころか、二人パーティーではなく、もっと大人数のパーティーになってしまう。お金に余裕があれば、行動範囲も当然変わり――」

「嫌っ!!」

それ以上先は聞きたくないと、堪(たま)らずにエミリーは遮った。

それでも、まだフェーデルトは止まらない。このまま、この迷える少女を突っ走らせようとしているのだろう。

「嫌ですか！　わかりました！　あなたの願いを、このフェーデルトが手伝いましょう！ではまず、しっかりと今回の儀式は失敗させましょうか！　儀式は失敗の上、現人神(あらひとがみ)が意識不明となってしまえば、当然ながらあなた方に報酬は与えられないことでしょう！　その悲報を、アル・クインタスのところへ戻って報告するといい！　そして、やっぱり美味(うま)い話などそうそうないのだと二人で囁(ささや)き合い、また二人きりで生きていけばいい！　ええ、存分に！　二人だけで生きていけばいい!!　大聖堂の神官である私は、フーズヤーズの民であるあなた方の幸せを心から応援しますよ!!」

相変わらず、人の弱みを突くのが上手い男だ。

僕が兄の死で弱っていたときも、同じように騙されてしまった。

そして、僕を利用したときと同じで、自分の手ではなく他人の手を汚させようとしている。

目の前で同じことを繰り返されるのが、こうも腹立たしいものとは思わなかった。

先ほどまで静かだった心中に、禍々(まがまが)しい毒素が生成されていくのがわかる。

殺意という名の毒を乗せて、僕はフェーデルトに言い返す。

「なるほどな。エミリー単独なら、手は出さないでおこうと思ったが……。あんた相手なら話は別だな。手加減なしで、ぶち壊す。事故で死んでも悪く思うなよ？」

「それはこちらの台詞(せりふ)です。……ふふ、今日は騎士の事故が多くなりそうですね？」

それを最後にフェーデルトは片手を挙げて、後方に控えさせていた手駒を前に出す。

その中には、僕の知り合いの騎士が当然のようにいた。こちらの動揺を誘う為の人選だろう。だが、こっちは仕事で出会えば殺し合うのは当然と思っている人間だ。問題はない。

問題があるとすれば、『魔石人間(ジュエルクルス)』だろう。以前、大聖堂でジークと戦った刺客たちと同じように、凶悪な共鳴魔法を使ってくるはずだ。

「言っとくが、そいつらの魔法が発動するより、僕の魔法のほうが速い。主と違って僕は、『詠唱』の一文を唱える隙すら与えない」

「ええ、あなたの実力はわかっていますよ。なので、ちゃんと対策は取っていますよ」

フェーデルトは挙げた手を振り下ろす。それと同時に、前に出ていた『魔石人間(ジュエルクルス)』たちから無詠唱の魔法が放たれる。その数は三つ。

「――《ディヴァイン・アロー》」

「――《ディヴァイン・アロー》」

「――《ディヴァイン・アロー》」

真っ直ぐが一つ。左右から曲線を描いて二つ。

正確に僕だけを狙って、光の矢が飛来する。

それを僕は、あえて上に跳躍して避けた。

僕が空中に逃げたのを確認して、フェーデルトの次の指示が出される。

「続いて、放ちなさい」

『魔石人間』の隣の騎士たちが背中から弓を取り出して、矢を番えた。

すぐさま僕は魔法を構築する。

「――《ワインド》」

風を身に纏った瞬間、新たに魔法の矢と本物の矢が入り乱れて襲い掛かってくる。

その数は、さっきの倍以上。

だが、魔法を発動させた僕に、その程度の攻撃では無意味だ。空中で自由に姿勢を変えることで、余裕を持って矢をかわしていく。

その最中、ちらりとエミリーに目を向ける。

戦闘は始まったが、動く気配はない。

油断なく、ラスティアラの首元に剣を近づけて、僕の接近を牽制(けんせい)しているだけだ。

この自衛だけでラスティアラが殺されるという話ならば、一(いち)か八(ばち)かで神殿を崩壊させるしかなかったので助かった。

彼女の役目は、ラスティアラを押さえて、『血』を奪うことだけなのだろう。

そして、向こうの騎士と『魔石人間(ジュエルクルス)』たちの役目は、邪魔者である僕の排除。

エミリーから視線を移して、騎士たちを見る。

身につけている武器は、全員が弓矢と槍(やり)が主だ。

まともに僕と剣で斬り結ぶ気はないと、その装備の選択からわかる。

状況の確認を終えたあと、僕は壇上に着地して剣を抜かずに言い放つ。

「舐(な)めるなよ。たとえ、この百倍の戦力でも、僕に傷一つ付けられるものか」

暗に素手で十分だと言って、強めに魔法構築を行い始める。

当然だが、向こうも強めに魔法を放つ。

人数に差はあれど、同じ時間を費やした似た魔法が同時に完成する。

「「「――共鳴魔法《インビラブル・アイスルーム》」」」

「――《ワインド・ウォール》！」

敵は前と同じく、空間を固める魔法を使った。

それに対して僕は、空間を風で埋めて対抗する。

以前は後れを取った敵の魔法だが、種さえわかっていれば対応は簡単だと思っている。

まず一番の弱点として、予備動作が大き過ぎる。魔法が来るとわかっていれば、対象とした空間から逃げてしまえばいい。それだけの余裕がある。仮に捕まっても強引に突破する自信もある。今回は敵を心配して強行突破を咎（とが）めてしまうような優しい主はいないので、いくらでも手段はあるだろう。

だが、あえて今回は風の魔法で対抗する。

敵の得意分野で上回り、その心を折りにいくつもりだ。

「悪いが、無意味だな。その魔法じゃ、一生かかっても僕を捕まえられやしない」

余裕を持って、鼻で笑ってみせる。

そして、逆に風の力で敵の魔法を押し返して、魔法を放った『魔石人間（ジュエルクルス）』の少女四人に尻餅をつかせてみせた。

その絶対的な力の差の演出を前に、少女たちは怯（おび）えた表情を見せる。ついでにフェーデルトも動揺してくれたら楽なのだが、そう簡単な話ではないようだ。

「……ふむ、やはり強いですね。一年前から急成長し始めたあなたの力は、いまや連合国一と言っていい。本当に強くなりました。一年前には予想すらしていなかったことです。正直、正攻法であなたを倒すのは大変難しい。ふふ、どうしたものか」

一度ジークに破られた『魔石人間（ジュエルクルス）』の共鳴魔法は、彼の切り札ではなかったようだ。

その話しぶりから、まだ余裕があるとわかる。

「しかし、連合国一の騎士でありながら、あなたの大聖堂での暮らしぶりは目を覆いたくなるものでしたね。友人と言える騎士は存在せず、いつもあなたは一人で食事を摂っていた。騎士セラ・レイディアントとも騎士ラグネ・カイクヲラとも、特に親しい様子はなく、仕事には一人で赴く。聞けば、仕事場だけでなく、ヘルヴィルシャイン家でも同様とのこと。まさか、義父や義母すら敵とは……、その生まれに同情しますよ」

僕のことは何でも知っているかのように、つらつらと僕の私生活を口にしていく。

そして、今日一番の厭らしい笑みを見せる。

「そんなあなたが唯一心を開いていたのは……、義姉であるフランリューレ・ヘルヴィルシャイン」

「――――っ！」

その果てに待っていた名前は、動揺するに十分なものだった。

フェーデルトが笑うと同時に、入り口前に並んでいた騎士たちの中から見知った顔が一人現れる。他の騎士と同じように武装していた。しかし、その特徴的な結い方をした金髪は余りに珍しい。新たに現れた騎士は、フラン姉様だった。

姉様は隊列の一番前に押しやられ、神殿内の状況を見て困惑していた。

「……フェーデルト様、これは一体どういうことですか？」

「少々ご辛抱を。こちらに立って頂くだけで、十分です」

姉様の質問に、フェーデルトは一切の説明をしない。

おそらく、フラン姉様は大聖堂内の不審者の捕縛を依頼されただけで、『再誕』の儀式については何も聞いていない。

何も知らないフラン姉様を一番前に置いて、フェーデルトの笑みは深くなる。

すぐに僕は狙いと要求を察して、渋面を作って問い質す。

「……なんで連れてきた？」

「対応策は準備していると言ったでしょう？」

「ヘルヴィルシャイン家と血の繋がってない僕と、姉様は違う。女の身で次期当主の話も上がっている。手を出せば、どうなるかわかっているのか？」

「いま彼女がここにいる理由を、もう少し考えて欲しいですね。もしや、ヘルヴィルシャイン家で彼女を疎ましく思っているものが、一人もいないとでも思っているので？」

暗に、ヘルヴィルシャイン家の中に協力者がいることを示してくる。

確かに、姉様が家で可愛がられていると言っても、家族全員から好意を得ているとは言えない。うちの次男三男あたりは、僕を厚遇する姉様を疎んじている節がある。そこと繋がっているのか……？

「もちろん、ヘルヴィルシャイン家に手を出すのはリスクが高いと承知していますよ。しかし、いまはそれだけのリスクを冒すときだと思っています。ここで大聖堂と聖人ティアラの力を手中に収めさえすれば、あとで報告書の改竄などいくらでもできます。ラスティアラ様が独断で、ティアラ様を『再誕』させようとして失敗して昏倒。そのダメージは大きく、いつ目を覚ますかわからない……とでも報告しましょうか。その報告書を『本土』

の『元老院』が読めば、ラスティアラ様の後釜には私を据えるしかないでしょうね。元々、ラスティアラ様は扱い辛いと『本土』側には思われていましたから、そう難しい話ではありません」

どうやら、ここでラスティアラ関係者を全て押さえて、自分に都合のいい大聖堂を取り戻す気のようだ。

トップに返り咲けば、この襲撃を揉み消すことだって可能だろう。ティアラさんの力と大聖堂の権力があれば、ヘルヴィルシャイン家にだって個人で対抗できるだろう。

最悪、目的達成の為に、ここにいる全員を殺してしまっても、割に合うのだ。

『本土』から多少怪しまれたとしても、フェーデルトが儲けを出せる人材であれば強く追及されないはずだ。『本土』側からすれば、この大聖堂のトップは利益さえ生み出せば文句はないのだから。

「こ、この……！」

フェーデルトの狙いがわかり、そうはさせまいと僕は動き出そうとする。

しかし、それをフェーデルトは、姉様の腰の後ろに剣を突きつけることで制止する。

「言わずともわかって欲しいのですが？」

その一言で、僕の身体は氷のように固まってしまう。

前も後ろも人質で固められてしまい、渋面のまま動けない。

結局、最初から向こうは、まともに戦闘をするつもりなんてなかったのだ。

敵が強いのであれば、セラさんのように遠ざける。ラグネさんのように不意を打つ。それも難しいのであれば、身内を人質に取る。ただ、それだけ。

「さあ、みなさん。ライナー・ヘルヴィルシャインとラグネ・カイクヲラを確保なさい」

フェーデルトは勝ち誇った顔で、騎士たちに指示を出した。

このまま動かなければ、僕は捕らえられてしまう。

それでも、まだ僕は動けない。動く理由が、まだ見つからない。

それどころか、「ここは諦めて、もうフェーデルトの勝ちで構わないか？」とまで思っている。自分以外の命がかかる状態に、僕は弱過ぎる。

僕が死ねば二人が助かるというのなら喜んで死ねるが、今回はそういう話ではない。

その弱点をフェーデルトは僕以上に理解して、上手く突いてきた。

ここは素直に降伏する条件として、ラスティアラと姉様の安全を嘆願するのが一番だろう。ここで負けても、失われるのはラスティアラの地位とティアラさんの力の二つだけだ。命には代えられないと冷静に考える自分がいる。まだ一か八かの賭けをするときではない。

そう自分の中で。妥協してしまったとき――

「――ライナー!!」

名前だけを呼ばれる。

それは学院生時代の頃、何度も聞いた声と同じもの。叫ばれたのは僕の名前だけだったが、それが叱責の叫びであると、弟である僕にはすぐわかった。

姿勢を正し、直立して、人質となっている姉様を見る。

そこには本気で怒っている姉様がいた。

弟の妥協を許さず、いつものように無理難題をふっかけようとする姉様がいた。

「情けない！　この程度のことで、顔を伏せるのですか!?」

「え、えぇ？　しかしですね……、姉様……」

人質なのだからもう少し静かにして欲しかった。それは周囲の騎士たちも同じようで、急に大声を出す姉様に、どう対応すればいいか迷っている。

「よくわかりませんが、戦いなさい！　わたくしたちヘルヴィルシャイン家の誇りを持って!!」

そして、勢いだけで、とんでもないことを言い出す。

「よ、よくわかりませんがって……いや、戦いたいんですけどね。人質がいるから動けないって状況なんです。その人質が姉様だって、ちゃんとわかってます？」

勇む姉様を、僕は常識で諭そうとする。

学院生時代に戻ったかのようで少し懐かしさを感じたが、ここは退いてはいけない。

「とりあえず、わたくしは人質が好きではありません！　何度、劇場で見て握り拳を作ったものかっ、弟のあなたならば知っているはずですわ!!」

「いや、好き嫌いじゃなくてですね……。戦えば、あなたが死ぬって話ですよ？」

姉様が正義の心に溢れているのはよく知っている。

知っているからこそ、いま僕は冷や汗が止まらない。

ティアラさんに鍛えてもらったスキル『悪感』は、肝心なところで役に立たずに、こんなときだけはっきりとした未来のイメージを僕に見せてくれる。

それは、いま僕の考えた作戦が『失敗』するイメージ。

それどころか、フェーデルトの作戦も諸共(もろとも)『失敗』するイメージ。

……ま、不味(まず)い。

「わたくしはライナーの剣ですわ！　どれだけあなたが強くなろうとも、どこに行こうとも！　あなたの姉であることを、誇りに思っています！　その誇りにかけて、決して足手まといにはなりません!!」

姉様は咆哮(ほうこう)した。

そして、何の躊躇(ちゅうちょ)もなく、一歩下がる。

後ろには、剣の切っ先を当てたフェーデルトがいた。

ぷつりと、姉様の柔らかい背肉が貫かれる。

姉様の右の腹部から、血に濡(ぬ)れた鉄の剣が突き出て、赤黒い血が噴出し始める。

重傷どころか、致命傷。

そう思わせるに十分過ぎる傷を、姉様は自ら負った。

「――な!?」

「ああっ!!」

フェーデルトは強く疑問符を浮かべて、僕は「やっぱり」と叫ぶ。

対して、傷を負った姉様は満足げに笑い、呟きながら膝を折っていく。

「劇場で見ていて……、いつもいつも思ってましたわ……。なぜ、囚われのヒロインたちは、こう、しないの……か、と……」

なぜかって!?

そんなの簡単だ!!

それは助けようとする側が、大変に！　大変大変っ、困るからだ!!

――と叫びたい。けれど、それどころではない。

まず僕は、酷く動揺しているフェーデルトに責任を問いかける。

「あぁっ、もう!!　お、おい！　フェーデルト!!」

「いえ、こ、これはその……！　まさか、ここまでとは!!」

剣を握っていたフェーデルトの手が震えていた。

予想だにしない展開に驚き、次の行動に移れていない。

人を死に追いやったことはあれど、直に刺したのは初めてなのかもしれない。

しかし、そんな泣き言を聞く気はない。

「うちの姉様は、ここまで馬鹿なんだよ！　だから、なんで連れてきたって言ったんだ！

ああっ、これだから姉様は!!」

すぐに僕は駆け出して、姉様の治療に向かおうとする。

しかし、それは壇上から降りる前に止められる。

「こ、こちらではありませんわ！　ライナー！　あなたはっ、あなたのなすべきことをなさい!!」

怒られる。他でもない姉様自身が、血を吐きながら拒否した。

その強固過ぎる意志を含んだ怒声に、僕は圧されて足を止めてしまう。

「……し、止血と回復魔法を！　こんなことで死なれては困ります！　こんな馬鹿げたことで……!!」

そして、立ち止まっている間に、フェーデルトは冷静さを取り戻したようだ。

迅速な指示で、護衛の騎士たちに神聖魔法の使用を促した。

見れば回復を専門とする騎士がいる。僕と戦う為に万全のメンバーを揃えてきたのだろう。僕が回復に行くより、むしろ放っておいたほうが理想的な治療がされると理解する。

敵が冷静になっていくのに合わせて、僕も落ち着きを取り戻していく。

そして、ここまでの会話を思い返して、一度もフェーデルトは「姉様を人質に取った」と言っていないことに気づく。暗に示して、僕に憶測させていただけだ。

つまり、慎重で臆病なフェーデルトは、この期に及んで言い訳の余地を残していたということだ。人質は未熟な僕を騙す為のハッタリで、大貴族の愛娘を殺す度胸なんて最初からなかった可能性が高い。

よくよく冷静になって考えれば当然だろう。

フェーデルトはフーズヤーズでの立場に固執しているのに、その立場が危ぶまれる真似を本気でするはずがない。できても、振りだけだ。

僕への対策として用意してきた保険の一つだった。

フェーデルトは姉様を殺す気はなかった。

その保険に上手く僕は引っかかってしまっていたが……いま、その保険が急遽、共倒れを促しかねない爆弾に変わってしまった。幸い、その爆弾の処理は率先してフェーデルトが行っている。ならば、いま僕がやるべきことは――

「ライナァアアァアアアアアアアアアア――――!!!!」

僕の背中から、鼓膜を破るような咆哮があがる。

同時にエミリーの焦った声も続く。

「ラ、ラスティアラ様!? 駄目です!!」

声に釣られて後ろを振り向く。

そこには、首から薄く血を流すラスティアラがエミリーの両腕を摑んでいた。

「ライナー、いましかない！　フランちゃんは大丈夫っぽいから、こっちに来て！」

いつから動けるようになっていたのかはわからないが、ずっと隙を窺っていたようだ。

姉様が人質として成立していないことを確認して、無茶に出たことがわかる。

そして、この女も姉様と同じだ。自分から首に添えられた剣に斬られに行って、拘束から脱したのだ。

エミリーは堪らずに剣を引っ込めたのだろう。

首の傷から見て、剣は皮一枚を斬っただけのようだ。

「あ、ぁあ！　ぁああっ、もう!!」

僕の見ていないところでとんでもないことをやってくれたラスティアラに、背筋が凍る。

確かにエミリーの「殺す」という脅しは、素人目から見ても嘘くさかった。しかし、万が一があったから、僕は慎重に様子を見ていたのだ。

そうだ。

僕もフェーデルトも、慎重の上にも慎重に駆け引きしていたのだ。

だというのに、さっきから女性陣は適当に話を進め過ぎだ！

もっと時間をかけて言葉とかで駆け引きさせてくれ！

なんで！　もっと安全に！　慎重に！　やってくれない!?

と一番叫びたいのは、フェーデルトのほうだろう。

僕は叫びたい衝動を堪えて、一目散にラスティアラのほうへ駆け出す。その動きに合わせて、ラスティアラは動揺するエミリーの腹に向かって回し蹴りを入れた。

「エミリーちゃん！　ちょっとごめんね！」

「――っ!?　が、はっ!!」

エミリーは肺から息を全て吐き出して、軽いボールのように宙を舞った。

壇上の隅まで吹き飛ばされていったのを見届けながら、僕はラスティアラと合流する。

「ラスティアラ！　無茶するな！　何よりも自分の命を優先してくれないと困る！」

「わかってる。でも、確信があったの。それより、ティアラ様を治して逃げないと！」

ラスティアラは魔法陣の中央で倒れているティアラさんに駆け寄る。そして、その腹部の傷を治そうと魔法を構築し始める。しかし、その動きが余りに遅い。儀式のせいで、ろくに魔法が使えないのは明らかだった。

「それは置いていく！　まずは、あんたが逃げるのが先だ！」

馬鹿女二人の勢いに釣られて動いてしまったが、依然としてティアラさんの身柄の優先順位は低く、確保しようとは思わない。

いま優先されるべきはラスティアラの安全のみ。

むしろ、ここでティアラさんを置いていけば、時間稼ぎになる。

しかし、『ティアラ様の血』を捨てる気満々の僕に対して、ラスティアラは懇願する。

「ライナー、お願い……！　ティアラ様の身体（からだ）も一緒に……！」

「捨て置け！　ティアラさんより、あんたのほうが大事だ!!」

はっきりと断り、ラスティアラの腕を引いて逃げようとする。

だが、握った腕から返ってくるのは、絶対に譲らないという力強い意志。

再度、ラスティアラは懇願してくる。

「――お願い」

「マ、マジで言ってるのか……!?」

ラスティアラの目は本気だった。

もし、ここで僕が頷(うなず)かなければ、一人残ってでもティアラさんを守って戦うだろう。

そう確信した僕は、仕方なくティアラさんの身体を両手で抱きかかえる。

「くそっ、やればいいんだろ！　やれば！　ティアラさんは僕が運ぶから、そっちは全力で走れ!!」

「ありがとっ！」

僕が折れたのを見て、ラスティアラは走り出す。

フェーデルトたちの立ち塞がる出入り口ではなく、側面の窓を目指しての全力疾走だ。

だが、そのラスティアラの全力疾走が余りに、遅い。ティアラさんを抱きかかえて後ろから駆け出した僕が、一瞬で追い抜かしてしまう速度だった。

「絶対に、ここから逃がしてはいけません！　外だと手が限られます!!」

当然だが、逃げようとする僕たちに、なんとか姉様の命を取り留めた様子のフェーデルトが追撃の声をあげる。すぐに僕はティアラさんを背負って、走るラスティアラを守るように立ち塞がり、風の魔法を構築する。

「総員、足を狙いなさい！　この際、胴体に当たっても構いません！　あの現人神(あらひとがみ)は、そう簡単に死ぬようなお方じゃありません!!」

その指示に合わせて、騎士と『魔石人間(ジュエルクルス)』たちは矢を放った。

空気を裂いて飛来してくる矢の雨。

「――《ワインド》!!」

ティアラさんで両手が塞がっている為、剣に頼らず魔法だけに集中する。風の膜を広げる。次々と襲いかかる矢を逸らし、ラスティアラの逃げる時間を稼ぐ。

「くっ――!!」

だが、その量が余りに多く、多様過ぎる。

直線に飛ぶ矢は落としやすいが、曲線を描いて襲ってくる魔法の矢の処理は難しい。魔法の矢はそれぞれ属性が違う為、逸らし方も変えないといけない。いかに風魔法が得意といえども、即興の基礎魔法だけでは防ぎきれない。

「は、早く行け！　ラスティアラ!!」

背後のラスティアラを急かすものの、返ってくるのは芳しくない声だった。

「ライナー、結界があって通れない!!」

どうやら、神殿の窓に結界の魔法が張られていたようだ。逃げ出そうとする敵を阻む結界を、弱っているラスティアラは破壊することができない。

仕方なく、防御を薄くしてでも、風の一部をラスティアラに向かわせる。

「自由の風よ！――《ワインド》！　結界を解け!!」

向かわせた《ワインド》に意識を割いて、結界の解除を行う為に操作する。

やることは風の上級魔法《ズィッテルト・ワインド》と同じ。それを基礎魔法で再現する。ティティーから教わったアレンジ法によって、強引にだ。

追加の魔力を費やし、叫び、なんとか結界の解除は成功する。

だが、成功と同時に僕の太股を、矢が一本貫いた。意識を割き過ぎて、防御が疎かになってしまったのだ。灯る熱と痛みを無視して、僕はラスティアラに叫ぶ。

「――――っ！　よし、開いたぞ！　走れ、ラスティアラ!!」

まずラスティアラが窓を蹴り壊して飛び出し、その背後を守るように僕も続いて飛び出す。上手く大聖堂の裏庭に出た。だが、その逃げた先には当然のように騎士たちが待ち構えていた。

「邪魔だ！――《ゼーア・ワインド》!!」

容赦なく僕は魔法を放つ。

魔法の連続使用で頭が痛んできたが、泣き言は言っていられない。魔力の量に物を言わせて、一方的に騎士たちを吹き飛ばしていく。そして、開いた包囲網の穴に向かって、僕たちは駆け出す。途中、後ろから魔法やら矢やら、色々と飛んで来た。そのいくつかが命中しながらも、僕はラスティアラとティアラさんを守って、風を操り走り続ける。

裏庭から、大聖堂を囲う柵に向かって移動する。

フェーデルトの騎士が多くいるであろう正門よりも、柵を越えたほうが安全で早いと判断した。全速力で大聖堂の森林を駆け抜けていく。舗装されてはいないが、手入れが行き届いている為、走りやすい。道を塞ぐ枝に頬を裂かれながらも、僕たちは大聖堂の端へ、人を拒む高さの柵が見えるところまで辿りつく。

目測で僕の五人分ほどの高さはあるが、足を止めない。

「ラスティアラ、魔法で補助するから跳べ！――《ワインド・風疾走（スカイランナー）》」!!」

「……わかった！」

ラスティアラは少しだけ心配したあと、僕の魔法を信じて頷いた。

儀式を行ったラスティアラだけでなく、僕にも疲れが見え始めていることに気づいたのだろう。それでも、いま立ち止まるわけには行かない。

走る勢いのままに、僕たちは跳躍する。

合わせて、魔法の風を奔（はし）らせる。

風の補助を上手く使い、僕たちは柵を飛び越えて、柵の外にある川も飛び越えていく。

最後に、大跳躍の着地の衝撃をも風で緩和させた。

「――はぁっ！　はぁっ、はぁっ、はぁっ……！」

魔法解除と共に、大きく息を吐く。

無茶な全力疾走で色々と空っぽだ。

呼吸をする度に、喉の奥から鼻に向かって血の匂いが逆流する。

痛みと疲労が合わさり、頭に灯る熱量が膨らんでいくのがわかる。

敵を攻撃するだけの魔法と違って、繊細な魔力操作は心身ともに疲労する。これを当然のようにこなしていたティティーの異常さが、いまになってわかる。そして、エルトラリュー学院が魔法の応用を全く教えなかった理由もわかる。

常に暴走の危険が付き纏う上に、割に合わなさ過ぎるのだ。

川を渡った僕たちは、周囲の市民の好奇の目を振り切ってフーズヤーズの街道を駆ける。走って走って、すぐに人目のつかない路地裏に入り、逃げる速度を緩めた。追っ手を振り切ったというのもあるが、それ以上に休息が必要だった。

肩で息をしながら、ゆっくりと自分の状態を確認していく。

「はぁっ、はぁっ……！　ここなら、誰も、いないか……!?」

「ライナー、足が……！」

隣を歩くラスティアラが僕の足を指差した。

突き刺さった矢が一本に、肉の抉れた箇所が二つ。

命中した矢は三本。その内の二本が、魔法の矢だったみたいだ。

服の裾から変色した肌が覗いている。放っておけば、大事になりかねない傷だ。

「気にするな。腐ってもいい。もう僕は、この足どころか身体全てを主に捧げてる」

だが、どうでもいいことだ。いまは、それよりも大切なことがある。

「走るのが難しいな……。くそっ、残りの魔力で回復魔法をかけるしかないか……」

手で木製の矢を乱雑に抜いてから、自分で回復魔法をかける。

隣のラスティアラも不調なりに回復魔法を構築して、僕と背中のティアラさんにかけようとする。しかし、儀式の影響か、その回復魔法は不完全だった。

「そ、そうだね……。いまのうちに回復しよう。ただ、ティアラ様の身体が、もう……！

血は止まったけど、身体が冷たい……！　冷たいよ……！」

不完全な魔法だったが、なんとかティアラさんの腹部の傷は塞がる。とはいえ、応急処置的なものなので、すぐに開くのは目に見えている。なにより今日の乱暴な扱いによって、僅かに残っていた生の熱が失われかけているのが問題だ。

ただ、それはどうでもいい。

ラスティアラが無事ならば、それで僕はいい。

僕は足の傷に応急処置を施したところで、いま一番重要な『ティアラ様の血』の在り処（ありか）についてて聞くことにする。

どう儀式が歪（ゆが）んだのかを把握しなければ、逃走も反撃も作戦が立てられない。

「しかし、やられたな……。ラスティアラ、いま『血』のほうはどうなってるんだ？　もう『再誕』は諦めるしかないのか？」

「……たぶん、いま『ティアラ様の血』の量は、エミリーちゃんと私とティアラ様で三等分くらいかな？　『再誕』を続けようと思えばできる。けど、この量じゃどうなるかわからない。失敗するのか、それとも記憶や力に欠損が出るのか……」

それだけわかれば十分だ。

ラスティアラに聞こえないように、小さく独り言を呟（つぶや）く。

「三分の二はこっちにあるんだな。なら、向こうと交渉ができるな――」

場合によっては、『血』をいくらか譲る代わりに停戦を申し込んでもいい。

冷静に事態を収拾させようと考える僕の横で、ラスティアラは儀式を再開させる方法はないかとティアラさんの身体を再確認していく。

「あぁあ……、やっぱり駄目。もうこの身体の修復は、『蘇生（そせい）』レベルの魔法じゃないと無理だ。もし、この身体で『再誕』が成功しても、すぐにティアラ様が死んじゃう！」

せっかく持ってきた『魔石人間（ジュエルクルス）』の死体だが、ラスティアラは修復を諦めかけていた。

元々死体だったところに剣が突き刺さったのだ。

普通に考えれば、もはや取り返しはつかないだろう。

ただ、僕は違った。

予感があった。例の『勘』って言ってもいい。

そのラスティアラが諦めた身体に、僕は触れる。

そして、全力で回復魔法を流し込み、魔力で彼女とコンタクトを取ろうとする。

僅かにだが、ぴくりと瞼（まぶた）が震えた気がした。

「もうこうなったら……、いまこの場で、ティアラ様を私の身体に『再誕』させるしかない……？　この際、力は諦めて、どうにか人格だけでも『再誕』できるように、術式を捻（ね）じ曲げて――」

その間もラスティアラは一人で悩み、一人で答えを出そうとしていた。

そして、その答えは、僕とティアラさんが危惧していた最悪の結末だった。

ラスティアラの身体に『再誕』させる？　それだけは、絶対に許されない。僕はティアラさんの身体を修復しながら、時間を稼ぐことにする。

「それは駄目だ。あんたの身体を使うのは僕が許さない。もうティアラさんは諦めろ」

「諦める……？　そう簡単に諦められるわけない！　この日の為に私は一年間頑張ってきたんだから……！　あの日にっ、マリアちゃんじゃなくてティアラ様を頼ったときから、もう後戻りなんてできない！」

「落ち着け。現実的に厳しいって話をしてるんだ。いまの状況なら、誰だって無茶するなって言う。きっと、ティアラ様とやらが生きてたって同じことを——」

「ね、ねえ」

話の途中で遮られる。

「なんでさっきから回復魔法を……。自分の足じゃなくて、そっちに……？」

僕が会話よりも魔法に集中していたことがばれた。

ラスティアラは不思議そうに、僕の行動の理由を聞こうとする。

しかし、もう時間稼ぎは十分だった。

ドクンッと、ティアラさんの身体の血が動き出すのを確認する。

心臓は動かずとも、血が自身の力のみで全身に駆け巡り始めたのだ。

死体が呼吸を始めて、手足が痙攣し、命が吹き込まれていく。

ティアラさんは回復魔法を受けて、動き出す。

僕の腕の中から降りて、ふらつきながらも一人で地に立つ。そして、その血の気のない顔で、こちらを見た。すぐに、僕は先ほどの言葉の続きを彼女に投げる。

「そうだろ？　ティアラさん」

「だねぇ。ライナーちゃんの言う通りだよ」

息を荒らげながらも、ティアラさんは答える。

自分の身体の状態を確認して顔を歪ませているが、まだ受け答えをする余裕はあるようだった。頭を片手で押さえながらも、はっきりと受け答えをした。

「――え？」

死体が動き出したことに、ラスティアラは啞然とする。

それを放置して、僕たち二人は状況を確認し合っていく。

「っはぁあー。助かったよ、ライナーちゃん。どうにか動けるだけは持ち直したよー」

「出てくるのが遅い。というか、あのエミリーの剣、どうにかそっちで避けられなかったのか？　あれさえなければ、どうとでもなったんだが」

「無茶言わないでよ。あのとき、私は大魔法の九割を担って、集中していたんだよ？　気づけば、お腹が真っ赤っか。無理無理無理の無理だよー」

「というか、よく死なないな。外は塞がってるけど、まだ中は穴開いてるんだろ？」

「ライナーちゃんが諦めないで回復魔法を続けてくれたから、なんとかね。でも、気分は最悪。正直、身体の穴よりも、精神の穴のほうがやばいんだよね。あっちこっち啄ばまれてて、もうボロボロー」

できれば、儀式襲撃の時に手助けが欲しかったことを伝えるが、それは不可能であったと軽い調子で返される。そして、その会話からティアラさんの容態を測る。

声は明るいが、表情は歪んだままだ。ポーカーフェイスの得意な彼女が表情をコントロールできないということは……、まあ、つまりそういうことだろう。

ティアラさんは戦力外と確認している間に、ラスティアラが状況を理解する。

「え、え？　もしかして……、中身が違う？　ティアラ様……なんですか？」

それにティアラさんが答える。

「そうだよ、我が娘。この私が、あなたたち『魔石人間（ジュエルクルス）』の母、ティアラ様であるー。時間がないので、心してお母様の言葉を聞きなさいね。――私は娘たちを犠牲にして、蘇（よみがえ）るなんて絶対に嫌！　私の為（ため）に自分を犠牲にするのは無駄だから、今後やめるように。はーい、お母様と約束してー」

苦痛で冷や汗を垂らしながらも、ティアラさんは軽い調子を保って言い聞かせていく。僕たちに心配と負担をかけないように、虚勢を張っているのがわかる。

ラスティアラは状況を整理する為に、ティアラさんではなく僕を見て問う。

「ライナー……。ティアラ様と知り合いだったの？」

「ああ。実は結構前に会ってた。ただ、黙っていたのは、あんたとジークの為だ。いまは落ち着いて、ティアラさんの話を聞いて欲しい」

ここまでくれば、こちらの事情と目論見（もくろみ）を隠すことはできない。しかし、説明は僕よりも、ラスティアラの憧れのティアラさんのほうがいいだろう。

「我が娘ちゃん、いーい？　もう私は助からない。これは絶対。たとえ、これからこの身体に全ての『血』を集めても、『再誕』は不可能。だってそもそも、私自身が『再誕』を望んでいないんだから」

「え、え？」

あらゆる前提が覆っていくのを聞いて、ラスティアラは混乱していく。

「だから、いまから、ここにある分だけでもライナーに移動させることに私は決めました―。もったいないからねー」

口早に僕たちの計画を推していくが、ラスティアラは流されずに受け答えする。

「ライナーに？　いえ、それなら、私のほうに移動してくれたほうが――」

「嫌っ。だって、私がそっちに入ったら、絶対に身体を明け渡そうとするよね？　らすちーちゃんは自我を殺してでも、私を救おうとする。そのくらい、お母様はわかってますよ。お母様、そんなこと許しませんっ」

「それは、その……それが私の本来の役目で、その為に生まれてきたのが私だから……。ティアラ様は心配しなくても、いいです……」

ティアラさんは強引に話を推し進めようとするが、それだけは駄目だとラスティアラは首を振った。それにティアラさんも首を振り返し、強く言い諭す。

「そんな役目、この私が認めないよ。そんなふざけた役目、従う必要なんてない」

お叱りを受けて、ラスティアラは一瞬だけ怯む。

しかし、すぐに持ち直して、真っ向から主張を続ける。

「……確かに、ふざけた役目です。そう、私も思います。すみません、いまの言葉は間違いです。……ただ、役目なんて関係なく、私は私の意志で、ティアラ様が蘇ることを望んでいます。あなたの物語には、続きがあるべきだって私が思うから……。だから、私はあなたに身体を譲ってもいいと思っています」

ラスティアラは自分の胸を叩き、真っ直ぐティアラさんを見つめて、何もかも捧げられると宣言した。

流れで押し切るのは不可能と思える意志の強さを、その表情から僕は悟る。だが、まだティアラさんは諦めない。軽い調子を続けて、何とか言うことを聞かせようとする。

「駄目駄目ー。もうライナーちゃんと、話はついているんだよ。これから、彼が私の『血』を受け継いで、私の意識を押し潰す。それで、千年後まで残った亡霊は消滅。ラスティアラちゃんはラスティアラちゃんとして生きられる。これで何もかも解決！」

冷や汗を浮かべたティアラさんは笑いながら、赤子のように震える両足を動かして、ラスティアラに近づいていく。

「じゃっ、もう私は上手く魔法を編めないから、三人で手を繋いで共鳴魔法風に儀式を終わらせよっかー。場所が場所だから不完全になると思うけど、仕方ないね。もうこれしかないからね。いや、むしろ、この方法だけは残ってて良かった良かった。これでみんな納得だねー。さあ、急いで急いでー！」

三人で輪になって手を繋がせようと、ティアラさんは僕とラスティアラを手招きする。

しかし、どちらも近づかない。

――もう無理だ。

ラスティアラは震えるティアラさんの足を見て、何かを決意したかのような顔つきになっていた。それを見る僕も、剣を抜く決意を終えている。

そして、決裂を決定付ける一言が、ラスティアラから漏れる。

「駄目」

ラスティアラは幽鬼のように、ゆったりと動き、その手に魔力を集める。しかし、どれだけ魔力を集めようと、いまの彼女にまともな魔法は使えない。『再誕』の儀式の為に、いま身体の血の全てが、一つの魔法に特化してしまっているからだ。

ゆえに、彼女が呟き、構築するのは、その特化してしまった魔法。

「――鮮血魔法《ティアラ・フーズヤーズ》」

自分を聖人ティアラに近づける為の魔法。

その魔法を込めた右手で、ティアラさんの肩を摑んだ。

「くっ――!?　あ、ぁあっ――!!」

ティアラさんは呻き声をあげる。

魔法の詳細はわからずとも、このままでは危険であると直感し、僕は駆け出した。

小さなティアラさんの身体を両手で抱きかかえ、ラスティアラから乱暴に奪い取り、大きく距離を取る。

「ティアラさん！　大丈夫か！」

「ちょ、ちょっと吸われた……。あー、やっぱ駄目だったかあ……」

いまの魔法で、いくらかの『血』の移動が行われたのだろう。ただでさえ青かったティアラさんの顔から、僅かに残った生気さえも失われようとしている。

「当たり前だ！　あんな雑に押し切れるわけないだろ！　あのラスティアラだぞ!!」

「いや、いけたら……。ラッキーだなあと、思ってさあ……。はぁっ、はぁっ……」

先ほどの適当な話の進め方を責める。

それにティアラさんは軽く答えようとするが、もう会話すらままならなくなってきていた。苦痛で判断力が鈍り、解決に焦った可能性がある。

ここからは自分がしっかりしなければいけないと思い、ティアラさんの身体を抱き締めて、いますぐ走り出せるように全身に力を込める。

それに対して、目の前のラスティアラは非常にゆっくりと動く。

大聖堂のときと同じく、遅い。

遅いが……、その姿が余りに恐ろしい。

頼りない足取りに、疲労困憊(ひろうこんぱい)であることを示す目の下の隈(くま)。輝く金の髪は乱れ、息は荒々しい。神秘的な美しさを持つラスティアラが鬼気迫る表情で、手に赤い霧のような魔力を纏わせ、一歩一歩近づいてくる。

「ティアラ様、まずはその身体から私の身体に移りましょう……。何も心配は要りません。この私の身体が、世界で一番居心地がいいはずですから……」

優しい語り口が、いまは悪魔の囁きに似ていた。

共に自殺を図ろうとする亡霊のようにも見えた。

その恐怖をティアラさんも感じたのだろう。

両腕を僕の首に絡ませながら、退き気味に答える。

「ん、んー……。そっちよりも、ライナーの身体のほうがいいかなーなんて？」

ティアラさんが僕にしがみついてくれたことで、僕の片腕が自由となった。

許可を得たと、僕は解釈する。

これで、剣を振れる。

「ライナーのほうがいい……!?　そんな合わない身体に移動したら、本当に終わっちゃいますよ!?　それは駄目です！　そんなことしたら、今日までの全てが無駄になる。あんなにも詰まったカナミへの想いが、全て無駄になる。こんな路地裏で、三人だけで終わりですよ……？　あの塔で始まった『星空の物語』が、こんな薄汚れた暗闇の中でひっそり終わるなんて……。そんな物語の終わり方だけは駄目……、絶対駄目です!!　そんなのっ、余りに夢と希望がない!!」

ラスティアラはこだわり続ける。

お節介にも、他人の人生の終わり方にこだわり続ける。そして、そのこだわりこそが

――

「ティアラ様、大丈夫です。何も心配要りません。あとは、この私に任せてください。必ず、あなたの想いはカナミに伝えます。必ず、あなたもカナミも幸せにしてみせる。あの『星空の物語』はハッピーエンドに終わらせる。必ず、あなたもカナミも幸せにしてみせる。全ては、みんなの幸せの為に！　それが、このラスティアラ・フーズヤーズの見つけた本当の役目だから!!」

自分の使命だとでも言うように叫ぶ。

全ては、みんなの幸せ。

ハッピーエンドの為に、決死の表情で駆け出す。

「させるか！」

その疾走の一歩目を、僕は剣を横に振って止める。

ラスティアラは後退して剣を避けて、睨むように僕を見た。

「ライナー、自分が何をしてるのかわかってる？」

凶器を取り出した僕を見て、強く咎める。

しかし、僕は当然のことをしているだけだと、その敵意を飄々と受け流す。

「僕はティアラさんを救おうとしただけだ」

「違う。ティアラ様を救おうとしているのは、私」

どちらも同じことを言っているが、決して交わることはない。

互いの戦意と敵意が証明していた。

「あんたがそう信じているなら、そうすればいい。こっちはあんたやジークの為に、自分の信じていることをするだけだ。あんたらの騎士として な」

「私の騎士だって言うなら、私の言うことを聞いてくれると、とても助かるんだけど」

「それは無理だな。僕の主たちは……、あんたとジークは馬鹿をやる主だから、はいはい言うことを聞くだけじゃ駄目だって、最近学んだんだ」

もう和解はできないので、あえて歯に衣着せずに話す。

はっきりと、おまえは馬鹿だから任せられないと宣言する。

当然、それにラスティアラは激昂して、両足に力を込める。

「このっ――！　それのどこがっ、騎士――!!」

そして、今度こそ目の前の凶器を恐れずに、駆け出す。

「強く摑まれ、ティアラさん！」

同時に僕も地面を蹴って、後退する。

引き下がりながら、迫り来るラスティアラに向かって剣を振るった。

その先ほどと同じ横薙ぎの一閃を、ラスティアラは屈んでかわして、さらに一歩踏み込んでくる。

かわされることは予想していた。すぐさま剣を返して、下方の彼女に袈裟懸けに斬ろうとするが、その一振りが弾き返される。

「な!?」
ラスティアラは剣を持っていない。
それどころか、寸鉄も帯びず、儀式用の服一枚の身だ。
答えは単純。
刹那、彼女は素手で剣に対応したのだ。
その手の甲で、剣の腹を弾いたのだ。
僕は動揺しながらも、さらに後退しながら剣を振るう。
だが、その全てをラスティアラは拳だけで対応していく。
最小限の動きで剣をかわして、ときには手の甲で弾き、前へ前へと進んでくる。
戦慄と共に、劣等感と怒りが膨れ上がる。
「ほ、本気かよ……!!」
センスが凄(すさ)まじい……！
儀式で魔法を使えないくせに。疲労困憊でふらふらのくせに。
素手で僕の剣に対応してやがる。
決して、僕の剣閃は遅くない。
色々とハンデは背負っているものの、そこらの騎士よりも数段速い。
レベル30に相応(ふさわ)しい技量で戦っているつもりだ。
それなのに、ラスティアラを斬るどころか、逆に押されている。

ふと以前のジークとラスティアラの会話を思い出す。告白の前の話だ。

あのとき、ラスティアラは「戦いについていけない」という理由で一線を退いたと言っていた。だが、この光景を見る限り、まるで信じられない。

ついていけないどころか、ノスフィーとアイドあたりなら軽く圧倒できるんじゃないだろうか。

剣に合わせて、素手を出すという発想からして普通ではない。

これが、生まれ持ったセンス。レベルで劣っていても、その『素質』が補う。技量で劣っていても、その『勘』のよさが勝利に導く。このままだと、その理不尽過ぎる力によって、距離を詰められてしまう。

「くそがっ！」

ここしばらく感じていなかった劣等感に、頭がくらくらとする。同時に、目の前の少女が神に愛された至宝であり、自分がゴミクズであることを理解する。

ただ、そのおかげで、いつもの僕に戻れる。

僕が敵わないのならば、誰かに頼るしかない。自爆でなく、協力。一人ではなく、みんな。それがゴミクズの僕に残された戦い方だから――

「ティ、ティアラさん！　どうにかしてくれ!!」

「こっちも、限界なんだからね……！」

劣勢を理解しているティアラさんは、名前を呼ばれただけで僕の要求を理解した。

しかし、彼女さんもラスティアラと同じで魔法構築が難しい状態だ。

ゆえに、できた援護は余った魔力の供給だけだった。

絡みついた両腕から、聖人ティアラのまっさらな魔力が僕の身体に注ぎ込まれる。

目減りしていた魔力が身体に満ちていく。

それだけではない。注ぎ込まれたのは只の魔力でなく、あの聖人ティアラの魔力だ。

当然のように、普通ではなかった。

まっさらな魔力は一瞬にして僕の魔力と混ざり合い、血の中に浸透していく。そして、身体を駆け巡る魔力たちが、僕に指示をするのだ。注ぎ込まれた魔力そのものに、増えた魔力をどう使えばいいかを促される。それは迷宮で戦った『光の理を盗むもの』ノスフィーの『話し合い』の魔法と似た感覚だった。

ティアラさんの魔力に指示されて、僕は最善の魔力の使い方を理解する。

この状況でまともな魔法を構築する暇はない。貰った魔力の使い道は一つだけ。

「吹き、飛べぇええぇええ――!!」

全魔力を右足に詰め込んで、大地を踏み抜く。

そして、注ぎ込まれた全魔力が魔法《ワインド》を失敗させる。

かつて慣れ親しんで使っていた魔力の暴発だ。ただ、以前にジークに対して使ったときと比べるとレベルが違う。規模が違う。以前は人を一人吹き飛ばす程度の突風だったが、今回は家一軒を軽く呑み込む暴嵐だ。

行き場を失った膨大な魔力が、足元で爆発する。

魔法を失敗したことで、指向性を失った風が吹き荒れる。いや、もはや、それは風ではない。破壊という事象を含んだ波動に近かった。

風が膨らんだ瞬間、路地裏が崩壊する。

爆発に巻き込まれ、簡単に『魔石線（ライン）』の通った頑丈な道が剝げ、側面にあった石の壁が砕け、周囲の家が崩落しかける。

その中心部にいた僕とラスティアラは吹き飛ばされる。

幸い、僕は爆発を起こした本人なので、受け身を取る準備があった。足のダメージは避けられなかったものの、空中で体勢を整えて、遠くで着地に成功する。

ここで重要なのは、僕が吹き飛んだのは、ラスティアラが吹き飛んだのと逆方向という点。そして、この爆発によって、尋常でない砂塵（さじん）が周囲に漂ったという点。

この二つによって、ラスティアラに僕たちを見失わせることに成功した。

すぐさま僕は立ち上がり、ティアラさんを腕から背中に移動させて、ラスティアラから逃げるように砂煙の中を歩き出す。

その中、耳元でティアラさんはこしょこしょと声を出す。

「ラ、ライナーちゃん、もっと速く歩いて歩いてっ。我が娘が追ってくるっ」

「あんたの指示のせいで……。足が痛ぇんだよ、くそ……」

僕も小さな声で言い返す。

右足から伝わってくる痛みで、上手く声が出せないほどだった。

砂煙から出たところで、僕は足を見る。

爪が全て剝がれて、右足の指が数本折れていた。血まみれの裂傷まみれで、痛み以外の感覚がない。しかし、骨と筋が無事なおかげで、なんとか動かせる。

回復魔法をかけている時間なんてない。

僕は路地裏から出て、フーズヤーズの街道を歩き出す。当然だが、その露になっている痛々しい傷を見て、すれ違う人々が悲鳴をあげかける。

しかし、心配する人はいても、関わろうとする人はいない。

厄介事に巻き込まれたくないというのもあるだろうが、それ以前にここは連合国だ。大部分の人たちが、僕とティアラさんを見て「迷宮探索で痛い目を見て、宿か教会に逃げ帰ろうとしている探索者二人」とでも思ってくれたのだろう。

僅かに好奇の目を向けられながら、僕はティアラさんを背負って黙々と歩く。

そう珍しくない光景とはいえ、目立ち続けるのは不味い。ラスティアラだけでなく、追っ手となっている騎士たちにも見つからないように、また街道から違う路地裏へ入っていく。途中、何度か後ろを振り返った。

吹き飛ばされたラスティアラは完全に僕たちを見失ったのか、追跡者は一人もいない。

ラスティアラに感知系の魔法はない。

僕のように魔力操作をティティーから教わってもいないので、魔法の応用で追跡魔法を編み出すこともできないだろう。問題は妙に『勘』がいいことなのだが、いまここにはラスティアラよりも『勘』のいい聖人様がいる。

「ライナー、そっちに行こう。そっちのほうが人気がなくて、逃げられそう」

「……わかった」

聖人様の指示に従って、僕は街道と路地裏を行き来して、入り組んだフーズヤーズの街を歩き続ける。

大聖堂とラスティアラから遠ざかり、ある程度の安全を確保したところで、僕たちは話を始める。このまま他国まで逃げ続けてもいいが、その考えは僕にない。

「ティアラさん、動けるか？　正直、背負って歩くのがきついんだが……」

「ごめん、無理っぽい。いま動くのは、口と魔力だけだね。たぶん、三人の『魔石人間』の中で、私が一番弱ってる。肉体も自我も、あと数時間の命っ。うーむ、ちょーやばい」

「そうか。ならこのまま、これからのことを話そう」

「うぃー」

僕の背中で、ぐったりとしたティアラさんが返事をする。できるだけ、軽い調子を心がけているものの、顔を見れば残された時間の少なさが読み取れる。

生気がなくなっただけでなく、刻まれた死相が余りに濃い。

「ここにいる二人だけで、あんたの力を僕に移せるか？」

「それは無理。半日かけて魔法を体内に構築したラスティアラちゃんが要るねー。できれば、エミリーちゃんも欲しいところ。私単独では不可能だね。私がやってることとって、結局は他人の血に『話し合い』をして、術式を借りることだから」

最低でもラスティアラがいなければ、例の儀式の続きは行えないようだ。しかし、いまやエミリーだけでなくラスティアラも敵となってしまった。

「なら、力の受け継ぎは諦めて、いまここであんたの『血』を全て、焼却するのが最善か……？　いまは、その身体にあんたの人格が一塊であるんだろ？　それがなくなれば、少なくともラスティアラの思惑からは外れられる」

「我が娘のことを考えれば、それが一番安全かもね。……私は構わないよ？」

いまから殺してもいいかと言われて、迷わずティアラさんは構わないと答えた。

きっと最初から覚悟はしていたのだろう。

いざとなれば、ラスティアラの為に消える覚悟を。

それは先ほどのラスティアラの覚悟と同じだった。

あいつもティアラさんの為に消える覚悟をしていた。

――正直、イラつく。

昔の自分を思い出すのだ。

自分の嫌いな自分を見ているようで、これを是としたくない。

そして、そのイラつきと共に、ジークから教わったことを思い出す。

――自己犠牲の道は楽だが、それだけでは問題は解決しない。

自分一人の幸せの為じゃなく、自分一人を犠牲にするのでもなく、みんなで助け合って、みんなが幸せになる道を探す。どんなときでも、どんなことがあっても、どんなに難しくても、その道を最後まで諦めちゃ駄目だと、そう僕は主に聞かされた。

だから、僕はティアラさんに聞く。

聞かずに別れようと思ったことを、あえて、いま聞く。

「ただ、あんたは何かを残したいんだろ？　どうしてもやっておきたいことがあるんだろ？　だから、僕の前に現れた。あのまま、誰にも聖人ティアラの真実を知られずに、ひっそりと消えられたにもかかわらず、僕の前に現れた」

「……そうだね。私の力を世界に遺しておきたい。……『彼女』と、約束したんだ」

それにティアラさんは少しだけ考え込んでから、正直に答えてくれた。

「そうか。あんたもなんだな……」

誰と約束したかは聞かない。

いま大事なのは、ティアラさんも守護者たちと同じだということだ。

『理を盗むもの』と同じであり、死んでいったハイン兄様と同じ。

終わりが近いとわかっているからこそ、終わったあとに残るものを大切にしている。

その残る想いを、僕は犠牲にしない。したくない。

なにより、騎士として、主から頂いた言葉を大切にしたいと思った。

「じゃあ、やろう。ここにあるあんたの『血』も、ラスティアラの『血』も、エミリーのやつの『血』も、全部、この僕が総取りしてやる」

諦めない。歩くのを再開して、戦いは終わっていないことを背中の少女に伝える。

「……本気で言ってる？」

それに驚いたのか、ティアラさんは確認するように聞いてくる。

「確かに、ラスティアラのやつは強い。けど、隙だらけだ。フェーデルトとエミリーのやつも同じだ。人質を本気でやれる度胸がないってわかった以上、もう後れを取るか」

強気に答えていく僕から決意を読み取ったのか、ティアラさんは止めようとしなかった。

冷静に自分の状態を報告してくれる。

「お互い、随分とぼろぼろになっちゃったね。残り時間……というか、余命数時間ってところだけど。ほんとのほんとにいける？」

「いけるかどうかじゃない。やるんだよ」

ここで大切なのは、まだ諦める段階ではないことだ。

やれることをやっておかないと後悔する。

だから、やるんだと。子供みたいな意地を通していく。

その僕を見てティアラさんは笑った。心の底から笑った。

ポーカーフェイス用の作り笑顔じゃない。ただ、嬉（うれ）しくて面白くて楽しいから笑っただけ。彼女の素の表情を、やっと見られた気がした。

「いひひっ。じゃっ、二人で作戦を考えよっか」

「ああ。そろそろ、反撃の時間だ。これだけ好き勝手されたんだ。今度はこっちが好き勝手する番だ。絶対、やり返す」

「よっしゃー。ちょっと燃えてきた。やっぱり、最後はこうじゃなくちゃね！」

僕の勢いに釣られたのか、ティアラさんは騒ぎ出す。

背中から伝わる力は弱々しいが、確かな戦意を漲らせている。

こうして、僕たちは歩みを止めることなく、反撃の作戦を共に考えていく。

僕たちの勝利条件は、ラスティアラとエミリーの二人の身体を確保して、僕たち主導で儀式を再開させること。その為に、最善の作戦を綿密に――ではなく、時間がないので『勘』で手早く決めていく。

歩きながら相談すること数分ほど。

僕たちは目的地に向かって動き出す。

「――よし、目指すは十一番十字路。フーズヤーズの中心だ。そこで全員を迎え撃つ」

「特訓の成果が発揮されるシチュエーションだねー。頑張れよ、我が弟子ー」

「言われなくとも頑張るさ。死ぬ気でやってやる」

背中の師の期待と激励に、僕は応える。

そのとき、なんとなくだが……、流れが見えてきた気がする。

それはティアラさんと長く稽古を行ったおかげで、見えるようになったもの。

敵となったラスティアラ、フェーデルト、エミリーの誰の意にも沿わない結末までの流れが、気のせいかもしれないが感じられた。

3. 決着

十一番十字路。

フーズヤーズで最も人通りが多く、国中の『魔石線（ライン）』が集まる場所。

その中心にある大広場は、魔法を使って戦うのに十分な面積があった。障害物となるものが噴水と石像くらいしかないので、周囲の警戒にも向いている。

——もっとも、それは行き交う一般人を考慮しなければの話だが。

いま僕は一週間前に一人で昼食を摂（と）っていた長椅子に、ティアラさんと二人で仲良く並んで座っている。以前は多くの人たちに奇異の目を向けられたが、今日は相方がいるので、この街道特有の甘い空気の中でも浮いてはいない。と言っても、ティアラさんの服装があまりに質素なので、完全に溶け込んでるとは言えない。

右を見ても左を見ても、煌（きら）びやかな衣装で着飾った貴族のカップルばかりだった。

人の群れに気分が悪くなりそうになるのを堪（こら）えて、僕は周囲の警戒に努める。

そういえば、今日は何かの祝日だった気がする。

一週間前よりも何割か増しで空気が甘い気がするのは、日付の関係かもしれない。

朝からデートだなんて羨ましいものだ。

こっちなんて、血生臭い殺し合いの準備をしているというのに。

愚痴の一つでも呟きたくなるところで、隣から声があがる。

「準備オーケー。……ただ、これで完全に私は動けないよ？　ちゃんと一人で守れる？」

事前準備を手早く終わらせたティアラさんが心配そうに僕を見る。

なんとか誰かに襲撃される前に間に合ってくれたようだ。

向こうも、まさか堂々と国最大の交差点で休憩しているとは思わなかったのかもしれない。逃走中の敵を探すなら誰だって、さっきまでいたような路地裏を調べる。

「ああ、十分だ。元々、僕は一人でフーズヤーズの全員を相手にするつもりだったんだから、平気だ」

「いい返事。それじゃあ、迎撃態勢に移行！　ぺたんとなー」

ティアラさんは計画通り、全ての準備を終えてあとは椅子から降りる。そして、身体を起こしておくことすら苦しい彼女は、汚れるのも厭わずに地面へ座り込んだ。

もう彼女の時間は、本当に残り少ないのだろう。

身体に力が入らないだけではなく、表情に生気がない。

僕は長椅子から立ち上がり、無防備に座り込む彼女の隣で、周囲の警戒に全力を注ぎ込む。両手は腰の双剣に添えて、いつでも魔法を放てるように、身体の中にある魔力の内圧を高めていく。

ただ、当然だが、そんなことをしていれば目立つ。

カップルが長椅子に座っていたと思いきや、片方が地面に座り込み、それを片方が立って見守っているのだ。一体何をしているのだろうかと思われても仕方ない。

行き交うカップルたちが、じろじろと僕たちを見る。

あるペアは不審がって遠ざかり、あるペアは興味もなく歩いていき、あるペアは声をかけようかと遠巻きに相談し始める。

僕たちが迎撃態勢に入ってから数十秒後。

とある紳士的な金髪の男性貴族が声をかけてくる。

「大丈夫かい？　手を貸したほうがいいのかな？」

その男の後方では、お相手らしき女性が心配そうにこちらを見ていた。

はっきり言って、僕たちの予定にないことだった。

予想以上にフーズヤーズの民度が高いことに少し感動しながらも、僕は首を振る。

「ご厚意、感謝します。しかし、平気です。連れは休めば、すぐ楽になりますから」

「いや、彼女もだが……、君も顔色が悪い。もっと静かなところへ移動したほうがよくないか？　よければ、私たちが協力しよう」

くいっと後ろの女性を顎で示し、ティアラさんは同性が肩を貸すから心配ないことを僕に伝える。心優しいだけでなく、細かな気遣いもできる人のようだ。

だが、僕は苦笑しながら再度首を振る。

「すみません。ここがいいって彼女が言っているんです。ここじゃないと駄目なんです」

「ここがかい……？」

「はい。なので、手は必要ありません」

これから起こるであろう惨劇を頭に思い浮かべて、優しい貴族のカップルを強く拒否して遠ざける。

「そうか。いや、お節介をした。よく見てあげるといい。君も無理しないように」

善意の押し付けをすることなく、あっさりと貴族の男性は身を引いた。

その目は、僕の肩にある騎士の肩章を見つめていた。僕が大聖堂の騎士であることを加味して、そう悪いようにはならないはずだと判断したのだろう。注意力も判断力もある人で助かった。

「ありがとうございます」

そして、お礼を言ったあと、去っていく優しいカップルの背中を見送る。

合わせて、遠目で僕たちを見ていたペアも遠ざかっていく。心配していたものの声をかけられなかった人たちが、いまの対応を見て諦めたようだ。

僕の肩章に気づいて安心したものもいれば、不審に思って念の為に近くの憲兵に報告しに行ったものもいるだろう。

そう時間も経たぬ内に、追っ手の騎士たちの耳に入り、フェーデルトたちはここまでやってくる。その襲撃のときが訪れるのを、僕は一切の油断なく待つ。

――徐々に太陽が昇っていく。

そろそろ朝でなく昼と呼んでいい時間になってきた。

本来ならば、もう儀式は終わり、大聖堂で豪勢な食事に舌鼓を打っている時間だ。

けれど、それはもう叶わない。

その穏やかな未来を拒む最たる要因が、いまやってくる。

姿は見えずとも、その特異過ぎる存在感は、僕たちに来訪の兆しを感じ取らせた。

「――来た。予定通り、我が娘が先。タイミングだけは、間違えないで」

「ああ、わかってる。そっちこそ頼む」

快晴の空の下。十一番十字路は、行き交う人で満たされている。

その人波が、唐突に割れる。

不自然な割れ方をした人波の中から、一人の少女が姿を現す。

金色の髪を靡かせて、魔力で周囲を威圧し、鋭い目を前方に向ける少女。

その少女の視線の先に立つのを、全員が恐れていた。結果、まるで踏むのも躊躇う高価な絨毯が敷かれたかのように、少女の前に道ができている。

一人歩く少女ラスティアラ・フーズヤーズの登場によって、十一番十字路の注目が彼女に全て集まる。彼女こそ、いまフーズヤーズで最も有名で、最も尊く、最も美しいと囁かれているのだから当然だろう。男性女性関係なく、全ての人間が、ラスティアラの歩く姿に見惚れていた。普段ならば、和やかに笑って国民に愛嬌を振りまくラスティアラだが、いまの彼女にその余裕はない。

本気だ。

その表情は厳粛。いつもは抑えている魔力がうねり動き、偉人特有の存在感を醸し出している。見るもの全ての興味を強制的に奪う魔性の魅力が漏れ出ている。

周囲のざわつきが増す。

あちらこちらから「美しい」という声が漏れていく。本物に違いないという囁きが聞こえる。しかし、誰も声をかけられない。かけられる隙がない。

これもまたラスティアラという少女の力。高貴過ぎる彼女には、近づくことも、触れることも、声を投げかけることすらも躊躇わせる。

ラスティアラは人波が割れた道を悠然と歩き、僕たちの目の前までやってくる。

そして、先ほどの貴族の男性と同じように言葉をかけてくる。

「……ティアラ様、苦しそうですね。大丈夫ですか？　手をお貸しますよ。必要とあらば、身体もお貸しします」

似た表情で似た言葉だった。だが、さっきの男とは比べられない覚悟があった。たとえ、お節介だと拒否しても、絶対に諦めることはない。命を賭す覚悟。

しかし、それはこちらも同じ。

僕もティアラさんも命を懸けて、勝負に出ている。

決して退かないと覚悟を決め直し、僕はラスティアラの前に立って言い放つ。

「ティアラさんが欲しいなら、僕を倒してからにしろ」

「ライナー、邪魔」

「それは、こっちの台詞だ」

敵対の意志を叩きつけると共に、ここで戦うことを主張する為、『シルフ・ルフ・ブリンガー』と『騎士の剣』を抜いて地面に突き刺す。その上で、『ヘルヴィルシャイン家の聖双剣』を手にして、切っ先を突きつけた。

その明確な戦意を前に、ラスティアラは目を細めて、周囲を見回す。

「もしかして、待ち構えてた？　周囲の目があれば、私が無茶しないって思ったの？」

十一番十字路のカップルたちの半数が歩く足を止めて、僕たちの挙動を注目していた。憧れの現人神が現れて、剣呑な空気を見せているのだ。好奇心で野次馬になってしまうのも無理もない。

「甘いよ、ライナー。私は観客がいると、俄然やる気が出るタイプなんだから」

「いいのか？　ここで無茶すれば、あんたの大聖堂管理者の立場がどうなるか……」

僕の戦意に対して、より大きな戦意を見せてラスティアラは笑った。

それは大聖堂を管理していた現人神の笑みでなく、一探索者としてのラスティアラの笑みだった。大きなリターンを目の前にして、どんなリスクだろうが乗り越えてみせてやると興奮している。スリルジャンキーの笑みだ。

「立場なんて、大した話じゃない。どうせ、ティアラ様を復活させたあとは、全てフェーデルトに任せる気だったからね。なにより、ここにそんなことより重要なものがある。いまの私には、フーズヤーズの全てを捨ててでも、手に入れたいものがある」

「あのフェーデルトに譲る気でいたのかよ」

「理想じゃなくて現実を考えたら、フェーデルトこそがフーズヤーズを支配すべきだよ。あのムカッとくる『元老院』さんたちと比べたら、そりゃあもう……。いや、無駄な話はやめよう。もう時間がないんだから」

できれば長話で時間を稼ぎたかったが、そう上手くはいかない。

ラスティアラは死にかけのティアラさんが無茶をする前に勝負を決めたいのだろう。会話が終わる前に一歩前に出て、歩きながら大声で宣言する。

「――周りのみんなっ、ごめんね！　いまから喧嘩するから！　ちょっと離れてて!!」

それを最後に、たんっとラスティアラは地面を蹴った。

双剣を構えた僕に対して、何の迷いもなく素手で突っ込んできたのだ。

すぐに僕は剣を振るう――とはいえ、相手を殺すことはできないので、腕を斬り飛ばすのが目的だ――という狙いを、ラスティアラは完全に読んでいた。

ラスティアラは身を捻り、最小限の動きで剣二つを見事かわした。

たった一瞬で剣の間合いというアドバンテージを潰されて、敵の拳が視界を埋め尽くしながら近づいてくる。

その拳を、僕も身を捻ることでかわした。

同時に負傷した足に、横から衝撃が走る。

身体が横に泳ぎながら、拳と共に足払いをされたのだと理解した。

僕の膝が少し曲がって姿勢が低くなったところに、ラスティアラの拳が再度襲い掛かる。今度は真上からの打ち下ろしの右拳だ。

「――《ワインド》」

前もって準備していた風の魔法が発動する。

風の騎士にとって、姿勢が崩れるということは隙ではない。

風を足場にして踏める僕にとって、全ての姿勢が万全の体勢だ。ラスティアラの打ち下ろしの右拳を、仰け反って避けながら、こちらは頭部狙いの蹴りを放つ。剣と違って、『体術』なら遠慮をしなくて済む。足の痛みを無視して、全力中の全力の蹴りだ。

その人間にはありえない体勢と角度の蹴りを、ラスティアラはまともに側頭部に食らった。同時に彼女の打ち下ろした右拳も、地面にまともに直撃する。

重なる大小の破裂音。

地面は地震のように揺れて、人の手で引き起こしたとは思えないほどの大きな亀裂が十一番十字路に走った。

ハイキックの反動を利用して、すぐ僕は飛び退く。

蜘蛛の巣状に皹の入った地面を間に挟んで、新たに間合いが離れた。

そこで、周囲から絹を裂くような悲鳴が複数あがっていく。

ちょっとした諍いかと思いきや、あっさり死人が出てもおかしくない暴力が衝突したのだ。蜘蛛の子を散らすように、遠巻きに観察していた人々は距離を取ろうとする。ただ、地面の揺れで尻餅をついて、動揺で立ち上がることのできない女性もいた。錯乱しかけている人もいる。

たった一発の拳の衝撃で、十一番十字路は混乱に陥った。

しかし、そんな周囲の状況などお構いなしに、僕とラスティアラは戦意を飛ばし合う。

「……やるね。なら、まずはライナーが先かな。悪いけど失神して貰うよ！」

「やれるものならやってみろ……！　このクソ女！」

口汚く、慣れない挑発をして、僕に敵の注意を集中させる。

以前のノスフィー戦での反省を活かし、無視されないで戦う方法を模索中だ。

ティアラさんを狙われたくないというのもあるが、先ほどのように勢いで地面を壊されるのは困るというのもあった。これからの作戦に、この場所はとても重要なのだ。

「ライナァアアアー!!」

ラスティアラは叫び、曲線を描くように駆け出す。

対して、僕はティアラさんの前に立ち塞がり、双剣を構え直す。敵が隙あらばティアラさんを連れ去ろうとしているのはわかっている。絶対に近寄らせまいと守るように構えを取る。

飛び込んできたラスティアラは僕の剣の切っ先を鼻先でかわし、後退する。しかし、すぐさま体勢を直して別の角度から、もう一度距離を詰めようとしてくる。

出入りが激しい。

リーチ差の不利を理解している。決して無理はせず、僕がティアラさんから離れられないという状況を利用して、色々な攻めを試しているようだ。ラスティアラは冷静さを失っているように見えるものの、戦闘に関しては一流のままだった。

「ちっ、このままだと無理か。なら、何か武器――!!」

ラスティアラは突撃を諦めて、近くの建造物まで移動する。

十一番十字路の中心にある建造物。噴水と石像だ。

そして、その石像に抱きつき、乱暴に根元から、もぎ取る。

「な――!?」

周囲の一般人の悲鳴が、一際増す。

ラスティアラは武器を探して、何よりも先に飾られてあった石像を選んだ。悲鳴が膨らむのも仕方ないだろう。素手で剣を相手にし、武器には刃物よりも質量を優先する。はっきり言って、人間じゃなくてモンスター側の思考だ。

まるで町中にモンスターが現れたかのような混乱の中、ラスティアラは石像を頭上に掲げて、跳躍した。

疲労困憊(ひろうこんぱい)のくせに、本当によく動く。

ステータスの筋力と体力による圧倒的な暴力だ。つい最近まで『数値に表れない数値』なんてものを学んでいたのが馬鹿らしくなるほど、ラスティアラの身体能力はずば抜けている。工夫や読み、運やタイミングなんて細かな要素を粉砕する能力の押し付けだ。

「食らえぇぇえっ――!!」

「――ワ、《ワインド》！」

ラスティアラは僕の真上まで跳び、その手に持った石像を投げつけようとする。

迎撃しか選択できない僕には有効過ぎる手だ。

石像を剣で斬っても、破片の勢いが止まらない。その破片どれか一つでもティアラさんに当たると一大事だ。死んでもいいが、いま彼女が行っていることが中断されるのが不味い。

仕方なく咄嗟に魔法を選択し、落ちてくる石の塊を横に逸らそうとする。

しかし、その石像の裏からラスティアラが現れ、息継ぎも魔法再構築の隙も与えずに密着してくる。遠ざけようと剣を振ろうとする。しかし、その腕の出だしを掴まれかけて――咄嗟に、もう片方の剣の柄でラスティアラの側頭部を叩きにいく。だが、かわされて、さらに懐へ入り込まれてしまう。

完全に、剣の距離を潰されてしまった。なんとか後退して距離を離そうとしても、それを予測しているラスティアラは前へ前へと進んでくる。

僕は苦し紛れに膝を突き上げようとした。

だが、敵は無駄なく動いて、その初動を両手で押さえ込む。

「くっ！」

剣の強みを潰されて、体術の強みを押し付けられている。

この距離では剣を持っているのは不利だと理解して、手離そうとする。

だが、その判断が遅かった。剣を手放した瞬間に、ラスティアラの右肘が鳩尾に入り、肺の空気が全て吐き出される。

「――かはっ！」

その肘打ちが入った状態から、さらにラスティアラの右の裏拳が顔面に襲い掛かる。なんとか首を右に曲げて、直撃は避けるものの、鞭のようなラスティアラの左腕が僕の顔の正面を叩いた。

狙いは、容赦のない目潰し。指を突き入れることはせずとも、広範囲に顔の面を叩くことで僕の視力を一瞬だけ奪った。

――駄目だ。

『体術』が一流過ぎる。こっちはエルトラリュー学院で教わった程度の『体術』しか使えないのに、向こうは見たこともない動きをする。

視界を奪われて、僕は勝負を諦める。

同時に、顎と太股に衝撃と痛みが走り、僕の両足が地面から離れた。

痛む両目を開いたときには、ラスティアラは背後に回って僕を羽交い締めにしていた。

「はぁっ、はぁっ――！　よし、摑んだ！　あとは……」

ラスティアラは乱れた息を僕の耳元に吹きつけながら、勝利を確信して次の行動に移ろうとしていた。そのとき、僕は見える範囲で辺りを見回す。

視界の端で、目的の存在を確認した。

タイミングを合わす為に、悪態をついて時間を稼ぐ。

「このっ、離せ……！　怪力女……！」

「言っとくけど、魔法を暴発させても絶対離さないからね。締め落として終わりだよ」

ラスティアラの言う通り、至近距離で魔法を暴発させても意味はないだろう。『舞闘大会』のときに同じことをジーク相手にしても、掴まれたままチェックメイトまで持っていかれた記憶がある。

だが、それでいい。ラスティアラとの一対一は、僕の負けでも構わない。

「なら、力ずくで振り解く……！」

「無理だよ。もう完全に極まってるから」

極まっているのは、知っている。いまの僕の狙いは、拘束の脱出ではない。

狙いは依然として、ラスティアラの無力化。それのみ。

はっきり言って、ラスティアラは僕に集中し過ぎだ。

体調不良で思考力が落ちているのだろう。ラスティアラも他のみんなと同じく、焦りで勝ちに急いでしまっている。

対して、僕は締め上げられながらも冷静に、周囲を確認する。

新たな敵たちの奇襲が、上手く進んでいるのが見えて、安心する。

「「「――共鳴魔法《インビラブル・アイスルーム》!!」」」

　同じ叫び声が四方から響いた。

　視界一杯に薄青の魔力が充満していき、同時に首を締め上げるラスティアラの力が緩む。

　正確には、新たな敵たちの魔法によって、ラスティアラと僕の身体(からだ)が強制的に静止させられたのだ。

　間違いなく、数週間前にジークとティティーの二人と共に食らった結界魔法と同じだ。

　取り囲む一般人の中に例の『魔石人間(ジュエルクルス)』たちが混ざって、上手く魔法を発動させたのだろう。僕たちは完全に動けなくなり、満を持して群衆の中から一人の男が現れる。

「はっ、はははははっ！　仲間割れとは笑えますね！」

　その両隣に護衛の騎士を控えさせて、安全圏から高笑いするのはフェーデルト。

　ただ、すぐに彼は笑いを収めて、仕事の顔に戻り、周囲の観客たちに自分たちが正義であることを語る。

「皆様、我らが騎士団がやってきたからにはご安心を。このフーズヤーズで暴れる者たちを取り押さえます。たとえ、相手がどのような方であろうと、市民を傷つける者たちに例外はありません」

　その発言に合わせて、さらに騎士たちが姿を現す。

　ざっと見たところ、数は五十人ほど。中に『魔石人間(ジュエルクルス)』が数人ってところだろう。

　おそらく、フェーデルトの騎士たちはラスティアラが来る前に、僕たちを包囲していた。

　そして、戦力が整い、状況が動くまで様子を見ていた。おかげで、いま最良のタイミングで漁夫の利を得られたわけだ。

「おっと。よく見れば問題の凶漢は、我らが現人神様（あらひとがみ）のようだ。……ふふっ。しかし、これはいつものことですね。うちのお姫様のやんちゃぶりは、皆様も知っての通り！　ここは現人神様の忠臣として、わたくしフェーデルトは心を鬼にして、仕事に取りかかるとしましょう！」

揚々と嘯（うそぶ）き、フェーデルトは指を鳴らした。

すると、十一番十字路に張り巡らされていた『魔石線（ライン）』が全て、俄（にわ）かに発光し始める。

『魔石線（ライン）』の魔石を使って、また別の魔法が発動しているようだ。

途端にラスティアラは顔を顰（しか）めて、にやつくフェーデルトを睨（にら）む。

「うぅっ……、このだるさ……！」

「ふふ、運は私に味方したようです！　あなたたちが諍いを始めた場所が、まさか十一番十字路とは！」

そう。

この『十一番十字路』は世界で最も『魔石線（ライン）』が密集している場所。

連合国は世界でも魔石の生産量が多く、中でもフーズヤーズはトップの金持ち国家で、

さらに十一番十字路は貴族のカップルが集う交差点。

『魔石線（ライン）』だけでなく、その防犯も世界トップレベルなのだ。

「いま、『魔石線（ライン）』の結界が起動しました。あなた様の魔力の波長は誰よりも私が詳しく

知っています。あなたの身体を抑える結界の発動など、楽なものです」

モンスターを寄せ付けないように設定された『魔石線』の結界を、ラスティアラという個人を抑えるように変更したのだろう。その設定変更がフェーデルトの持つ権限と技術ならば可能だ。魔力を流し込むだけで起動する『魔石線』は、フェーデルトと相性がいいのだ。

予想通り、フェーデルトは大聖堂で僕たちを逃したあと、『魔石線』を使っての追跡と捕縛を選択していたようだ。

久しぶりに本来の使い方をされている『魔石線』の上で、ラスティアラは限界を超えて動こうとする。しかし、《インビラブル・アイスルーム》と結界が二重に展開されたことで、流石のラスティアラも表情が歪む。

「このぉっ――！」

僕を解放して、フェーデルトの下に向かおうとする。

一歩一歩、力強く進んでいく。しかし、その途中でラスティアラは力尽き、膝を突いてしまう。いまにも血を吐きそうなほど苦しそうに息を切らしていた。

ふらふらだった身体で、よくここまで戦ったものだ。

ラスティアラが動けなくなったのを見て、僕も動き出す。

だが、当然ながら、それも許されない。

「おっと。ライナー・ヘルヴィルシャインも同様ですよ。現人神様ほどではありませんが、あなたの魔力も私はよく知っている。いまのあなたの負傷した身体ならば――」

フェーデルトの言葉通り、僕の身体も鉄の塊を背負ったかのように重くなる。

さらに、体内の魔力の循環も大きく乱されている。いま風魔法を構築しようとしても、『魔石線（ライン）』から作用する結界によって失敗することだろう。

僕はラスティアラと同じように足を止めて、膝を突く。

やろうと思えばやれるが、ここは無茶をしない。

それを見たフェーデルトは少し怪しみながらも、周囲に指示を出す。

「ふむ。どうやら、本当にライナーも動けないようですね。では、十分に警戒した上で、まずは『血』の確保を。『魔石人間（ジュエルクルス）』のみなさんは、少し魔法を緩めてください」

群衆の中から、エミリーを含んだ『魔石人間（ジュエルクルス）』たちが現れる。

空間を固める《インビラブル・アイスルーム》があっては、エミリーや騎士たちが近づけないので、少し魔法が緩む。しかし、それでもまだ『魔石線（ライン）』の結界がある。

僕以上に結界の影響を受けやすいラスティアラは、立ち上がることさえままならない様子だった。エミリーは動けなくなったラスティアラに近寄って、拘束する振りをしながら例の魔法を再開させようとする。

「失礼します。ラスティアラ様」

「わ、私の『ティアラ様の血』が――」

大聖堂の神殿で行われていた儀式の続きが行われていく。

その間、フェーデルトは周囲に喧伝する。自分たちの正義を補強するのに余念がない。

「皆様、ご安心を。フーズヤーズの優秀な『魔石線』のおかげで、どうやら身内の喧嘩は終わったようです。私たち騎士たちと『魔石線』がある限り、フーズヤーズは絶対の安全が約束されております！」

ほどなくして、騎士たちによって、ラスティアラの腕に魔力を抑える錠がつけられる。

彼女は動かない身体をよじって抵抗していたが、五重の錠が手足につけられて、とうとう全く動けなくなる。

並行して、血移しの儀式も終わったようだ。

エミリーは身体に力を漲らせて、地面に倒れたラスティアラを見下ろして呟く。

「これで、ラスティアラ様は終わり。……あとはライナーさんだけ」

そして、僕とティアラさんのほうを睨む。

よし。これで、この街で最も厄介なラスティアラが止まった。

予定通りだ。

本当に、ありがとう。フェーデルトにエミリー。

ナイスな無力化だが、もう用済みだ。

僕は笑みが零れそうになるのを必死に抑えて、渋面を保ち続ける。

フェーデルトは警戒しながら、拘束を指示していく。

「次はライナーと『器』を押さえましょう。ただ、念の為、精鋭のみで囲い込みなさい」

エミリーを先頭に、高レベルと思われる騎士たちが十人ほど、油断なく歩き出す。

僕の目の前には『ティアラ様の血』で強化されたエミリー。そして、退路を断つように騎士たちが周囲を取り囲んでいる。

ゆっくりと僕は立ち上がり、真っ直ぐエミリーを睨み返す。

「その身体で、いまの私と戦うつもりですか？」

エミリーは心底僕を心配していた。

圧倒的な力の差ができていると自負しているのだろう。

僕は主たちと違って、他人のステータスを確認する術がない。しかし、『ティアラ様の血』を集めに集めたエミリーが、昨日までのステータスとは段違いであるのは理解している。中堅探索者の一人だった彼女は、いまや伝説に一歩踏み込む力を得ているだろう。目に見える魔力の濃度も尋常ではない。

「ああ。もちろんだ」

それでも、僕は頷く。魔力は残り少なく、身体はボロボロ。特に両足の負傷が酷い。矢で貫かれた上、魔法の暴発で中身までぐちゃぐちゃだ。さらに、魔法《インビラブル・アイスルーム》と『魔石線』の結界を身に受けて、ろくに手足は動いてくれない。

だが、勝負は捨てないと、剣を握り直す。

エミリー程度の相手に負ける道理はないと強気に出る。

「なら、手加減はしません。――《グロース》」

その僕の戦意にエミリーは一言だけ答えて、前に出る。

いまの僕相手ならば接近戦で問題ないと、その溢れんばかりの魔力を強化魔法に変換したあと、ラスティアラのように徒手空拳で距離を詰めてくる。

助かる。この状態で足を動かすのは、辛かったのだ。

そして、無造作に近づいてくる彼女に、僕は剣を振り抜く。

先ほどラスティアラを相手にしたときと同じく、腕狙いの一閃だ。

だが、同じ狙いであっても、状況が違い過ぎる。負傷した足が前に出てくれない為、『剣術』で大切な踏み込みができていない。

エミリーは強化された身体で、悠々とかわし切り、距離を詰めて腕を伸ばす。

僕は拒否しようと身をひねるものの、後退すらできない足では逃げ切れない。

数度、剣と素手が交錯したあと、あっさりと僕は手首を強く打たれて、双剣を手離してしまう。続いて、服の襟を両手で摑まれ、身体を持ち上げられる。

年下の少女に足を浮かされるという無様な格好だ。

さらにエミリーは両手を交差させて、服の襟を使って僕の首を強く絞めていく。

「ぐっ、うぅ――――！」

「これで儀式は終わりです。お疲れ様です、ライナーさん。もう眠ってください」

勝利を確信したのか、エミリーは間近で宣言する。

それに僕は呼吸よりも、返事を選択する。

「エ、エミリー……。おまえの気持ちはわからなくもない……」

喉を締め付けられて、くぐもった声しか出ない。

それでも、はっきりと伝える。

何も反撃の方法は剣や魔法だけじゃない。言葉だって立派な戦術の内だと僕は知っている。挑発も脅しも全て使って戦えと、つい最近後ろの師に教えてもらったばかりだ。

「けど、いいのか？……見られてるぞ？」

一言だけ。彼女の耳に届ける。

「見られてる？」

次に、僕は目を動かす。

手でも足でもなく眼球を動かして、視線を群衆の中の一角に向ける。

釣られて、エミリーも目を向けてしまう。その先にいたのは、一人の少年――

「エミリー！　これは一体どういうことなんだ！　どうして、ライナーさんを!?」

エミリーの相棒であるアルがいた。

人の群れを掻き分け、息を切らして、この戦場まで辿りついていた。

しかも、丁度エミリーが僕の首を締めているというタイミングで。

その最悪過ぎるタイミングに、エミリーは顔を青くする。

「アル君!?　なんで……、ここに!?」

なんでだって……？　呼んだからに決まっている。

大聖堂近くで辛抱強く待っていた彼を、ティアラさんが呼んだのだ。

方法は単純。

ティアラさんの身体（からだ）は動かない。魔法だって使えない。しかし、魔力は動く。

ならば、扱うのはフェーデルトと同じく『魔石線（ライン）』だ。

魔法の使えない非戦闘員のフェーデルトでも扱えるのだから、聖人だったティアラさんに扱えないわけがない。というか、ティアラさんから聞くに、そもそも『魔石線（ライン）』はティアラさんが開発して、フーズヤーズに広めた代物らしい。とにかく、彼女ならば魔力を通して、声を届けるくらいは可能だった。

この『魔石線（ライン）』の密集地帯ならば、大聖堂まで続く線は必ずある。

何も不思議な話ではない。しかし、エミリーは混乱していた。予定にない事態に動揺し、摑んでいた僕の襟を離す。

「こ、これはね……、アル君。違うよ……」

両手を広げて、締め上げていたのは誤解であると意思表示する。

それに僕は笑いながら答える。

「ははっ、馬鹿か。ちゃんと、全部ばらしてやったに決まってるだろ」

大聖堂で裏切ったことは、もうアルに伝えている。

それを聞いて、エミリーは激昂（げきこう）する。

「こ、この!!　ライナー・ヘルヴィルシャインッ!!」

だが、激昂しているのは、こっちだ。

向き直るエミリーに対して、僕は嗤(わら)いかけ、魔法を構築する。

魔法は使えないというのは、余り僕にとって不利な話ではない。

なにせ、魔法の失敗による暴発は、僕の最も得意とする攻撃手段だからだ。

いまエミリーは手を離したが、逆に僕は彼女の身体を掴んだ。

この至近距離が、僕の勝機。

「足は駄目になったが、腕は残ってる。この距離なら失敗魔法でも効く」

右腕でエミリーにしがみつき、左腕は敵の腹に当てる。

そして、渾身(こんしん)の最高威力の魔法を構築していく。

もちろん、魔法は成功しない。体調不良の上に、『魔石線(ライン)』の結界で魔力は乱れに乱れている。その魔法の『失敗』は目に見えていた。

しかし、その『失敗』が『失敗していい失敗』であることも、僕は見えていた。

「――魔法《タウズシュス・ワインド》!!」

大魔法が発動し、大失敗する。

注ぎに注ぎ込まれた魔力が、堰(せき)を切った洪水のように暴発した。

ドンッと巨大な太鼓を打ち鳴らしたかのような音と共に、膨大な風の魔力がエミリーの腹部で破裂した。ついでに、僕の左腕も破裂する。

正直、エミリーよりも僕の腕のほうが被害が大きい。敵に与えられるダメージは本来の十分の一以下だろう。しかし、その零距離の爆発には彼女を失神させるに十分な衝撃があった。

「――――っ!!」

エミリーの鳩尾に爆発が直撃し、彼女は白目を剝いて全身から力が抜けていく。

遠ざかっているであろう彼女の意識に向けて、今度は僕から勝利宣言を叩きつける。

「この程度で止まってしまうようなやつに、僕が負けるか。後悔があるから、そうなる。自信を持って、出直して来い」

そのまま、僕はエミリーを掴んだ右腕に力を込めて、乱暴に群集の一角に放り投げる。

「受け取れ、アル！　ちょっとの間、そいつを守っててくれ!!」

『血』の入ったエミリーを、あえて遠ざける。

いま僕にはティアラさん一人しか守る余裕がないというのもあるが、それ以上に敵を分散させたかった。というか、せっかく現れたアルを使わない手はない。

僕は敵を挑発する為に、残りの騎士たちに向かって笑いかける。

「次は、おまえたちだ。僕の魔法を食らいたいやつから並べよ――」

使い物にならなくなった左腕で指差す。

エミリーを倒すのに犠牲になった左腕は、本当に酷い有様だった。足と同じく、指が数本ねじ折れ、爪は剝がれ、数え切れない裂傷からボタボタと真っ赤な血が滴っている。

その指を突きつけられて、囲んでいた騎士たちは息を呑んだ。

両足と左腕を犠牲にして、血塗れとなっても戦意を膨らませる僕に、恐怖を覚えているのだろう。

中には、一歩下がる騎士までいた。

同僚として情けない。

何を怯えている。これが騎士だ。

血を流し、肉を殺ぎ、魂を切り捨てながらも、主の為に戦う。それが騎士だ。

いま僕は騎士として働いているのだから、おまえたちも働いて欲しい。

というか、このくらいでびびるな。

足が痛いから、そっちから寄って来てくれ――！

という僕の要望は虚しく、遠くのフェーデルトが騎士たちを止める。

「みなさん、少しお待ちを」

「……ちっ」

このまま僕を捕獲しようとする敵を、順に失神させられたら楽だった。

だが、そうもいかないらしい。僕の舌打ちをフェーデルトは笑う。

「ふっ、挑発には乗りませんよ。焦りもしません。保険の駒を一つ取ったくらいで、調子に乗るのはやめて欲しいですね。この十一番十字路を戦場としている限り、こちらの有利は変わりません。こちらは、ゆっくりと時間をかけて、あなたを押さえれば終わりなのです」

「で、また人質を取って、脅しでもするつもりか？」

「いいえ。私にはラスティアラ様やフランリューレ様を殺すことができないと、ばれていますからね。あの保険は諦めます」

冷静だ。フェーデルトは話しながら、周囲の状況を整理していく。それを騎士たちに聞かせることで、その冷静さを全体に浸透させていく。

「しかし、保険は上手くいかずとも、十分にあなたの力を殺いでくれました。いまあなたは全身負傷で、自慢の双剣が使えない。走るどころか、歩くのもままならない。『魔石線』密集地で結界に晒されて、ろくに魔法を編めない。その状態で、背中に守るものがあり、この数を相手にしなければならない。……本当に十分過ぎると思いませんか？」

少し自慢げでもあった。

ここまで僕を追い詰めたことを、フェーデルトは楽しそうに言葉にする。

この手の類の相手は勝利を確信すると話が長くなる。

これも予定通り、いい時間稼ぎだ。

僕は肩を竦めながら、フェーデルトの話に同意する。

「確かに。この状況であんたらの相手を一人でするのは、少し自信がないな」

「少し……？　ふふっ、無駄な強がりを。私には見えてますよ！　あなたのステータスが！　神官職にあった者は、冷静に敵の状態を確認なさい！　もはや、この男は脅威に値しません！」

その僕の言葉をフェーデルトは強がりと取った。

そして、神官だけに許された特権で、僕のステータスを筒抜けにさせようとする。騎士の中には神官の経験を積んだものが少なくはない。すぐに騎士たちの間に、僕の余力のなさが情報として伝わっていく。

「ああ。そういえば、あんたは神官だもんな。僕のステータスがよく見えてるだろうな」

「もちろん、あなたの残り魔力量も目に見えています！　ふふっ、もうゼロに近いじゃあないですか！　使えたとしても、『代償』をともなった無茶な魔法くらいですか!?　しかし、この状況で暢気（のんき）に『詠唱』させる時間なんて与えませんよ！　これで、今度こそ終わりです！　さあ、みなさんっ、剣の届かないところで魔法を編み、全力で撃ち続けなさい！　休む間を与えずにです！　もちろん、『魔石人間（ジュエルクルス）』たちは油断せず、魔法を継続させるように！」

フェーデルトは慎重に現状の最適解を指示した。

周囲の騎士たちは指示通りに、距離を保って魔法構築を始める。中には『詠唱』を行っている者もいる。いかに僕といえど、直撃すれば命に関わる量と質の魔法だ。

しかし、この状況で、まだスキル『悪感』は発動しない。

張り付く不快感など一切なく、いまの状態が『成功』であることを知らせてくれる。

僕は自信を持って、終わりであることを宣言する。

「ああ、今度こそ終わりだな。あんたらは、僕にばかり集中し過ぎだ。悪いが、こっちは二人だ。――そもそも、僕の後ろにいるのを誰だと思ってるんだ？」

僕は後ろを向いて、地面に座り込むティアラさんに目をやる。

「ナーイス、ライナー……。時間稼ぎ、ありがとう」

にやりと笑って、ずっと動かなかったティアラさんが顔をあげた。

その顔に向けて、僕は周囲の全員に彼女の紹介をする。

「こちらにいらっしゃるお方こそ、千年前の伝説にてレヴァン教の聖人！　本来、我らがフーズヤーズの全騎士が仕えて、命を賭して守護すべきお方！――ティアラ・フーズヤーズ様だ！……別に控える必要はないが、その力をとくと味わうといいさ」

この状況を打開するのは僕でなく彼女であると告げる。

しかし、フェーデルトは鼻で笑いながら、戦闘の続行を叫ぶ。

「ティ、ティアラ・フーズヤーズ……？　ははっ、何を戯言を！　あれは儀式の為に用意されたどこにでもいる『魔石人間』です！　何も問題はありません!!」

その言葉に続き、周囲の騎士から魔法が放たれる。

大聖堂のときと同じく、多種多様な魔法の矢が僕に襲い掛かってくる。

背後のティアラさんに気を遣って、矢の数こそ少ない。だが、その分だけ精密さに優れ、僕だけを仕留めようと正確に飛来してくる。

間違いなく、いまの僕では防ぎきれない攻撃の密度だ。

しかし、僕の後ろにはティアラさんがいる。何の心配もしていない。

「フェーデルトく――――ん！　千年前とほとんど変わらない『魔石線（ライン）』使ってるのが悪いんだよー？　開発者の私にかかれば、このくらいちょちょいのちょい！――呪術《ライン・リアクト》!!」

後方で両手を地面に突いていたティアラさんは叫ぶ。

そして、その両手から輝く魔力が通り、地面の『魔石線（ライン）』に侵入する。

侵入したのは僅かな魔力だったが、その働きを狂わせるには十分な量だった。

『魔石線（ライン）』の全てを掌握したわけではない。

――ただ、フェーデルトの張った結界の対象を変えるだけ。

たったそれだけで、状況の全てが覆る。

ティアラさんが『魔石線（ライン）』を狂わせたことで、周囲の騎士たちの魔力が乱れ始めた。暴発するとまではいかないが、その魔法の威力は減衰する。

その減衰は大して重要ではない。それよりも重要なのは、僕の魔法が解禁されたこと。

「――これで、チェックだ」

勝利宣言をする。

すぐに僕は魔力の限界を超えて、命を削って魔法を構築する。

魂をナイフで切り取り、燃料に変える感覚。

生理的に発狂しそうな感覚だったが、躊躇（ちゅうちょ）なくやり切る。

今度の大魔法は『失敗』ではない。本当の風魔法だ。

「ここで出し切る！　纏めて呑み込まれろ!!――魔法《ワインド・マッドネス》!!」

突如、十一番十字路に風が巻き起こる。

僕を中心にして発生した小型の嵐は、四方から襲いかかる魔法全てを軽く払い除けた。

さらに、その正確な魔力コントロールによって一般市民を巻き込むことなく、敵だけを呑み込んでいく。敵の身体を浮かせ、近くの違う敵とぶつけ合い、ときには風で頭部を乱暴に揺らし、次々と昏倒させていく。

十一番十字路で小型の嵐が荒れ狂い――、数秒後には、全員が地面に倒れ込んでいた。

たった一度の魔法で、敵の主力のほとんどを無力化した。

その一瞬の出来事に、フェーデルトは呆然としていた。

痛む足を動かして、近くの剣を拾い、ゆっくりと僕は彼に近づいていく。

「さあ。状況が、すっきりとしてきたな。せっかくの聖人様の見てる前だ。誇りあるレヴァン教徒として、最後は正々堂々と一対一でもやろうか。フェーデルト」

「ひ、ひぃっ！」

決闘を要求する僕から、フェーデルトは逃げ出そうとする。

僕は身体が悲鳴をあげるのを無視して、もう一度魔法を唱える。

「――《ワインド・風疾走》」

風で足を補助し、僕は跳ぶ。

もちろん、残っていたフェーデルト直属の騎士たちが割り込んでくる。しかし、一方的に僕だけが魔法を使えるという結界内では、紙切れも同然の守護だった。

すれ違いざまに剣の腹で叩きつけては、次々と打ち倒していく。そして、その果てに顔を歪ませたフェーデルトまで辿りつき、その横っ面を殴りつける。

「終わりだっ‼」

「――ぐ、ぐがぁっ‼」

フェーデルトのにやついた顔が歪み、潰れる。

満足感に包まれつつも、念入りに腹を剣の柄で打って気絶させて、その首に剣の切っ先を当て、周囲を見回す。

大将を押さえられて、動けなくなった騎士が数人ほど残っていた。

いまの突貫と嵐の魔法で倒し切れなかった騎士たちだ。

……しかし、もはや戦意は薄い。

『魔石線』によって魔力に不調をきたしているのだろう。その上、相手は騎士団を半壊させた僕だ。自分で言うのもなんだが、他人から見たら頭がおかしいと思われがちの僕だ。

あのノスフィーですら引いた僕に、フーズヤーズの騎士たちも引かないはずがない。

「まだやる気なら相手になるが……、本当にやるか？」

戦意を確認しつつ、血塗れの左腕を動かして、僕はフェーデルトを指差す。

これに命を懸けられるのかと問いかけているのだ。

ここまでの戦いでフェーデルトの性格は、よくわかったはずだ。納得いかない部分がどこか一つくらいはあったはずだ。利害が一致し続けるか怪しいところもあったはずだ。

その不満を言葉で揺さぶる。今日学んだことだが、言うだけならタダだ。


「いま、僕は問題の種である聖人『ティアラ様の血』を消す為に行動してるだけだ。あれさえなくなれば、もう誰も争う必要はない。……というか、もうこの状況だ。下手に手を出して死にかけるよりも、黙って見てたほうが賢いと思うけどな」


主であるフェーデルトを守れなかったのだから、負けを認めろと言った。

勧告された騎士たちは周囲の状況を確認する。

精鋭たちが地面に倒れて呻いている。手加減はしたつもりだが、中には骨を折った者もいれば、後遺症を残す者もいるだろう。もしかしたら、うっかり死者が出ている可能性だってある。

自陣の八割が崩壊していた。

騎士の原則に則るならば、無謀な戦いはせずに撤退と報告を優先するべきだろう。

こうして、騎士たちは十分に損得を勘定した上で、握っていた剣を鞘に納め始めてくれる。一人戦意を失えば、全員が諦めるのはすぐだった。


「ありがとう」


中には僕の学院時代の知り合いもいた。

義理や打算も混ざっているであろう判断にお礼を言って、僕はフェーデルトを解放する。

戦意を失った騎士たち側もラスティアラを解放して、迅速に人質交換が済まされる。

騎士たちは主であるフェーデルトを起こそうともしない。

もし、もう一度戦闘を再開させても、この『魔石線（ライン）』上では勝機がないと理解しているのだろう。僕はラスティアラを背負いながら、その様子を観察し、安全であることを確認する。

「終わったか……」

勝利を噛（か）み締めながら、ティアラさんのところにラスティアラを持っていく。

背中から「ライナー、錠を外して……」という声が聞こえるが、無視だ。このまま彼女には、錠と『魔石線（ライン）』で動けないままでいて貰（もら）う。

へたり込んだティアラさんのところまでやってきて、二人で勝利を祝福し合う。

「ふぃー……。綺麗（きれい）な流れだったね。寿命もまだ残ってるしー。いえーい、完全勝利！」

「ああ、確かに完全勝利だな。ちらちらと見えた『失敗』の光景を避け続けたら、存外上手くいった。こうも完璧にいくとは思わなかったが……」

「ライナーが成長したんだよ。いやー、全部教えるのが上手い師匠のおかげだねー」

「そうだな。感謝してる」

もっと勝利の余韻を味わいたいが、和やかに冗談を飛ばし合っている時間はない。

ティアラさんに残された時間は短い。

それを彼女もわかっているので、いつもよりも口数少なく本題を進めていく。

「ささっ。それじゃあ、急いでエミリーの中にあるのを全部、移動させようか」

「そうだな。――アル！　エミリーをこっちに持ってきてくれ！　盗(と)られた『血』を返してもらって、一箇所に集める！　それで、面倒くさいのは全部終わりだ!!」

　エミリーを抱きかかえて見守っていたアルを、こちらに呼び寄せる。

「はい！　すぐに！」

　なぜか妙に僕を信頼しているアルは、素直に従ってくれる。

　ティアラさんが事前に詳しい話を通しているとはいえ、もう少し疑ったほうがいいと思う。一応、ここで説得する言葉も考えていたのが無駄になってしまった。

――こうして、十一番十字路の中央に、儀式に必要な『魔石人間(ジュエルクルス)』三人が揃(そろ)う。

　ティアラさんはラスティアラとエミリーの手を取って、魔力を流しながら唸(うな)り出す。二人の『血』の中にある術式を使って、儀式を再開させているのだろう。

――そして、数分後。

　大量の汗を垂らしながらも、ティアラさんは笑顔で儀式を完遂させる。

　また誰か邪魔が入るかと思っていたが、周囲の騎士たちは動かなかった。ことの行く先を見守り、あとで詳しく報告することを優先しているのだろう。周りの群集も似たような状態だ。暴れに暴れた僕は怖いけれど、好奇心で最後はどうなるかを見ておきたいといったところか。

「――よし！　私の『血』、コンプリィイイート！　途中で零(こぼ)しちゃって、いくらか足りない気がするけど、誤差の範囲だね！　少なくとも、こっちの二人の中にあった分は全部回収したよ！　私の独占だーい!!」

　ぴくりとも動けないくせに元気な声を出すものだ。しかし、最後だからこそ、笑顔で終わりたいという気持ちはわかる。僕は暗い顔ではなく、同じ笑顔で成功を喜ぶ。

「やったな。無茶をした甲斐（かい）があった」

「あとは、この全てをライナーちゃんに受け継がせて終わりだね。もう大聖堂のほうで大体終わってるから、すぐだよ。そんじゃー、らすちーちゃんの中に完成してる術式借りるよー」

　力の受け渡しは、すぐらしい。

　エミリーは儀式の終わり際の隙を狙った為、ほとんどの術式が完成していたようだ。

　ただ、それはティアラさんとの別れが、すぐであるということでもある。

「じゃあね、ライナーちゃん。あとは頼んだよ」

　もう別れの言葉は十分に残したつもりなのだろう。

　ここ一週間の稽古全てが遺言だったから、もうこれ以上は要らないといった様子だ。

「ああ、わかってる。貰った分の礼は必ずする」

　僕も同じ気持ちだ。ティアラさんとは十分に話をして、たくさん大切なものを貰った。

　終わらせるのに何の躊躇（ためら）いもない。

　——ただ、それを認めない者が一人いた。

　ずっと動けないながらも呻いていたラスティアラだ。

「だ、駄目……。それは駄目……。絶対に、駄目……!!」

ティアラさんの消失が目前に迫ったことで、ラスティアラは力を振り絞って拘束から抜け出そうとしていた。錠は壊せず、芋虫のように身体を動かしている。

「暴れるな。もう無理だ、ラスティアラ。諦めろ」

「うわっ。わわっ、ライナーちゃん。らすちーちゃんを押さえてて。できれば、首根っこあたりを押さえてくれると、色々とやりやすいから」

「了解だ。早めに終わらそう」

長引けばラスティアラの体力が回復するかもしれない。僕は迅速にティアラさんの指示に従い、身をよじらせるラスティアラの首の後ろを右手で摑んで地面に押さえつけた。

左手のほうは、力を引き継ぐ為にティアラさんと手を繋いでる状態だ。

すぐにティアラさんは目を瞑って、受け継ぎ作業を行い始める。

神聖なる光が漏れ始めて、十一番十字路を包んでいく。その荘厳なる空気を、周囲の観客たちは見守る。ラスティアラが苦しんでいるのを見てざわついているが、先ほどの暴力の嵐を見た人たちは一歩も前に出られない。助けたい気持ちはあれど、他人頼みに目配せをするばかりで、誰も動く様子はない。

その間も、ラスティアラは力を込めて、動こうとする。

だが、首を押さえる右手に返ってくる力は弱々しい。

もう絶対に、脱出は不可能だろう。

このまま、ティアラさんは消える。

その力は僕に受け継がれ、ラスティアラは身体を明け渡すことができなくなる。

反則的に強いラスティアラだろうが誰だろうが、この終わりを覆すことはできない。

何があっても逆転は不可能。

しかし、それでもラスティアラは諦めない。

「私は認めない……！　絶対に駄目！　こんな終わり方っ、絶対に認めない……!!」

蠢き、呟き、最後の瞬間まで、抗い続ける。

それを僕は全力で押さえつけて、一切の可能性を潰す。

もはや、自力での脱出は不可能と察したラスティアラは、周囲に目を向ける。

「駄目だよ、こんなの……。だって、ティアラ様が救われない。全然幸せな終わり方じゃない……！　そんなの駄目、みんな……!!」

助けを求めて、周囲の騎士たちを見た。

しかし、ここにいるのはラスティアラではなくフェーデルトを選んだ騎士たちだ。僕という敵を打ち破ってまで、その要望に応えようとする者はいない。

「誰か……。誰か手を貸して……。アル君……！」

アルは首を振る。

従えば、ラスティアラが死ぬとわかっているのだ。それをティアラさんから、はっきりと教えられている。彼女に恩があるからこそ、その要望に頷くことはできない。

ラスティアラは味方がいないことを痛感し、目を伏せてしまう。

地面に額を擦りつけ、すすり泣くかのように、助けを求めていく。

――その果てに、一言。

あの名前を。

ここで口にしたところで意味のない名前を、弱々しく、零す。

「誰か……。お願い、ティアラ様を助けてあげて……。お願いだから、助けて……。助けて……、――カナミ」

ここにはいない名前。

絶対に現れるはずがない名前。

そのはずだった。

なのに、ぞわりと。

今日一番の不快感が、背中に圧し掛かる。

スキル『悪感』が、僕に最大級の『失敗』を知らせた。

そして、その声が、十一番十字路に響き渡る。

「――次元魔法《ディフォルト》」

膨大な魔力だった。先ほどまでの僕やティアラさんの魔力が、ちっぽけに思えるほどの魔力が十一番十字路を満たした。

同時に世界が、歪む。

それを認識した瞬間、僕の視界に映った景色が、遠ざかる。

すぐそこにあったラスティアラの身体と隣に座るティアラさんが遠ざかり、手に返ってくるラスティアラの弱々しい力は消える。

いつの間にか、僕の座っていた場所が変わっていたのだ。

隣にティアラさんがいない。下にラスティアラもいない。

一人、何も関係ないところで、膝を突いていた。

「――は？」

吹き飛ばされたわけではない。

もちろん、自分の意思で移動したわけでもない。

ただ、場所を変えられたとしか言いようのない現象だった。

その現象に襲われたのは僕だけではなく、ティアラさんもだったようだ。

僕と同じような状況で、少し遠くで呆然としていた。

そして、続く声。

「間に合った」

先ほどまで僕とティアラさんがいた場所に、一人の男が代わりに立っていた。

男は耳の裏を撫でるかのような優しい声と共に、その剣を瞬きの間だけ抜いて、ラスティアラの身体を拘束する錠を斬り裂く。

そして、よろける彼女の身体を、守るように抱き止めた。

男の腕の中で、ラスティアラは呟く。

先ほど口にした名前を、もう一度。

「カ、カナミ……？」

「ああ、僕で合ってる」

男は艶やかな黒髪を垂らし、色濃い黒の双眸を宿していた。

大陸では珍しい黒髪黒目だ。その佇まいは柔らかで、表情は柔和。第一印象は、誰もがお人好しと感じる。身に纏うギルドの制服が似合わないと思えるほど、荒事と関わりなさそうな好青年だ。

だが、その評価が間違いであることは、すぐにわかる。

まず、魔力が目に見えるほど濃い。そして、身につける全てのものが、一級品の武具。制服に施された魔力のこもった意匠。明らかに値の張りそうな戦闘用の手袋に靴。

そして、何よりも剣。目を奪うほどに立派な宝剣が、腰に下がっている。

紛れもなく、英雄の風貌。

この場の全員に、それを確信させる風格があった。

間違いない。

あの『アイカワカナミ・ジークフリート・ヴィジター・ヴァルトフーズヤーズ・フォン・ウォーカー』。つまり、僕の主ジークだ。

ここに来て、ジークが現れてしまったのだ。

その事実を理解して、僕の血の気が引いていく。

逆にラスティアラは大興奮して、ジークの身体を強く抱き締め返して、喜んだ。

「カナミ……！　ああっ、カナミ、カナミ、カナミ！　来てくれたんだ!!」

「手紙があったから、大急ぎでヴィアイシアから戻ってきたんだよ。それよりも、身体は大丈夫？　どこか痛いところはない？」

「うん、大丈夫。ありがとう……。カナミ、本当にありがとう……！」

「もう安心していい。僕が来たからには、大丈夫だから」

感極まったラスティアラは、つい少し前に盛大にフッた相手の胸に、顔を埋めた。

ジークは顔を赤くして照れて——けれど、すぐに気を引き締め直して、自分の想い人を苦しめた敵を探し出そうと、彼女を胸に抱き締めたまま、周囲を見回した。

「いつだって、僕はラスティアラの味方だ」

その宝剣を抜いて、格好付けた。

好きな人の前だということで、限界まで格好いいところを見せようとするジークに、僕は腹が立った。

しかし、どれだけ頭にきても、僕は一言も声を漏らすことができない。

それほどまでに、敵意の混じったジークの魔力は圧倒的だった。

空間全てを支配されているかのように、隙間なく次元属性の魔力で満たされている。その中に立っているだけで息ができなくなりそうだ。圧倒的な魔力差に膝を突きそうになる。

また一段と強くなっていると、ステータスが見えなくてもわかってしまった。

ここを出発したときと比べて、魔力が洗練されている。

きっと『本土』のヴィアイシアで、アイド・妹さん・使徒シスの三人に勝利してきたのだろう。その経験が、ただでさえ磐石の強さだったジークを、さらなる高みまで連れて行ってしまっている。

笑えてくる。僕が一週間かけて鍛えた『数値に表れない数値』を、嘲笑うかのような実数値の成長だった。

しかし、これがジーク。僕の主ジークだ。

僕の知っている限り、『次元の理を盗むもの』は次元を捻じ曲げて、未来を見通し、最善の世界を引き寄せる能力がある。

そのジークがラスティアラを守っている。

あれを突破して、ラスティアラを確保？

できるわけがない。

万に一つもない。

可能性がゼロ。

不可能。

先ほどから頭の中でスキル『悪感』が発動しっぱなしだ。

『失敗』しか見えない。

目の前のあれとだけは戦うなと、けたたましく鳴るスキル『悪感』の悲鳴。

おそらく、あそこにあれが立った時点で、僕の『失敗』なのだ。

いま僕は巨大過ぎる『失敗』の只中にいる。

それが本能的にわかってしまう。

その呆然とする僕に、目の前のあれは叫ぶ。

「というか、ライナー！　いま、なんでラスティアラを拘束しようとしてた!?」

ジークには珍しく、僅かに怒気が混じっている。

当然、そうなる。

直前の場面を思い返せば、僕がラスティアラを襲っていたかのようにしか見えない。

ラスティアラが好きで好きで堪らないジークの印象は、最悪だ。

状況が完全に覆ったのがわかり、僕は歯噛みする。

「め、面倒くさいところで来やがって……！　最悪のタイミングだ……!!」

あと少しで何もかも解決だったのに、世界一面倒くさいのが来た。

大事なところでは間に合わないくせに、どうでもいいところでは間に合いやがる。

相変わらず、呪われているレベルで間が悪い。

もちろん、ここから冷静に事情を話してもいい。けれど、その時間がティアラさんにはない。ならば、例の《ディスタンスミュート》という魔法で、事情を察して貰うか？　いや、駄目だ。ジークの隣で僕を睨むラスティアラが、それだけはさせまいと邪魔してくるに決まってる。
ジークはラスティアラが好き。
だから、当然のように僕よりもラスティアラを贔屓するだろう。当たり前の話だ。
人間関係が、事情の説明を困難にしてしまっている。
とにかく、今日このときこの場だけは、ジークが邪魔過ぎる。
僕は八つ当たりのように、味方の一人に叫ぶ。
「ティアラさん！　わからなかったのか!?　ジークが来てたのが!!」
フーズヤーズの『魔石線』を掌握していた彼女なら、ジークの登場に気づけたはずだ。
事前に一言あれば、なんとかする方法はあった。
それを責めようとするが、少し遠くのティアラさんの様子がおかしかった。
「師匠……」
ぽつりと呟き、熱のこもった目でジークを見つめていた。
まるで死に別れた最愛の伴侶と再会できたかのような……只事ではない目だった。
その隙だらけの師の姿を見て、どこまでも『失敗』の感覚は強まっていく。
つい先ほどまで場を支配していたはずなのに、もうどうしようもないと痛感する。
十一番十字路にレヴァン教の役者が揃ってしまった。
千年前の伝説である始祖カナミと聖人ティアラさん。
そして、現代の『器』である現人神ラスティアラ。

もはや、怪我人の出る危険はないと言っていいだろう。

圧倒的な戦力差によって、もう戦闘が成立しないのだから誰も怪我をしようがない。寿命のティアラさんを除いてだが、この場の全員の安全が保証されたと言っていい。

戦いは終わった。

終わったが……、ここからだ。

ここからが本当の戦いだと、少なからず成長した僕の『勘』が訴えている。

聖人ティアラの最期を飾る戦いが始まる。

4．愛の『告白』

戦いの終わりの直前。

突然の乱入者の登場に、戦場は騒然となった。

勝利を覆された僕と窮地を脱したラスティアラが驚くのは当然だが、それ以上に周囲のざわめきが倍増した。

遠巻きに戦いを見ていた観客たちが、ジークの姿を見て、喜色の声をあげ始めている。指を差し、両手を口に当てて、その名前を叫び呼ぶ。

それは、この一年で伝説となってしまった英雄の名前。『大英雄』『竜殺し』『剣聖』『舞闘大会優勝者』という称号と共に、『カナミ』『ジーク』という単語が戦場に反響していく。一人が口にすれば、全体に伝播するまで一瞬だった。

かの現人神ラスティアラのピンチを救ったのが、我らが連合国の英雄とわかり、人々は瞳と声に明るい希望を灯す。

現れたジークに、誰もが絶対的な安心感を覚えていた。

誰もが伝聞で、英雄であることは知っている。かの『舞闘大会』で優勝したことも聞き及んでいる。だから、とても強いのだろうと推測している。だが、その事前の情報すら霞むほどの存在感が、その男にはあった。

その男の存在感に、全員が酔いしれる。

同時に、まるで観劇にでも来たかのような安心感に、戦場は包まれていく。

ここから始まるのは、英雄譚。大英雄『アイカワカナミ・ジークフリート・ヴィジター・ヴァルトフーズヤーズ・フォン・ウォーカー』の力で、いま勧善懲悪が約束されたと、理屈を超越して全員が思い知らされたのだ。

僕も同じだった。全く勝てる気がしない。

周囲の観客たちが、僕を指差して「終わった」と笑っていても、「ああ、その通り。終わりましたよ」と答えるしかなく、一抹の怒りも湧かない。

空間が完全に塗り変わった。

不安から安心に。

戦場から劇場に。

未知から既知に。

不確定から確定に。

真剣勝負から大衆娯楽に。

「――ごほっ、ごほっ！」

茶番に成り下がったかと思われた舞台で、余裕のない大きな咳が交じった。

その音を聞いて、僕は我に返る。顔を顰めて咳き込むティアラさんを見て、自分が敵の強大さに呑まれかけていたことに気づく。

どれだけ空気が変わろうと、ティアラさんの状態は変わらない。

削りに削れた寿命は、持って数分。

未だに、ここは命のかかった戦場であると自分に言い聞かせて、僕は声を張る。

「ジーク！　いいから、どいてくれ！　説明の時間がないんだ！　僕を信じて、まずはラスティアラをこっちによこしてくれ!!」

戦って強引に奪い返すという選択肢はなかった。

甘い我が主ならば、対話に応じてくれるという確信があったからだ。

予想通り、ジークは困った顔ながらも真剣に応対してくれる。

「いや、流石に説明もなしってのは……。ライナーのことは信じてる。けど、せめてラスティアラを拘束していた理由だけでも教えて欲しいんだけど……」

ただ、話は長引くという確信もあった。

甘いだけでなく、優柔不断で理屈屋の我が主は、なかなか即断してくれない。

「それでも、頼む！　本当に時間がないんだ！　いますぐ、やらないといけないことがあるんだ！　本当に!!」

僕は歩いて距離を詰めながら、全力で訴えかける。

ジークのほうも無造作に僕のほうへ近づいてくる。先ほどは魔法で咄嗟に距離を空けたものの、まだ僕を本格的な敵とは認識していないのだろう。

しかし、そのジークの隣にいるラスティアラは違う。

歩く僕たちを置いて、一人駆け出し、叫ぶ。

「――隙ありぃ!!」

ふらふらの身体の力を振り絞って、全力で僕を殴りつけてきた。

「おまえ!!」

対話するつもりで無防備に歩いていた僕は、それを避けられない。なんとか両腕を交差させて防御するものの、衝撃で足が浮き、さながら砲弾のように後方へ吹き飛ばされてしまう。

「あの女! 自分はジークに絶対攻撃されないからって……!!」

右手を地面に突いて勢いを殺し、観客との衝突を防いだ。

それを見たジークは、慌ててラスティアラを咎めてくれるが――

「お、おい! ラスティアラ! おまえもやめろ! 相手がライナーだからって、本気で殴り過ぎだ!」

甘過ぎる! もっと強く止めろよ……!

いまのを常人が食らったら骨折どころか、腕が砕け散るレベルだぞ!!

「謝る! ごめん! でも、カナミ聞いて!! ライナーより先に私の話を聞いて!!」

すぐにラスティアラは頭を下げて、自分も時間がないことを主張する。

僕の説得に負けじと声を張って、ジークを味方につけようとする。

「あそこにいるのは、ティアラ様! 間違いなく、本物の聖人ティアラ様だよ!! 話してあげて！　千年前にできなかった話を、いま全部してあげて！　時間がないから、早く!!

ティアラ様の気持ちがわかれば、きっとカナミも私の考えがわかる!!」

そして、少し遠くで蹲るティアラさんを指差す。

その言葉を聞いて、ジークは目を見開いて驚く。

信じられないといった様子で、その指の先にいるティアラさんを見る。

「ティ、ティアラだって？　あの子が？　いや、昔と雰囲気が違うような……」

雰囲気が違うのは当たり前だろう。

その身体は借り物の上、自我すらも『魔法ティアラ』という偽物であると本人は言っていた。千年前の伝説と比べれば、見劣りするのは間違いない。

けれど、その差異は、すぐに埋められる。蹲って苦しんでいたティアラさんは立ち上がり、かの伝説こそ自分だと証明するように胸を張る。

「……久しぶりぃ、師匠。私がティアラってのはマジだよー。いやあ、本当は師匠がいない内に、ひっそりと消滅したかったんだけどねー」

息を荒らげ、大量の汗を垂らし、顔面蒼白ながらもティアラさんは、にへらと笑った。

その姿をジークは見つめる。

目を見開き、油断なく注視して、得た情報の吟味を行っていた。

一瞬の間が空く。僕たちにとっては一瞬だ。

だが、ジークの思考速度ならば違うのだろう。

　まるで一晩熟考したかのような落ち着きで、この場に相応しい言葉を紡いでいく。

「その……、まずはありがとう、ティアラ。千年前、こんな僕を助けてくれて。ほとんど覚えてないんだけど、それでも君が何度も助けてくれたのだけは覚えてる」

　感謝の言葉が何よりも先だった。

　それにティアラさんは照れくさそうに、頭を掻いてから首を振る。

「ううん、助けてくれたのは師匠が先。この力も自由も、何もかも、師匠がくれたものだから……。私が師匠にお返しするのは、当然の話なんだよ」

　ジークとティアラさん。

　考えようによっては、二人は今日ここで初めて出会ったと言えるだろう。

　しかし、二人は自己紹介も挨拶もなく、他の誰も口を挟めないものを共有していた。

「そっか……。そうなのか……」

　返された言葉を噛み締めて、二度頷くジーク。

　その様子を見て、ティアラさんは乾いた笑いを見せる。

「ははっ。師匠、無理に千年前の始祖として言葉を選ばなくていいよ。師匠は私の知ってる師匠じゃないんだからさ。ここにいる私だって、本当の聖人ティアラじゃないってわかってるよね？」

「ああ、わかる。随分と無茶してる。見てて……、辛いくらいだ」

　ジークは僕と似た表情を見せる。

その次元魔法と慧眼をもって、ティアラさんの状況を悟ったのだろう。

もしかしたら、僕たち以上に詳しく、残り時間がわかっているのかもしれない。

「うん……。魂をコピーして劣化させた上に、バラバラになっちゃって、ボロボロとたくさん欠落しまくってる。これを本人って言うのは、ちょっと無理があるよねー。見てて、吐き気するっしょ？」

ジークは歯を食いしばり、眉を顰めた。

ティアラさんの言葉通りに、ジークに吐き気があると見てわかった。

しかし、ティアラさんの状態に詳しい僕でも、そこまで忌避感はない。もしかしたら、千年前の伝説である二人にしかわからない『ぞっとする部分』があるのかもしれない。

僕は二人の対話に口を挟まないようにする。言いたいことはたくさんあるが、それは共犯者であるティアラさんが代わりに言ってくれると信じる。

「そんなことない。それを言ったら、僕だって似たようなものだ」

「それは違うよ。師匠は『成功』して、確かに師匠だよ。……比べて、ここにいる私は千年前の聖人ティアラの記憶がちょっとあるメッセンジャーの魔法でしかない。師匠は千年後の移動に『成功』したけれど、聖人ティアラは『失敗』した。とっくの昔に『死人』。そういうことなんだと思うよ」

「それは……、一年前の儀式を僕が邪魔をしたから？」

「そうだね。あの一年前のかっこいい救出劇がなかったら、ここにいたのは『始祖カナミ』本人と『聖人ティアラ』本人だったかもね。でも、邪魔しなかったら、ラスティアラ・フーズヤーズが死んでた。間違いなく、ここに我が娘はいないよ。だからさ、これでいいって思ってるんだ。この結末こそが、ベストなハッピーエンドだって思ってる」

消滅を匂わす言葉に、ジークの顔は一層曇る。

しかし、言葉を遮ることはなく、ティアラさんの言葉を聞き続ける。

「私が消えても、私の血を受け継いだ娘たちがたくさんいる。私の娘たちが生きて、師匠を助けてくれる。それだけで、私は生きた甲斐(かい)があったって心から思う。師匠が連れ出してくれたおかげで、あの狭い部屋の中で人生を終えるんじゃなくて、世界中を駆け抜けることができた。ちょー楽しかったって、心から満足してる」

「そうか……。なら、それでいいな……。受け継いでくれる人がいるなら……」

「そういうこと。もう古い物語は終わったの。師匠は新しい物語を生きて、新しい終わり方を見つけてね」

「……わかった。そうさせてもらう」

あっさりと話が進む。

ジークはティアラさんの言葉に納得していた。あのお人好(ひとよ)しで面倒くさいジークがだ。

そのことから、『本土』でのティティーとの別れによって、新たな成長を遂げたことが窺(うかが)える。

「ありゃ、素直。変わったね、師匠。もっとごねると思ったけど」

ティアラさんも僕と似た感想を抱いていたようだ。

「アイドのやつも言ってたな。そんなに変わったか？」

「うん。千年前なんて、毎朝『全部殺すー！』って叫んで回ってたからねー。あのときと比べたら、そりゃあもう……いい感じだよ。千年前もこうならよかったのに。……ちょっと遅いよ」

千年前との差異を受け止めて、二人は苦笑いを浮かべる。

素直に成長を喜ぶのではなく、どちらも神妙な顔で笑みを作っていた。

その二人の内心を、僕は測ることができない。

できないが、ティアラさんが情に流されることなく、当初の予定通りに話を進めてくれたことはわかった。

話が終わったところで、ティアラさんは僕のほうに向き直る。

「じゃあ、私の力はそこのライナーに譲る予定だから、これでさよなら。今度は、師匠の騎士として見守り続けるよー」

笑顔で別れようとしていた。僕の知っている迷宮の守護者（ガーディアン）たちと同じように消えようとしていた。その別れ方にジークは慣れた様子で応える。

「じゃあな、ティアラ」

「じゃあね、師匠」

こうして、千年前の始祖と聖人は因縁を終わらせた。

正直、予想外の話の早さだ。もちろん、ジークもティアラさんも時間の少なさを理解していたから、できるだけ言葉を短くしたのはわかっている。

それにしても、話が早過ぎる。正直なところ、ティアラさんには裏があると疑っていた部分があったので、少し拍子抜けだ。そう思ったのは僕だけじゃないようで、二人の仲を煽っていたラスティアラも啞然としていた。

「カナミ、それだけ……？　ティアラ様も……？　も、もっとあるよね？　色々さ？」

二人の目を見比べて、もっと話せと促す。しかし、変わらない。

第三者から見ても明らかだ。二人は一切の迷いなく、永遠の別れを享受しようとしていた。たった、数分の挨拶で終わらせようとしていた。

ゆえに、ラスティアラは――

「駄目。絶対に、駄目」

視線を地面に這わせて、目的のものを見つけ、真っ直ぐに向かって、拾った。

拾ったのは武器。対話の真逆の象徴。

先ほど蹴散らした騎士たちの持っていた剣を一つ、手に取った。

「動かないで、ティアラ様！　ライナーに持っていかれるぐらいなら、その足を斬り落とします！」

そして、その切っ先をティアラさんに向けた。

自分の思い通りに行かない現実を認めず、子供のように駄々をこね始めた。

「そんな終わり方、許しません！　ティアラ様、なんで嘘をつくんですか!?　ティアラ様には資格がある！　誰よりも先に想いを伝える資格が！　だから、ここで『告白』してください！　みんなの見ている前で！　はっきりと！　あの伝説の聖人ティアラ様は誰よりも、カナミのことが好きだって！　じゃないと、あなたの物語が終わらない！　いつまで経っても終わらない!!」

その醜態と横槍を見ていられずに、僕も黙って見守るのをやめて、叫び返す。

「余計なお節介だ、ラスティアラ！　ティアラさんは、あんたほどジークのことを好きじゃないんだよ！　そもそも、そこにいるティアラさんは本物と違う！」

「ライナー！　なんで、そんなわけのわからない話で誤魔化されてるの!?　何かがおかしいってわからないの!?　ほんと今日おかしいよ、みんな!!」

僕たちの言い争いに続いて、ティアラさんとジークも続く。

「らすちーちゃん、ライナーの言ってることは本当だよ！」

「ラスティアラ、落ち着け！　これ以上無理すると、おまえが……！」

四人が各々に発言をして、混ざり合い、誰が何を言っているのかわかり難くなる。

このままでは埒が明かないと判断としたのか、ラスティアラは最も近いジークを除外させようとする。

「カナミ、ちょっと席外してて！　先にティアラ様と話すから!!」

「え!?」

その選択肢は本当に予想外だったのだろう。

あっさりとジークは腕を取られて、そのまま空へ背負い投げられる。流麗な動作による全力の投げ技だった。凄まじい勢いで観客の頭上を越えて、近くの家の窓に突っ込んでいく。木の格子が砕け、綺麗に屋内に入っていく。中からジークの声が――「す、すみません！　怪我はありませんか？　ありませんね！　壊れた家具のほうは、あとで弁償します！　ほんとすみません!!」と聞こえてくるので、大事には至っていないだろうが、余りに目に余る行為だ。

「このヒス女！　ジークに何してんだ!!」

僕は激昂して本気で戦意を飛ばす。

主であるジークを傷つけられるのは、ラスティアラといえども許せるものではない。こっちも手足の一本くらい斬るしかないと、一歩踏み出す。

「おい、ライナー！　僕は大丈夫だ！　ラスティアラに剣を向けるな！　それだけは、何があっても許さない!!」

しかし、それは主から直々に止められる。

次元魔法によって空間を捻じ曲げ、家の玄関から僕のすぐ近くまで移動して、その剣の切っ先をこちらに向ける。

奇妙な四角形が形成される。ティアラさんに迫るラスティアラ、そのラスティアラに剣を向ける僕、その僕に剣を向けるジークという形だ。

　まずティアラさんが困り顔で、ラスティアラから一歩引き下がっていく。

　このままだと、ジークの贔屓(ひいき)のせいでラスティアラの我儘(わがまま)が通ってしまう可能性がある。口喧嘩(くちげんか)に言い負けたというだけで、思い通りにされるのだけは見過ごせない。

　そうはさせまいと、僕は口論をしかける。

　敵意を持って動けばジークに拘束されるので、問い詰めるしかなかった。

「いいか、この脳みそ花畑女！　ティアラさんは始祖カナミってやつの弟子だった！　家族のように可愛(かわい)がられていただけだ！　ティアラさんにとって師匠は助けたい家族であって、愛している異性なんかじゃない!!　決してな!!」

「そんなはずない！　ライナーは勘違いしてる！　二人は異性として意識し合っていた！　それだけは、間違いない!!」

「勘違いしてるのはあんただ！　あんたは自分の感情を、ティアラさんの抱いていた感情だって勘違いしてる！　意識してたのは、あんた一人だけだ!!」

「わ、私一人だけ……!?　そんな馬鹿なこと、あるもんか……！」

　ラスティアラは震えながら、否定する。

　僕の話は信じられないけれど、微(かす)かに心当たりがあるようだ。

　示された可能性を吟味して、混乱しかけている。しかし、その迷いを見守る時間はない。

　僕は今日最大の魔法で、事態を解決しようとする。

「もう時間がない！　こうなったら風の繭を張って、強引に――」

「魔法はやめろ！――魔法《ディメンション・千算相殺》!!」

しかし、ジークのよくわからない次元魔法で、魔法は構築途中で霧散させられる。

僕はジークを睨んで、文句を言う。

「ああっ、ほんと面倒くさいぃぃい！　なんで止める!?」

「いや、止めるに決まってるだろ！　おまえ、もうＭＰないから命が削れてるぞ!?　もっと自分の身体を大事にしろ!!」

それどころじゃないのに細かいことを、ぐだぐだと……！

と僕が怒りを露にしていると、その間にラスティアラも動く。

わなわなと震えて、僕と同じ行動に出る。

「あの気持ちが全部、私のものだった……？　ティアラ様はカナミを、家族として見ていた……？　そ、そんな適当なこと！　適当を言うなぁああ！　ライナー!!」

「待て！　ラスティアラもＭＰないだろ!?　無理して魔法で張り合おうとするな!!――魔法《ディメンション・千算相殺》!!」

ラスティアラが怒りのままに放とうとした魔法も、ジークは膨大な魔力で干渉して霧散させる。

その見事過ぎる魔法に、僕もラスティアラも舌打ちする。

だが、当のジークは冷や汗を垂らして、僕たち二人に文句を言う。

僕たちとの温度差に、心底困り切っている様子だ。

「二人とも、自分の体調を考えろ！　本当にボロボロだぞ!?　というか発動前の『相殺魔法』って簡単じゃないんだぞ!?　そもそも、周りの被害を考えろ！　戦えない一般の人たちが、こんなにいる!!」

両手を広げて、周囲の観客たちの存在を強調した。

いつの間にか、張り詰めて冷えていたはずの空気が、軽く汗を滴らせる程度の暖かいものに変わっている。簡単に言ってしまうと、市民たちは恐る恐る事件現場を見守っているのではなく、嬉々として『痴話喧嘩』を見守っていた。

その観客たちにジークは手を振って、後退を促そうとする。

徐々に僕たちを取り囲む円が狭まっているのを危惧しているようだ。

「み、みなさん！　すみません！　危ないので、もう少しだけ離れてください！　探索者の方々は、できればそこらへんに転がってる騎士さんたちを安全なところまで！　万が一がありますから!!」

しかし、その努力は虚しく、観客たちの反応は軽いものだった。

離れるどころか、手を振ったジークに対して黄色い歓声があがる。

何割かの女性が、きゃーきゃーと色めき立ちながら手を振り返した。

「え、えええ？」

その反応にジークは言葉が詰まり、青い顔になる。

おそらく、噂でジークのことを知っていた女性貴族だろう。一年前の『舞闘大会』を観ていたものがいてもおかしくはない。

はっきり言って、暇を持て余している噂好きな貴族にとって、ジークという英雄は最大の餌だ。いまや『アイカワカナミ・ジークフリート・ヴィジター・ヴァルトフーズヤーズ・フォン・ウォーカー』は国一つどころか、世界に名を轟かせる偶像的大英雄様だ。この中にもファンは沢山いるだろう。そのジークが、フーズヤーズで最高の知名度を誇る『現人神ラスティアラ』と言い争っているのだ。ラスティアラにだってファンは多い。老若男女問わずに魅了するフーズヤーズの代表者様なのだから当然だ。

そのジークとラスティアラの諍い。

一年前の誘拐劇や『舞闘大会』を知らぬ者でも、興味を惹かれることだろう。さらに言えば、連合国の主教となるレヴァン教の『聖人ティアラ』と思しき人物までも会話に交ざっているのだから、もう手に負えない。

有名な劇場で、名優たちを見ているかのように観客たちは反応する。

遠ざかるどころか、観客のじりじりと囲む輪が狭まっている。

最初は荒事かと思っていたのが、予想外に面白い恋愛劇になってきたので興奮しているのだろう。下世話な好奇心が止まらなくなっているのが丸わかりだ。

何より、場所が悪い。ここは、十一番十字路。

危機感の薄い温室育ちの貴族たちがカップルになって集まる場所だ。

ぶっちゃけ、デートプランが埋まらず暇になったやつらが集まってる。ここで一週間、ずっと昼食を摂ってたから間違いない。

ここの暇人たちは騎士団と英雄の登場で、安全が確保されていると思っているのだ。

その上、他人の——それも、超有名人の痴話喧嘩が繰り広げられているとなれば、そう易々と解散してくれるはずもない。

そんな簡単なこともわからずに、ジークは必死に訴え続けている。

「できるだけ離れて頂けると、その……、助かるんですが……。もっと、遠くに……。な、なんで離れてくれないんだ!?」

この場所に集まる人間たちが、特殊な層とわかっていないのだろう。

無駄な抵抗を繰り返していく。

当然だが、僕もラスティアラも、そんなどうでもいいことに構っている時間はない。

頭に血が昇ったまま、無様な避難誘導をする主に僕は言い返す。全く同じことを言い争っている相手であるラスティアラも叫ぶ。

「カナミ、それどころじゃない！」

「ジーク、それどころじゃないだろ!!」

第一にティアラさんのことを考えない暢気さを怒った。

二人から同時に叱られてしまったジークは困惑する。

「え、……ご、ごめん？」

その様を見て、観ていた周囲の人たちから、小さいながらも笑い声が巻き起こる。続いて、劇の中心に立つ少女が、高らかに笑う。

「ひっ、いひひっ、ひひひひひ――!!」

ティアラさんは数時間前の緊張感を全て解いて、楽しそうにしていた。

まだラスティアラの説得は成功しておらず、作戦は悪い方向に流れているままだ。このままだと時間切れで、無駄に消滅してしまう可能性のほうが高い。はっきり言って、死ぬ間際だ。けれど、ティアラさんは暢気に心から笑った。笑ってはいけないとわかるけれど、笑うのを堪えられないといった風に……。

その周囲の観客と同じような態度に、ラスティアラと僕は怒る。

「ティアラ様からも言ってやってください!!」

「ティアラさんからも言ってやれ!!」

結局のところ、全てを変えられる発言力を持っているのは彼女だけだ。

彼女さえ、ぶれずに言葉を発し続ければ、ジークだけでなくラスティアラも黙らせることができる。

そうラスティアラも考えているから、また同時に叫んでいく。

「千年を超える至高の愛がここに存在するってことを、カナミに証明してください!!」

「あんたは自らの師が大して好きじゃなかったってことを、ジークに証明するんだ!!」

「いまこそ、『告白』を!!」

「いまこそ、『告白』しろ!!」

一番言いたかったことを叩きつけ終えて、僕とラスティアラは一旦止まる。

その間に挟まれているジークは、助けを求めるかのような青い顔をしているが関係ない。この『告白』だけは絶対に聞いてもらう。

そう僕とラスティアラは決意して、おかしそうに笑うティアラさんを見守る。

周囲の温度は再上昇する。

これを誰もが期待していたのだ。痴話喧嘩を見守る理由なんて唯一つ。

観客たちは口々に「愛の『告白』!?」「やっと『告白』きた！」と無責任に安全圏から囃し立てる。本当に愉しそうだ。風で、ぶっ飛ばしてぇ。

そして、いつの間にか、十一番十字路に残っていたフェーデルトの騎士たちが、腕を広げて警備員のような仕事をしていた。もはや、こちらも観劇ムードである。この劇が崩れないように協力までしてやがる。

……良くも悪くもジークのせいだ。

今日の戦闘全てを呑み込む絶対的な暴力を持った英雄様が、ずっと子供みたいな困った顔をしているから、こうも空気が軽い。

そして、この茶番を終わらせる為にティアラさんは請け負う。

「いひっ。いいよいいよ、オッケー。なら、私の言いたかったことを、全て言わせて貰おうかな？　せっかくだからね！　そういう感じでいこうか!!」

笑いながら、ふらつきながら、死にながらも、堂々と宣言する。

彼女だけは剣の切っ先でなく、指先をジークに突きつける。

「――師匠!!」

『告白』が始まる。

それは受け入れるにしても拒むにしても、愛の『告白』となるだろう。

当のジークは予期せぬ展開に困惑していたが、ティアラさんから主張したいことがあるのを察して、聞く態勢に入る。

そのジークに向かって、ゆっくりとティアラさんは『告白』していく。

やっと自分の気持ちを、この千年後の世界で。

「楽しかったよ……。あの日、師匠と出会わなかったら、私は部屋の外に出たいって思うこともなかった。あの日、師匠が助けてくれなかったら、私は世界を恨みながら死んでた。あの日、師匠が城から連れ出してくれなかったら、どこにでもいる悲運のお姫様として人生が終わってた。……そう思う」

まず千年前の出会いから口にしていく。僕は与り知らぬことだがラスティアラはよく知っているようで、その言葉に合わせて叫ぶ。

「そうです！　ティアラ様は、誰よりも先にカナミと出会った！　この異世界に呼ばれたカナミが一番最初に出会ったのはティアラ様!!　この美しく輝く物語の始まりは、ティアラ様とカナミの二人だった!!」

ラスティアラの主張が補強されていくことに、若干の焦りを感じる。

しかし、僕はティアラさんを信じて、口を噤む。

「うん、私たちは最初に出会った。で、二人で色んなところに行って、色んな人たちと出会って、色んなことを経験したんだ。師匠と出会えたおかげで、世界の色んなものを見られた。世界の広さを、この足で確かめることができた。それは本じゃなくて、手で触れられる本物の世界で、本当に嬉しかった」

とても懐かしそうにティアラさんは呟く。

その表情と言葉から、彼女の感謝の気持ちが伝わってくる。

「楽しくて、騒がしくて、大変な旅だったなあ。世界を救う為に各地で厄介な『魔人』さんたちを倒したり、呪術や魔法の勉強を一杯したり、国を基盤から作り直したり……、とってもやりがいのある毎日だった。途中から陽滝姉を救う旅に変わって、喧嘩しちゃうこともあった。けど、最後は二人で仲良く、『迷宮』を作ったよね。全部終わったら一緒に暮らそうって話したこともあったっけ」

「カナミィ！　いまの聞いた!?　ちゃんと聞いた!?　カナミは千年前からティアラ様と約束してたんだよ！　また一緒になろうって!!」

ここぞとばかりにラスティアラは同調していく。

だが、その必死な主張を、当のティアラさんが笑う。

「ひひっ、いひひっ」

「ティ、ティアラ様……？」

ラスティアラは不思議がる。

男女の人生の約束のどこに笑うところがあったのかと、不満すら浮かんでいる。

ここに認識の差がある。僕やティアラさんならば、はっきりとわかる。けれど、ジークに心底惚れている人間だと気づけない罠だ。

それをティアラさんは教える。

経験豊かな親が、子に教訓を与えるかのように、優しく。

「本当に純粋なんだね、らすちーちゃん。駄目だよ、師匠の口約束を信じちゃあ」

そこにいる男は信用ならないと伝えた。

「え、え？　でも、二人で一緒に暮らそうって約束したんですよね!?　それはもうっ、婚約みたいなものですよ!!　そのまま、死ぬまで一緒って感じです!!」

「言っとくけど、私は欠片も約束を信じてないよ。前例があるしね。あの師匠が約束を守るわけないじゃん」

「え、えぇっ？」

千年前、きっとジークは本気で言ったのだろう。

性格上、嘘をつくつもりはなかったことだろう。

それはわかる。だからこそ、感受性豊かなラスティアラはジークの言葉を信じている。

しかし、第三者から見れば、ありえない話だ。

あのジークが誰かと一緒に安穏と暮らす？　光景すら想像できない。

けれど、ラスティアラは心底不思議そうな顔をしている。もしかしたら、彼女はジークの元妻だった『光の理を盗むもの』ノスフィーあたりの話を、全く知らないのかもしれない。仕方なくティアラさんは追撃で、千年前の真実をラスティアラに叩き込もうとする。

──何かを吹っ切ったかのような顔で。

「いい？　そこにいる男は本当にろくでもないんだよ？　とんだ嘘つきで、信じられるわけないよ！　千年前、何人の女の子を、その気にさせて捨てたか！　どれだけの女の子を泣かせたか！　いまから、我が娘に教えてあげる！　ついでに、薄情にも忘れてる師匠も再確認するように!!」

ラスティアラとジークの二人が「え？」と同時に口を開ける。

対して、僕は満面の笑みだ。

ようやく本気でティアラさんが証明しようとしているのが嬉しい。ついでに調子に乗っていた主二人が叩きのめされそうで、とても嬉しい。周囲の観客たちも楽しそうで、何よりだ。さっきは吹っ飛ばそうなんて思って、すまない。

「じゃあ、一人ずつ数えていくからね！」

そして、いま大公開される。

口を開けた二人が止める間もなく早口で、次々と息継ぎなしでティアラさんは名前を連ね始める。千年前のジークの女性遍歴を──

「えーと、まず最初に私のお姉ちゃんが落とされたでしょ。私を合わせて、フーズヤーズのお姫様が二人だね。あとフーズヤーズだと、代表的なところで騎士団長ちゃんと宮廷魔術師のお姉ちゃんを二人同時に落として喧嘩させてたね。『使徒』のシス姉も、惚れてたかな？　正直、フーズヤーズあたりは、ちょっと数え切れないね。自覚なしでどんどん落としていくから厄介なんだよ。次に大陸の各地の有名なところで、確かレギア地方でクウネルちゃんを落としてー、ファニア地方の研究院でアルティちゃんを落としてー、エルトラリュー地方でアリューちゃんを落としてたよね。魔人事件を解決する度に増えてくから、本当に酷いもんだったよ。一緒に旅してた私が、何度刺されかけたか……。異性として幻滅するのに時間はかからなかったね。新しい国に行くと、必ずその国のお姫様か女王様と懇意になってるんだから、もう一種のスキルだよ。なんだっけあれ、スキル『話術』だっけ？　スキル『人誑し』？　いや、『女誑し』の命名間違いじゃない？　だって、女の子限定だったもん。ははっ、流石師匠っ、世界一最低だよね！　陽滝姉が一緒にいても関係ないんだから、その度胸には驚くばかりだよ。最終的には、あの『理を盗むもの』で南北戦争の首魁二人、ロードちゃんにノスフィーちゃんも騙して利用してたんだから、もはや世界一の女誑しって言ってもいいよね！　やさぐれてからは自分から積極的に女の子を口説くこともあったから、被害者は増えるばかりだったよねー！　もう名前を挙げていくとキリがないよ。でも、キリがないけど、今日は挙げてくよ。我が娘が騙されないように真実を伝えないといけないからね。あ、私が知ってる範囲だから、もっともっと多いって思ってね。えー、まずアンナちゃんでしょ、エルリイナさんとシエナさんにー、エルヴィーさんもいてー、あとは――」

「タイムだ!!」

堪(たま)らず、ジークが叫ぶ。

当然だろう。意中のラスティアラの前で言いたい放題されているのだから、その胸中を察すれば、笑みが零(こぼ)れるばかりだ。

ジークは広域に魔力を浸して、大魔法を使ってでも止めようとティアラさんに詰め寄っていた。その本気具合に、流石のティアラさんも止まらざるをえなかった。

「ま、待ってくれ……、ティアラ。いや、ティアラさん。それは本当なのか？　本当の本当に？　本当の話？」

できれば、冗談でしたと言って貰いたいのだろう。

下手に出まくりである。

「……本当だよ！　本当だから、私は最後に師匠を信じられなくて！　レガシィ君についたんだよ!!」

「え、ええ……!?　そんな理由で!?」

だが、それをティアラさんは真っ向から否定していく。

たじろぐジークに向けて、容赦なく続ける。

「そんな理由!?　それだけの理由だよ!!　この女誑し！　ひもっ！　かっこつけ！　シスコン！　変態！　人間のクズ！　女の敵！　というか、人類の敵！　優柔不断！　期待させるだけさせて放置するから、酷いことになるんだよ！　口だけ男！　ヘタレ！　正直、生きてるだけで迷惑！　周りがっ、というか私が、後始末にどんだけ苦労したか！　甲斐性なし！　負けるたびに女の子のところに逃げるな！　根性なし！　大事なところでばっかり負けてぇえ！　この負け犬!!」

「う、うん。わかった。ごめんなさい。十分わかったら、そろそろ終わりに……」

その余りな罵倒の数々にジークは顔を青くして、降伏しようとする。

けれど、百戦錬磨のティアラさんは敵が降伏しようとも、一切容赦なく責め立てる。

「うっさい、師匠！　最期だから、全部言うよ！　師匠はもっと狙いを一人に絞るべき！　あっちこっち行かない!!　いい？　一人だよ、一人!!」

「じゃあ、人が集まってきてるから……、せめて場所を変えよう！」

ジークは周囲の反応を見て、移動を促す。

いまや観客たちの興奮は、最高潮であった。英雄のスキャンダルを聞いて、とても興味深そうに聞き耳を立て、知人たちとひそひそ話をしている。ティアラさんの暴露を聞けば、裏でどんなことを囁かれているのか想像するのは容易い。

というか、僕の耳にも普通に「やっぱり噂通りか」とか「うわあ、最低ー」とか漏れ聞こえている。凄まじい勢いでジークの評価が落ちていき、元からあった噂の信憑性が高まっているのがわかる。

ジークの離れたい気持ちもよくわかる。

わかるが、いま目の前で話している消滅直前の女の子から逃げるのは許されない。

こっそりと僕はジークの退路を塞ぎつつ、二人の会話を笑顔で見守る。

「師匠！　この期に及んで、周囲の目を気にするの!?　そんなんだから、千年前も大事なところで失敗ばかりしてたんだよ!!」

「いや、それは……、でも、このままだと僕の評判が……。いまスノウのやつが間違いなく聞いてるだろうし……。これ以上は不味い……！　あらゆる意味で本気で不味い！」

「大事なのは、いまここにいるラスティアラちゃんでしょ！　ここで逃げたら、ぶっ飛ばすよ！」

「くっ、わかった……！　わかったけど、魔法だけは、なしでいこう!!　なしで!!」

戦意を見せたティアラさんにジークは怯えて、自分の味方であると思われるラスティアラのところまで後退する。

いまにも正座しそうな勢いだった。完全にティアラさんの勢いに呑まれているのが、見て取れる。

ティアラさんはジークを圧倒したことに満足したのか、連続の罵倒をやめて、話の結論を叩きつける。

「とにかく、私は師匠が好きじゃないよ！　この男は女誑しの最低野郎だからね！　異性としては無理！　あるのは師としての尊敬が、ギリギリちょいあるだけ!!」

それにジークとラスティアラは並んで、ショックを受ける。

二人とも表情に出まくりだった。二人はレベルも能力もずば抜けていて何かと恐ろしい存在だが、精神面は大したことがない。特に恋愛面だと、幼稚を通り越したレベルであることは以前に確認済みである。

ティアラさんの宣言で、唖然とする二人。先に立ち直ったのはラスティアラだった。

なんとか盤面を覆そうとジークを励まそうとする。

「カ、カナミ……。信じちゃ、駄目……！　嘘だよ、嘘っ。きっとティアラ様が、私の為に身を引こうとしてるだけだから……！」

「そうなのか……？　いまのは嘘……って思いたいけど、ティアラが嘘ついている風には見えない……」

「自信持って！　カナミはかっこいいって！　世界で一番かっこいいよ！　ティアラ様も惚れてる……はず。た、たぶん……」

「なんか……、最初より自信失ってない……？」

「だって、流石に酷いし……」

「あ、ああ。酷いな……」

二人はティアラさんの言葉を振り払おうとしていたが、結局は呑み込まれて項垂れてしまう。その様子から、ティアラさんの話を心から信じているとわかる。

二人ともステータスを見る目だけでなく、観察眼にも優れている。そして、ティアラさんの話には「ああ、やっぱり……」と思えてしまう説得力があった。

しかし、揃って項垂れる駄目主たちも、幾度となく修羅場を乗り越えてきた人物だ。すぐに心を強く保って「いや、まだわからない」「何かのスキルで騙されているだけかも」と口にして、二人で支え合おうとしていた。

その足掻きを見て、僕は悪態をつきながら一歩前に出る。

「ちっ。まだわからないのか」

ティアラさんの話を補強しようと、僕の知っている現代のジークの女性遍歴を足しにかかろうとする。そこにいるラスティアラを始め、ジークパーティーを眺めただけでも、補強する数に不安はない。

僕でも十分に止めを刺すことは可能だ。だが、それをティアラさんは止める。

「ライナーちゃん、まだ私に任せて。これでも、一番の年長者だからね。相手が師匠でも、詰め方は熟知してるよ。しっかり見てて」

そして、獲物を追い詰める狩人の目をして、歯を見せて笑う。

自分の過去話を始めたときは少し不安だったが、いまのティアラさんがジークたちを叩きのめそうとしているのは間違いない。

力で敵わないなら言葉を使って勝利するという昨日の稽古の続きをしているのだとわかり、一歩引く。弟子として、最後まで見届ける。

「いまから、証明してあげるよ。私は師匠が好きじゃないし、師匠はらすちーちゃんが好き。それを、いま、ここで完璧に教えてあげる――！！」

ティアラさんは詰め寄る。

心揺らいでいる二人に止めを刺すべく、残酷に優しく、ゆっくりと語りかける。

「よく聞いて、師匠。聞いての通り、私は千年前の師匠のことをよく知ってる。もちろん、師匠のことだけじゃなくて、他にも色々。使徒レガシィにやられた師匠と違って、生涯無敗だった私は、千年前に長生きしたからねー。ぶっちゃけ、一足先に迷宮の『最深部』まで行ってるんだよ？」

とてもあっさりと連合国最大の悲願を達成していることを伝えられる。

「なっ――！」

迷宮の『最深部』を目指していたジークは驚きを隠せず、いままでの話全てが吹き飛んだかと思えるほどの驚きを見せる。

「千年前の勝利者だった私は、誰よりも先に、みんなの悲願を達成してる。シス姉の望んだ『世界を平和にする方法』だって用意してる。また新しい『みんなを幸せにする魔法』も開発したんだ」

ジークを置いて、ティアラさんは次々と新事実をばら撒いていく。

「まだ陽滝姉は眠ってるよね？　私は陽滝姉を起こす方法だって知ってる。それどころか、あの『病気』の正体を師匠よりも詳しく知ってる。『最深部』で、ようやく確信できたよ」

嘘か真か、わからない。だが、全てを解決する力が自分にあると言う。

そう簡単に信じられるものではないが、千年前を生き抜いた伝説のティアラさんだからこそ、それを口にする権利があった。真実味があった。

「いま消えかけてる私を生かせば、そういう色々便利なことを知ることができるねー。あっ、でもちゃんと詳しい話を聞きたいなら、ラスティアラちゃんを犠牲にしないといけないよ！　どれもこれも、この場でぱぱっと話せるくらい簡単な話じゃないからね！」

もうティアラさんの残り時間は、本当に僅か。

それをジークは次元魔法で理解している。

「だからさ！　いま、ここで！　『ラスティアラ・フーズヤーズ』か『ティアラ・フーズヤーズ』か、どっちを生き残らせたいか選んで！　師匠の手で!!」

強引過ぎる方法で二択を迫る。それは、ただ好む人物を選ぶだけの話ではない。

「つまり、『好きな人』か『その他全ての解決』か、だねっ。とってもわかりやすくて簡単な選択でしょ？」

天秤に乗せるだけ乗せて、ティアラさんは気軽に笑った。

ジークは絶句する。

だが、その問いの返答は早かった。本当に早かった。

眉間に皺一つなく、迷いも一切なかった。

「……簡単な選択だ。それだけは間違えない。もう僕は、絶対に間違えない」

ティアラさんの言った通り、わかりやすく簡単であり、間違えようがないと言い切り、その最後の難題の『答え』を口にする。

「――僕は『ラスティアラ・フーズヤーズ』を選ぶ。『ティアラ・フーズヤーズ』は選ばない」

相対するティアラさんでなく、隣に並ぶ守るべき人の名を呼んだ。

――とうとう全ての運命が、確定する。

それを聞いた本人は、首を振りながら咎(とが)める。

「カナミ!!」

けれど、ジークが揺れることはない。強固な意志で選択した。だから、覆すことも後悔することもないと言葉を続けていく。

「ラスティアラを見捨てるなんて、絶対にない。……だからと言って、他の全てを簡単に捨てるほど諦めは良くないけどね」

そう言って、ティアラさんに向かって、同じような笑顔を見せた。

まるで鏡を見ているような笑顔で、二人は向き合っていた。

同じ気持ちを共有して、同じ意志で、同じ道を進んでいるとわかる鏡合わせだ。

気持ちを共有したことで、ティアラさんは安心したような表情を見せる。

「いひひっ。ほんと言うようになったね。傲慢だねー。ほんと変わったよ」

ティアラさんは望む『答え』を受け取った。

全ては予定通りのはずだった……が、少しだけ寂しげでもあった。

けれど、すぐに満面の笑顔を取り戻して、寂しさを塗り潰して叫ぶ。

「さっすが、師匠！　いまどきっ、愛する人を犠牲にして世界を守るなんて、千年くらい遅れてる！　愛する人も守って、大切な家族や仲間も守って、その上で世界を守る！　これこそが、至高のハッピーエンド！」

　堂々とした勝利宣言だった。

　そして、味方を失ったラスティアラは、縋るように隣のジークに確かめる。

「カ、カナミ……。本気……？」

「僕は本気だ。本気で、おまえのことが好きだから迷いなんてない」

　考えることもなく即答されたことで、ラスティアラは悲しそうに唇を噛む。

　ジークの説得を諦めたのだろう。次は、ティアラさんに語りかける。

「本当にティアラ様はいいんですか……？　なんで、笑って……いられるんですか？」

「笑えるよ。だって、私が師匠に求めるのは、師匠であることだけだもん。私は自慢の師匠が、本当に強い師匠になってくれて満足。……やっと、あのときの恩返しができたんだって本気で思える。何度も言うけど、この場で師匠のことを好きなのはラスティアラちゃんだけなんだよー？　ちゃんと生前の私は、大往生したんだよー？」

「わ、私だけが、好き……？　カナミが、好き？」

　それが嘘でなく真実であることを、少しずつ理解しているのだろう。

　目まぐるしく、表情を変えていく。悲しい顔から、困った顔に。困った顔から、不思議そうな顔に。不思議そうな顔から、嬉しそうな顔に。嬉しそうな顔から、恥ずかしそうな顔に。その見事に整った顔を、何度もぐにゃぐにゃと歪めていき、辿りつく。

「――ああ」

もう首を振ることはなかった。

受け入れずに「駄目」と否定することなく、その身の狂気が霧散する。

そして、ようやく年相応の表情を見せる。

若く純真で、なかなか素直になれず、熱過ぎる恋愛感情に火が灯った。

ラスティアラの真っ白だった頬に、色がつく。いまの彼女の感情を表すかのように熱い血が巡り、赤く染まっていく。際限なく、赤く赤く赤く。

「ああ……、ぁあああっ、ああああああっ――!!」

あんぐりと口を開けて、長い金髪を振り乱して、悶え出した。蒸気が出ているのではないかと思えるほど熱そうで、たった数秒で顔面が真っ赤に染まり切っていた。

今日まで抑えてきた恋愛感情が、何倍にも膨れ上がって表に出ているのだとわかる。

ずっと目を逸らしてきた真実と直面して、恥ずかしさが頂点に達しているのだろう。

その急変を見て、すぐ近くのジークが心配げに近寄るが、

「ラスティアラ、大丈――って、なんで斬りかかる!?」

「こ、こっち見るなぁあああ!!」

ラスティアラは剣を振り回して追い払い、フーフーと猫のように威嚇し始める。

正直、その過剰な反応はラスティアラらしくない。ここまで興奮して、我を失う姿を見

るのは初めてだった。

けれど、本来これが彼女がすべき反応なのだ。

精神年齢一桁に相応(ふさわ)しい感情だ。ニヒルに笑って、一歩引いて、周りの女の子を応援するなんて、余りに子供らしくない。

これこそ、ラスティアラの心の中に潜んでいた本心。

……ああ、ようやくここまで来た。ざまあみろ。

世界を物語のように俯瞰的(ふかんてき)に見ていた馬鹿女を、物語の中まで引き摺(ず)り込んでやった。

背中を押して、逃げ場を潰して、なんとか舞台袖から中央まで追いやって見せた。

そして、舞台中央のヒロインに、僕らの主人公は話しかける。

「それは、嫌だ。僕はおまえが好きだから、きっと嫌われても死ぬまで見続けると思う」

う、うーん……。

それはどうかと思う台詞(せりふ)である。

ジークの苦手な竜人(ドラゴニュート)や元奴隷女と同じことを言っていると、ちゃんと気づいているのだろうか。しかも、次元魔法《ディメンション》の使えるジークが口にすると、より酷(ひど)い台詞だ。

ただ、その重い言葉は覿面(てきめん)で、さらにラスティアラは悶えて、限界を超えて顔を赤くしていく。ぶんぶんと首を左右に振って、長い髪を振り乱し続ける。

「うわぁっ、あぁっ！　ぁあああっ、ぁあああぁぁあっ、もうっ――!!」

歓喜とも絶望とも取れるかのような叫びと共に、猫のように俊敏な動きでジークから逃げようとする。

いまの台詞をストーカー的な意味として受け止めた僕と違って、ラスティアラは真っ当に恋愛的な意味として受け止めたようだ。

しかし、喝采する観客たちに囲まれた場所で、逃げ場なんてない。

ラスティアラは知り合いである僕とティアラさんを見比べて、すぐさまティアラさんを選んで、その身体に抱きついた。いま僕は、とてもサディスティックな笑顔を浮かべていたのだろう。それと慈愛溢れる母のような表情のティアラさんを比べれば、誰だってそっちを選ぶ。これは仕方ない。

そして、チェックメイト。

色々あったが、予定通りの結末まで、引き戻せた。

いま、儀式に必要な『魔石人間』たちが揃った。

ラスティアラが自発的に、こちらの手に落ちた。

ティアラさんは抱きつくラスティアラの頭を撫でながら、優しく囁く。

「師匠が好きなのも、らすちーちゃんだけみたい。……よかったね。両思いだよ？」

「う、うぅぅー！　ぁあぁぁっ――!!」

ラスティアラは隠れるように、顔をティアラさんの胸の中に埋めて唸る。

真っ赤に染まった情けない顔を見られたくないというのはわかるが、余りに酷い光景だった。精神年齢を考えれば、これで間違いはないのだが、いまの二人の身長差を見ると、大人が女の子に甘えているかのように見える。

そして、ラスティアラは密着しているけれども、ティアラさんを吸収しようとする素振りはない。もう理由がなくなったからだろう。彼女の恋心を理由にして動いていた以上、それがなくなれば強引に『再誕』させる理由がない。

そのラスティアラをティアラさんは十分に撫でてから、顔をジークに向ける。

「ふぃー。これで、もう終わりかなー？　師匠もおーけー？　まっ、千年前のことはゆっくりと思い出してくれたらいいよ。ただ、もし全部思い出したらさ、そのときは――」

そして、別れの言葉を残す。

それは、まるで『予言』のようだった。

「そのときは、私たち母娘ごと、ラスティアラちゃんを愛してあげてね」

ティアラさんは胸の中の少女を娘と称して、願った。

その母の愛情にも似た願いに、ジークは頷き返す。

約束が交わされて、すぐさまティアラさんは真剣な表情と共に叫ぶ。

「ライナーちゃん！　前言撤回して悪いけど、力も想いも、全部娘にあげることにする！　いまなら、例の『親和』が娘とできそう－！　だから、予定変更－!!」

僕ではなくラスティアラを継承者に変えると宣言された。

いま『親和』が……？　いや、僕から文句はない。

説得の叶ったいまならば、ラスティアラが抵抗することはないだろう。

紆余曲折を経て、僕たちは本当の理想の結末まで辿りついた。

ジークの登場は決して無駄ではなかったのだ。

「気にするな！　もう十分にあんたからは貰った！　元々、それが一番の終わり方だ！」

すぐにティアラさんは腕の中のラスティアラの血に働きかけ、『再誕』の魔法を再開させる。二人の魔力が混ざり合い、白く発光する。いま、世界最高の神聖魔法が十一番十字路の『魔石線』と共鳴して、最大規模で発動する。

その為の『詠唱』を、ティアラさんは謳う。

見る者全てがわかるように、より光を輝かせる為に、その心のままに、詠む。

「これより、『再誕』の儀式の終わりを始める！　我が名は聖人ティアラ・フーズヤーズ！千年の『予言』を、ここに成就させる！　始祖が為に、我は『再誕』し、命を果たす！我がフーズヤーズの民たちよ！　この儀式を見よ、その目に焼き付けるがいい！　これがレヴァン教の全て！　この神聖なる光を受け止めよ！　結局、神の教えなんてこんなもんである！　しかし、こんなもんこそが世界の全てだった！　これより、始祖カナミと娘ラスティアラの婚約を行う！　両者、我が命を懸けて定めたレヴァンの戒律に誓え！ちょっとやそっと重複しようと、婚約は婚約！　なぜなら、『ああ、世界は愛こそ偉大』！『恋こそ人生、人の生きる意味そのもの』！　『人の恋路を邪魔するやつは死んでしまえ』！レヴァンの名に於いて、二人の前途に祝福あれ――!!」

厳格な謳い文句が始まったかと思えば、最後のほうは滅茶苦茶だった。

しかし、その滅茶苦茶な『詠唱』のほうが、本当の意味で魔法を手助けしているとわかる。飾った言葉などに意味などない。心の底からの言葉だけが、魔法を強くする。

その理を証明する光が満ちる。

「――神聖魔法《再誕》!!」

ティアラさんが魔法名を宣言して、光が爆発する。

二人の『魔石人間』の身体から発する光が膨張していく。光の鱗粉を舞わせ、薄らと虹色に纏い、目を刺すように眩く、どこまでも広がっていく。

無限の光に包まれた。目を開けていられない。

光の奥にいる二人を、見届けることすらできない。

この光が神聖魔法《再誕》。

もう誰にも止められないと思った。

これで終わりだと安心する。

――そのとき、声が聞こえる。

光の奥から、とても気軽な声が届く。

「じゃっ、ライナーちゃん。このあととか、陽滝姉のこととか、色々頼んだからね。というわけで、スキル解除ー」

この山場でティアラさんは、予期せぬ言葉を放つ。

スキルの解除。つまり、僕に何らかのスキルをかけていたことを白状した。

「――え？」

呆気に取られ、声を漏らす。

ずっとスキルで誤魔化されていた『とある違和感』が湧き出した。

どういったスキルだったのかはわからない。何に騙されていたのかも気づくことはできない。けれど、そのスキルの力でティアラさんは僕の信頼を得ていたことだけはわかる。

合わせて、僕の頭の中に歪な雑音が混じる。

ザザザと、砂を噛むような怪音。

そこでようやく、僕も神聖魔法《再誕》の対象に入っていると気づく。

その魔法によって、僕の血に叩き込まれる。

それは記憶。ティアラさんの過去が僕の中に入ってくる。

寂れた古城――冷たい石の壁と床――いつ、どこなのかもわからない――とある城の、とある部屋の中――輝く髪の少女がいた――それが生前のティアラさんであると僕は直感で理解する――そのティアラさんの隣に、黒髪の兄妹がいた――顔を見れば、誰かわかる――きっと千年前のジークと、その妹さんだ――三人が揃って笑い合っていた――そして、約束をしていた――その約束の内容とは――

一生涯を凝縮した記憶の塊を飲み干すのは、僕の処理能力では不可能だった。

針を刺すような痛みが脳を襲う。

ただ、逃げるように目を閉じても、脳裏に浮かぶ光景は消えない。

瞼の裏に、その記憶は映り続ける。

残像のように、無数の千年前の始祖と聖人の姿が映り続ける。

――それは、美しく輝く『星空の物語』。

その全てを、いま理解するのは無理だった。余りにも膨大な情報が、余りに速く流れていて、頭が焼き切れないようにするので精一杯だった。

しかし、なんとか断片は拾える。

断片を繋ぎ合わせていく最中、僕は思った。

――は、話が違い過ぎる！

思わず、僕は叫ぶ。光の中に向かって、消えるティアラさんを引き止める。

「これは……お、おい！　待てっ！　ティアラさん、説明を――!!」

「ごめん、ライナー。そういうことだから。このまま、見てて」

しかし、黙って見ていろと言われてしまった。

確かに、ここで話を掘り返してしまえば、せっかく降参したラスティアラが息を吹き返し、反逆してしまうだろう。だからと言って、いまのを見過ごすことはできない。いま見えた記憶が本当ならば、前提が覆る。あらゆる意味が反転する。

何もかもが間違っていて、僕はティアラさんに謀られていたのだとわかる。

ただ同時に、僕だけを、ティアラさんは信じていたこともわかる。

「うん、信じてるんだ。だから、お願い」

その僕の思考を読んで、彼女は強請(ねだ)った。

なぜ、僕にだけティアラさんが、いまの記憶を見せたのかは薄らとわかっている。

もう信用できるのが、僕しかいないのだ。

千年以上かけて、ようやく一人だけ見つけた協力者。それが、まさかの僕だった。

ティアラさんの当初の計画通り、力と想いはラスティアラに与えて。

しかし、正しい記憶(ものがたり)だけは、僕に残されていく。

「……やればいいんだろ、やればっ！」

数日前、僕は約束をした。

特訓のお礼に、もしジークと妹さんが道を間違えたら戦うと約束した。

たとえ、いまさら妹さんが僕の想像を超える『化け物』だったと聞かされたとしても、一度約束したことを覆すつもりはない。

その僕の返答にティアラさんは満足したのか、光の奥から小さな「ありがとう」という声が聞こえたような気がした。もう彼女に文句を言っても仕方がないので、僕は儀式が成功するように全力で協力する。

「ラスティアラ！　いまから、おまえの中にティアラさんの真実が入る！　もう一度、比べて確かめろ！　あんた自身の気持ちを!!」

ティアラさんの目的は、ラスティアラに自分の想いを認めさせることだ。

その背中を押す。

『魔石人間(ジュエルクルス)』二人が魔法の光に包まれて、ぱらぱらと空から魔力(ティアーレイ)の雪が降り注ぐ。

ラスティアラは真っ赤な顔のまま、自分の血の中に注ぎ込まれるティアラさんの想いに困惑する。

「ぁ、ぁあああ、ああ……。嘘(うそ)、じゃない……？　ティアラ様の想いが……、届く……。ティアラ様は本当に、カナミを親のように慕っていただけだったの……？　ぁあっ、ぁああぁぁあっ――!!」

おそらく、二人の間にあった壁がなくなったことで、ティアラさんと例の『親和』をしているのだろう。

さっきの『告白』によって、やっと二人の人生が正しく重なったのだ。

そして、彼女の想いと重ねて、自らの間違いを理解していく。

「カナミが好きだったのは、私……？　私だけだった？　あの想いは全て、私から生まれたものだった……？　そんな……！」

驚くことに、僅か数秒で本当にラスティアラを納得させてしまっていた。

ティアラさんは、娘の頭を撫でながら答える。

「そういうこと。私は師匠との再会なんか望んでなかった。望んでいたとすれば、それは私の愛する我が娘たちの幸せくらいかな？　幸せになってね……。さあ、あとは、らすちーちゃん次第だよ」

こうして、想いを預けられ、願いを託され、ラスティアラは――

「う、うんっ！　ごめん、お母様！　私、生きるよ……！　私はカナミが好きだから……、お母様に身体はあげられない！　私もお母様じゃなくて、私を選ぶ!!　私は私を全力で幸せにするから！　カナミと一緒に、ずっと幸せになるから!!」

ラスティアラはティアラさんの遺言を守ろうと、声を張り上げて自分の幸せを誓った。

その『魔石人間』の身体は誰かのものでなくラスティアラ自身のものであると、フーズヤーズのしがらみ全てに返答した。

その結末にティアラさんも満足したのか、ラスティアラを撫でる手が止まる。

そして、徐々に身体から力が失われていく。

儀式によって、全てがラスティアラの中に受け継がれていく。光が収束し、魔力が凝縮し、魂が身体から身体へ移動する。それはティアラさんの身体の停止を意味していた。

別れの言葉が掠れながら、消えていく。

「ナーイス、らすちーちゃん……。これで、もう私は、安心……――。それ、じゃ――あね――」

「はいっ、さよならです！　お母様!!」

ラスティアラの別れの言葉は生気に漲り、光の中で弾けた。

同時に、完全にティアラさんの身体は動かなくなる。

光も魔力も出し尽くして、呼吸も血の脈動も止まり、本当の意味で空っぽになった。

役目を終えて、世界から消えた。

これでもう、あの妙にイラつく師匠に文句を言い返すことはできない。

僕にとっても、いまのが最後のさよならだった。

ティアラさんの消失で、儀式は完了した。莫大(ばくだい)な光と魔力はラスティアラの中に消えて、残るのは微(かす)かな魔力(ティアーレイ)の雪が舞うのみ。

周囲で見守っていた観客たちも、珍しく静かに見守っていた。

僕もジークも何も言えない。

ただ一人、中心のラスティアラだけが深呼吸をしながら声を漏らす。

「ああ、この私の中にある大きな好きって気持ちは、私のものでよかったんだ……。全部全部、私のものだったんだ……。これでやっと自信を持って、カナミに好きって言える。私は私だけの責任で、『告白』できる。ありがとう、ティアラ様……」

空に昇っていく燐光(りんこう)を追いかけるように、お礼の言葉を空に投げた。

その顔は、憑(つ)き物が落ちたかのようにすっきりとしていた。

僕は臨戦態勢を解いて、剣を鞘(さや)に戻し、同じく大きく息をつく。

「ああ、おまえの気持ちだったんだ。全部な。……はあ、やっと終わったか。本気で面倒くさかった」

これで終わりと感想を口にする。それと、解散の仕方を思案する。

どう観客たちの輪から抜けるかとか、フェーデルトやエミリーの扱いとか、色々とやることはある。その全てを終わらせて、早く一人になりたい。

早く帰って一人になって、あの大嘘つきティアラさんの記憶を読み取らないといけない。

先ほど頭に叩き込まれた情報を整理しつつ、後処理を終わらせようと動き出し——

「まだ動かないで、ライナー」

ラスティアラに止められる。

ティアラさんの力で強くなった四肢に力を漲らせて、まるで迷宮の守護者（ガーディアン）と同じようにプレッシャーを僕にかける。

動いたら、致死量の魔法を放つと言わんばかりの魔力がうねった。

「なっ……!?　なんでだよ……？」

言うことを聞かざるをえないほどの力量差が存在していた。

へとへとの僕は仕方なくだが、足を止めて聞き返す。

「なんでって……？　ここから本番だからだよ。そして、その本番を見守る義務が、ライナーにはあると思う」

何を言っているのかと、逆に不思議そうな顔を返される。

嫌な予感がする。

「ほ、本番？　おい、何するつもりだ？　もう解散でいいだろ？　今日は疲れたんだ。とりあえず解散して、また明日にでも……」

代案を提案するも、そのときにはもう、こっちをラスティアラは見ていなかった。

腕に抱いていた元ティアラさんの死体を近くの長椅子に横たわらせて、心機一転の表情で、自らの輝く髪を編み出す。

荘厳で美しい滑らかな長髪が、子供っぽい幼稚な三つ編みに変わっていく。

それは一年前の『舞闘大会』で戦っていたときと同じ髪型だった。

ジークに救われて、自由な意志の下に、好き勝手戦っていたときの髪型だ。

ここに来て、彼女は初心に戻る意志を見せて、立ち上がり、睨みつける。

その視線の先は、ジーク。

「もうティアラ様を言い訳には使わない！　フーズヤーズも関係ない!!　ここから先は『聖人』でも『現人神』でもない私の言葉！　いつか『大英雄』になる予定の私っ、この『ラスティアラ』が!!　その想いを伝えないといけない！　お母様の為にも！　いますぐ!!」

その叫びはジークに向けてだけでなく、周囲の観客たちに自己紹介したのだと僕はわかる。いま、ここで全員にわかるように答えを出す気満々だ。

僕は焦りながら、その強行を止めようとする。

「い、いますぐ!?　いや、待て！　待て待て待て！」

「前に言ったでしょ？　『再誕』の儀式が終わったら、私は私とカナミの愛が本物かどうか確かめるって……！」

「いや、それはわかってるが……、そんなのどっかの個室で二人きりで勝手にやれ！　いまやることじゃない！　絶対に！」

「二人だけだと、なんだか恥ずかしいでしょ！」

意味のわからない理論で言い返される。

よく見れば、またラスティアラの顔が真っ赤に染まり直している。

これから始まる『愛を確かめる』という行為に、本人が一番恥ずかしがっているのだ。

「は、恥ずかしい!?　何する気だ、おい!!」

「何って……、『告白』に決まってる！　本当の『告白』をする!!」

「はあ!?」

『告白』らしい。

いま人生を懸けた一世一代の『告白』をすると、心に決めたらしい。

この思春期に突入してるのかしてないのかわからない四歳児の暴走は、もう止まらない。

スキル『悪感』の力もあってか、それを痛感する。

僕が口を噤んだのを見て、ラスティアラは前へ前へと歩き出す。

まるで闘技場の中、対戦者に向かって歩く決闘者のような足取りだった。その顔が羞恥で真っ赤になっていなければ、決してこれから『告白』する様相には見えないことだろう。

周囲の観客たちも同じ感想なのか、ラスティアラの不器用っぷりをくすくすと笑っている。

その僕と観客などお構いなしに、ラスティアラは進み――

「カナミィ――!!」

これから『告白』する相手の名前を、全力で叫ぶ。

恥ずかしいから、とりあえず叫んだ感がとても溢れる叫びだった。

「ああ、僕は逃げない!!　ラスティアラァ――!!」

それはジークも同じだった。同じく、不器用だった。

これからラスティアラが行うであろう『告白』を予期し、こちらも顔を赤く染めて叫び返していた。正直、体面を気にするジークにとって、この状況は最悪と言っていいだろう。先ほども言っていたように、場所を変えたいと願っているはずだ。

しかし、ここにきて無駄な心の強さを、発揮してしまっている。

僕の主たちは馬鹿なので、本物の愛ならば、いかなる状況でも愛を叫べるとでも思っているのだろう。

きっと今日までの経験から――ここで逃げてはいけないと、ここで嘘をついてはいけないと、ここで間違えてはならないと、ここで本心で向かい合わなければ後悔すると――不退転の意志を見せている。二人共、とても無駄に。

いまジークも『告白』すると決意した。

そして、この二度目の『告白』こそが、今日の本番。

そう思わせる面持ちで、ジークも一歩前に出る。半壊した十一番十字路にて、フーズヤーズの市民たちの視線の中、向かい合う二人の男女。ジークとラスティアラ。

そして、それを見守らされている僕。ライナー・ヘルヴィルシャイン。

帰りたい……！

本気で帰りたい……!!

この恥ずかしい二人の関係者と見られるだけで、僕も顔が赤くなる。いますぐ関係ない振りをして逃走したい。というか、止めたい。できるなら、止めたい。

しかし、今日ずっと戦闘し続けて疲労困憊の僕では、どちらにも敵わない。

最悪だ……！

最高のようで最悪の結末に、僕は顔を歪ませた。

その僕の目の前で、二人の本当の『告白』が始まる。

まずラスティアラが謝りながら、先手を打つ。

「ごめん、カナミ。私、色々と逃げてた……」

『告白』が始まるのはわかっているが、決闘にも似た緊張感があった。

一つでも選択を間違えれば、破滅。そう思わせるだけの真剣さで、二人とも睨み合い、ジークが後手を打つ。

「逃げてたってのは、僕やマリアたちからってことか？」

「うん、それもだけど……。カナミが私を好きって言ってくれたとき、嫌いって誤魔化したこと。勘違いして欲しくないから言い直すよ。私はティアラ様の物語を捨てたカナミが嫌いで、私の物語を救ってくれたカナミが好きだった。差し引きで、結構好き。かなり好き」

真っ赤な顔のラスティアラが目を泳がせながら「好き」という言葉を繰り返す。

それにジークは、首を振って応える。

「大丈夫。それはセラさんから先に聞いてたから、心配しなくていい」

「セラちゃんが……？　そっか。またセラちゃんにはお礼を言わなきゃいけないね」

吐きそうだ。

さっきから臆面もなく堂々と言ってくれるが、ここは他人の目のない静かな場所ではなく、フーズヤーズで一番うるさいであろう十一番十字路なのだ。

周囲には千近い目が並び、下世話な好奇心に包まれている。

『告白』には関係ないはずなのに、二人の騎士であるというだけで、僕は恥ずかしくて死にそうになる。という僕の気持ちを、確実に察しているであろう二人は、自分たちの騎士のことなどお構いなしに話を続ける。

「でも、よかった。おまえの口から、はっきりと聞けて、安心したよ」

「いや、まだだよ。カナミ、まだ安心しちゃ駄目。ずっと私は、私たちの好きって気持ちを疑ってきた。カナミの好きも私の好きも全部、千年前のティアラ様の存在あっての好きなんじゃないかって疑ってた！　だから、いま確かめよう！　はっきりさせよう！」

二週間前のジークの『告白』を拒否した理由は単純だ。

そこにある愛を、ラスティアラが信じられなかったからだ。

あのティアラさんの人生を見て、自分のカナミを想う気持ちは借り物じゃないかと考えていた。ジークもティアラさんの面影を見ているだけで、本当に好きなのは自分じゃないと思った。その疑いが、いま晴らされていく。

「ティアラ様は私たちの幸せを願って消えた！　なら、私たちの愛が本物じゃないと……、ティアラ様に申し訳ない!!」

そして、この衆人環視の中で、とうとう直球の台詞を投げる。

「カナミ！　本当に私が好きなの!?」

間髪入れず、ジークは言い返す。

「好きだ！　ずっと言ってるだろ！　おまえは僕の『たった一人の運命の人』だ！」

それを見せられているこっちは唖然だ。

吐き気と共に、恥ずかしさで赤くなってた顔が、少しずつ青ざめてきている。

なぜだろうか。

僕は二人の騎士なのに、二人の保護者のような感覚で、二人のやらかし具合を心配してしまっている。たぶん、二人よりも僕のほうが恥ずかしい。

帰りたくて帰りたくて、涙が出かけている。

「本当に!?　言っとくけど、私はすごく面倒くさいよ!?　本当に最後の最後まで好きだって言える!?」

「言える！　何があろうとも、最後の最後まで言える自信があるから、『たった一人の運命の人』なんだって僕は思ってる!!」

というか、本当にちょっと涙が出てきた。

とうとう半泣きの僕は、二人の『告白』を遮る。

「な、なあ……。本当に、これは僕が聞いてないと駄目なのか……？」

周囲の観客から「二人の邪魔をするな」と言わんばかりの視線と舌打ちが飛んできているような気がする。けれど、僕は僕の心の健康の為に、少しずつ二人から離れながら主張する。

「もう僕は必要ないよな？　もうここにいる意味ないよな？　おい……、おいっ！　僕が動いた分だけ次元魔法で戻すな！　怖いだろ！」

後退り（あとずさ）した分、ジークが次元魔法《ディフォルト》で戻すので、ちょっとしたホラー現象が起きていた。なぜそんなことをするのかとジークに目を向けると、とても真剣な顔でお願いされてしまう。

「お願いだ、ライナー。ここにいてくれ。おまえがいてくれないと不安なんだ。……もし逃げたら、背中に魔法を撃つかも」

「必死過ぎんだろ!!」

一人で『告白』するのは不安だから一緒にいてくれとか、あんたは学院で初告白する小心者な女生徒か!?

というか、お願いじゃなくて命令だろ、これ！

僕が本気で逃げたくても、次元魔法《ディフォルト》がある限り、脱出できないに決まっている。

無駄に反則的な魔法によって、この場に居続けることを強制されてしまっているのだ。

あ、悪夢過ぎる……！

「私もカナミのことが好きだよ……。ただ、自信がないんだ」

「自信がない？　ラスティアラ、それはどういう意味なんだ……？」

何事もなかったかのように『告白』を再開する二人に、もう僕は何も考えたくなかった。

逃げたくても逃げられず、二人の攻撃に耐えるしかないのならば、この感情を捨てるしかなかった。

そうだ。ティアラさんの稽古を思い出せ。

臨死を繰り返したときのように、無心で乗り越えることだけを考えろ。

もうそれしか僕にはできることがない。

気を失いかけている僕の前で、二人の会話は続く。

「私の好きってさ、普通の好きと違うと思うんだ……。私の知ってる本や劇に出てくるのと違うっていうか、変っていうか……。その……」

「普通と違うから？　ごめん、まだわからない」

「んー、好きになった理由とか、好きになったところが普通と違う感じ？」

「好きになったところが？　なら、試しにラスティアラの僕の好きなところを言ってくれないか？」

思案したあと、ちょっと期待した顔でジークは要求する。

「うん、それはすぐ言えるよ。……私はね！　カナミが他の女の子相手に困った顔してるのが一番好き！　観てるとすっごく楽しい!!」

「……え。……えっ？　そんなところが好きだったのか？　こう、僕の強くて頼りになるところとかが、好きなんじゃ――」

「それだけはないかな！」

期待していたものと違うものが返ってきて、ジークは「な、ないのか……」とショックを受けていた。

いや、何ショック受けてんだ。当たり前だろ。

ちょっと荒み気味の僕は、心の中だけでツッコミを入れる。

「私ね！　カナミがディアと二人で迷宮探索してるところを考えるだけで、わくわくしてくる！　どんな風に迷宮を攻略して、どこで挫折するのか楽しみだった！　マリアちゃんと一緒に家で料理してるカナミを見てるだけで、顔がにやける！　これからどんな風に二人が仲良くなっていくか、見守りたくて堪らなかった！　スノウと一緒にギルドにいて、英雄みたいに戦ってるカナミも好きだった！　いつもと違った苦労の仕方をしてて、笑いが止まらなかった!!　とにかく、頑張ってるカナミが私は大好き！　大好きなんだ!!」

ラスティアラは満面の笑みで、その趣味の悪過ぎる性癖を暴露した。

それを聞いた関係のない観客たちは面白そうに「うわあ」と声をあげるが、関係のある僕とジークは逆の意味で「うわあ」と声をあげかける。

こういうのは関係ないところで見る分には楽しいのだ。

ただ、それが友人か身内となると、笑い事ではなくなる。

「私はカナミが大好き。――でもね。そこに、私はいなくてもいいんだ。いなくても十分に、私はカナミを大好きって言える自信がある。それが、他のみんなと違うって部分で……、私の気持ちに自信がなくなる部分」

本人にとっては至って真剣な悩みであることは、その表情からよくわかる。

前からわかっていたことだが、ラスティアラの好きは万能過ぎるのだ。その『誰かの代わりになる為に作られた』という特殊な生まれのせいで、人より許容できる範囲が広い。余りに広く作られてしまった。

さらにはハイン兄様やパリンクロンの教育によって、自分の人生さえも劇にして愉しんでしまう癖がついている。

「これって、本当に好きでいいのかなあ!? マリアちゃんたちの愛情と比べると余りに軽過ぎないかなあ!? 同じ愛だって言い張るのさえも、おこがましいって思えてくる!!」

相反する感情を同居させて、ラスティアラは叫ぶ。

とてもいい笑顔だけど、限界一杯まで眉を顰めて、自分の性癖を問う。

「ハインさんみたいに、死んでも想いを秘め続けて、献身したいとまで思えない! ディアみたいに、手離したくないって狂えもしない! マリアちゃんみたいに、殺してでも奪いたい情熱もない！　スノウみたいに、ずっと盗聴していたいって不安も感じない！　ティアラ様みたいに、何年も積み重ねたものはないし！　妹さんみたいに、生まれからずっと隣にいたわけでもない!!」

　そして、自分の知るカナミを好きな人たちと比べて、自分が最も不相応であることを伝える。自信喪失の本当の理由を、やっと口にする。

「――私の愛は軽い!!　軽過ぎて、みんなの愛と運命に、勝てる気がしない！　いや、勝っちゃいけないと思う！　私が世界で一番カナミが好きだって思えない以上、どうしても一歩退くべきだって思ってしまう!!」

　誰かを押し退けて自分が幸せになろうとする強さが、ラスティアラにはない。行儀の良過ぎる彼女は、恋物語は最も愛の深い者こそが勝利すべきだと信仰している。どうしても、劇のルールを遵守してしまう。

　その独特な思考に対して、すぐにジークは答える。

　僕と違って、面倒くさがって放り出すことなく、真剣に受け止めて。

「軽いからなんだ！　おまえくらいの気持ちの子たちだって、世界には一杯いる！　なんとなく夫婦になって……それでも、満足している男女だっている！　というか、ハインさんやマリアたちが重過ぎるんだよ!!」

「そ、そうなの……!?　いや、そうだとしても……！　私のカナミが好きって気持ちが、みんなの中で一番不純なのは間違いない！」

ラスティアラはジークの正論に首を振って、自分を卑下し続ける。

「私はカナミが好きだけど、それ以上にカナミの周りの物語のほうが好き！　人そのものなんてちっとも見てなくて、その人のロマンチックな状況のほうに惹かれてる！　はっきり言って最低だよ!?　内面じゃなくて外見で選ぶどころか、カナミの物語が好みなだけ！　その生まれを、運命を、物語を見て、面白がってるだけ!!　パリンクロンとハインさんの悪いところだけ集めたみたいな趣味！　下世話過ぎて、気持ち悪いって自分で思う!!」

「そんなの!!　おまえと会ったときから、わかってる！　おまえは気持ち悪いことこの上なくて、スリルジャンキーで、怖くて、下世話なところがあって！　本当にろくでもないやつだ！　でも、そんなおまえが僕は好きになったんだ!!」

「え、えぇっ!?　そんなところが!?　カナミは私の顔に惹かれたんじゃないの!?」

「それだけはない!!」

先ほどと同じ口論が、逆の立場で行われる。ラスティアラは「え、ないの!?」とショックを受けていた。

どうやら、互いに互いの好きなところを履き違えていたらしい。

ラスティアラは自分がティアラさんに似た顔をしていたから、ジークは好きになったと思っていたようだ。

……しかし、ジークは相変わらず、趣味が悪いな。

あれの中身を好きになるとか、ゲテモノ趣味にもほどがある。セラさんと同じだ。正直一生理解できそうにない。と僕が失礼なことを考えている間も続いていく。

「僕はそんなおまえがいいんだ！　そんなおまえだから隣にいても気軽でっ、楽しくてっ、こんな異世界でも、笑っていられた！　それに、どれだけ僕が感謝したか!!」

「こ、こんな私が!?　こんなのでっ、本当にカナミはいいの!?」

「いいところばっかりの人間なんているか！　良いも悪いも認めていって、好きになっていくんじゃないのか!?　愛は時間でも重さでもない！　心から好きって言えるかのほうが大事だ！　嫌いなところがないから、好きになれるんじゃない！　好きだから、嫌いなところも好きになれるんだ!!」

ああ、きつい……。

同席してるだけなのに、なんでこんなに恥ずかしいんだ……？

せめて、周りに観客さえいなければ、もう少しマシなのに……。

僕には関係ないことだ。しかし、恥ずかしくて堪らない！

でも、帰れない！　いま帰ろうとしたら、背中を撃たれる！

あの二人、最近僕に容赦ないから、本気でやる!!

「ほ、本当にいい!?　後悔しない!?　私がこだわるのは、物語！　だから、きっとカナミには理想の高いことを要求するよ!?　酷い目に遭ってても、笑って放置とかしちゃうかも!?　結構、酷い真似しちゃうと思うよ!?」

「構うか！　そんなこと、もう慣れてる！　それにおまえは、本当に辛い目に遭っているやつを放っておけない優しいやつだって、僕は知ってる!!」

「あと、私はみんなが幸せじゃないと嫌！　ぶっちゃけ、カナミと同じくらいディアとかマリアちゃんとかも好き！　スノウも、リーパーも、セラちゃんも、みんな好き！　だからみんなでっ、完璧でっ、綺麗でっ、笑って終われるようなハッピーエンドしか認めないよ！　それ以外は嫌！　こんな私だけどっ、カナミが好きでいいの!?」

僕が苦しんでいる間も、『告白』合戦は続く。

正直、放っておけば二人は延々と互いの想いを確認し合うだろう。そう確信させるだけの熱がある。よく顔を見れば、どちらも目の瞳孔が開いて、焦点が合ってないレベルの舞い上がり具合だ。いまにもぐるぐると目を回して倒れそうで、心配になる。

おそらくだが、この『告白』が終わるには、冷静な第三者の同意が必要なのだ。

きっと、その為に僕は、この場に残されていたのだろう。

本当に不満な話だが、僕は仲人のような真似事を始める。色んな意味でダメージを受けた身体に鞭打って、世界で一番割り込みたくないところに口を挟む。

「――馬鹿か、ラスティアラ。カナミが好きでいいかだって？　いいに決まってる。そこまで真っ赤になって、こんなところで想いをぶちまけて、それで駄目だって言うならフーズヤーズ市民のほとんどが恋愛不可になるだろうが。きっちり不安なところは全部ジークに確認しただろ？　もう何を迷う必要がある？　何を躊躇う必要がある？　いいから、さっさと終わらせろ」

ジークとラスティアラの間に入った。すると二人共、とても嬉しそうな顔で見返してくる。なぜかどちらも、交際相手の保護者にお付き合いの許可を願い出て、やっと許しを得られたかのような顔をしていた。

どうして、そんな表情になるのかわからない。

どうして、そんな役目を僕が担っているのかわからない。

文句を言いたいのを、ぐぐっと堪えて、僕は言葉を続ける。

「ティアラさんも言ってただろ。もういいんだ。もうおまえを縛るものは何もない。おまえは本気で言っていいんだ。さあ、行け――」

だから、早く終わってくれ。

そう願って、僕はラスティアラの背中を押す。

そして、この不毛過ぎる『告白』に終わりが訪れる。

遠まわりし過ぎた想いのぶつけ合いが、最も真っ直ぐな言葉となる。

「私は……、私はァア――!!」

ラスティアラは駆け出す。

ジークのすぐ目の前にいるにもかかわらず、その少しの距離さえも煩わしいと近づき、

「カナミが好き!!　好きだよ、カナミ!!　大好きっっ――!!!!」

子供のように『告白』した。

その叫びは、響き渡る。

ラスティアラの高過ぎる心肺能力によって、轟音のように全員の鼓膜を打った。

十一番十字路どころかフーズヤーズ中を満たしたのではないかと思えるほどだった。

ただ声が大きいだけではない。言葉に感情が乗っていて、世界の雑音の全てを打ち払った。そして、急に十一番十字路は、しんと静かになり、無音の世界が広がる。

周囲の人たちは一人残らず、ざわめきを一時的に止めて、注目していた。

誰もが固唾を呑み、動向を見守る。僕も同じだ。

無数の視線の先で、ジークは少しだけ涙目になっていた。

付き合いの長い僕だから、いま主が感動で言葉を失っているとわかる。

ラスティアラがジークを好きなのはわかり切った話だったというのに、この瞬間まで主は不安だったのだろう。何度も失敗し続けて、どんなときでも油断をしない癖がついたせいで、この甘酸っぱ過ぎる告白ムードの中でも臨戦態勢だったのだ。何者かからの奇襲による逆転を警戒していたのだ。

頭のどこかで、フられたときの光景を思い出していたに違いない。

けど、いまようやく、確信できる勝利まで辿りついた。

最初の『告白』をしたのは、二週間前の大聖堂。

あのときは余りに準備がなく、突発的だった。

しかし、今日は違う。ティアラさんのお膳立てと、僕の全力のフォロー。さらに絶好の告白スポットに、最上の甘い観客たちを揃えて、最高の状況を作っている。

文句のつけようのない『告白』に、文句のつけようのない好意だ。

「そ、その……、返事は？」

不安げに、おずおずとラスティアラは呟く。

僕たちにとっては短い時間だったが、ラスティアラにとっては無限のような長さだったのだろう。答えを返さないジークを見て、本当に不安そうに縮こまっていた。

それにジークは答える。心配の必要などないと、当然のように――

「ああ、僕も大好きだ。――ラスティアラを心から愛してる」

目を真っ直ぐラスティアラに向けて、余計な飾りは一つもなく、けれど相手の言葉よりも大きく膨らませて、返答してみせた。

それは互いの愛が『本物』で、両思いであることが『証明』された瞬間だった。

一年かけて、ここにラスティアラは辿りついた。

そこから先は、一瞬だった。

ラスティアラは一歩前に出る。ただでさえ近かった距離が、さらに近くなる。

一言、相手の名前を呼んでから、

「カナミ……！」

「――っ！」

想い人の口を、その口で塞いだ。

ジークは目を見開いて驚いたものの、抵抗はしない。

すぐに落ち着いて、目を閉じて、その口付けを受け入れる。

ずっと静かだった周囲から「おおっ」と声があがり、遅れて拍手が打ち鳴らされ始める。喝采が十一番十字路を満たしていく。

さらに続くのは、大歓声。二人の『告白』が上手くいったことを祝福する声が次々とあがっていく。「おめでとう」「よくやった」「やっとかー」と一つの劇を見終わったかのような感想だった。

もちろん、ファンだと思われる人からは小さな悲鳴があがっていたが、すぐに祝福に切り替えてくれていた。周囲の流れ以上に、ファンとして無粋なことはしまいと心がけてくれているのがわかる。本当にいい場所でいい観客たちの中で『告白』したものだ。

ただ、その祝福の大洪水に囲まれた二人は、真っ赤な顔で口付けのまま固まっていた。同じ姿勢のまま、微動だにしていない。

動くのは、両者共に目尻の涙だけ。

あれはたぶん……、勢いでキスをしたものの、そのあとのことは何も考えていなかった顔だな。よし、チャンスだ……。

ジークもラスティアラも僕に助けを求めているような気がしたけれど、僕は溜め息と共に背中を向けて、空を仰ぐ。

流石に、あの状態で僕を止める魔法は使えまい。

「はあ……。今度こそ終わった」

終わった。

あらゆる意味で終わった。

おそらく、今日の出来事は連合国の語り草になることだろう。

また一つ伝説が生まれたと言っていい。

本当に長い一日だったと思う。色んなことがあった。すべき後処理も一杯だ。

まず、そこに倒れているフェーデルトとエミリーは、どこか安全なところで話をつけないといけない。ついでに、大聖堂で捕縛されているラグネさんも回収して、イレギュラーな部分を隠蔽しないといけない。

誰かに報告書を出される前に、僕が先に書く必要があるだろう。

できれば、後方で林檎（りんご）のような顔をくっつけ合っている二人にも立ち会って貰（もら）いたいが……幸せそうなので、そっとしてあげよう。

あの幸せな二人の時間を守るのが、騎士としての役割だろう。

面倒な後処理は僕が終わらせておこう。

「よしっ！」

自分のすべきことを決めて、僕は自分の頬を両手で叩（たた）いて、歩き出そうとする。

そして、最後に一目だけ。

明日から以前に増してカップルたちのデートスポットとして名を馳（は）せるであろう十一番十字路を観察する。

フーズヤーズ市民たちが歓喜で沸いている。

その裏で、夫婦像が壊れているのが見える。

その向かい側では、一週間前に座っていた長椅子が壊れていた。

もう二度と、あそこで食事を摂ることはできないだろう。

色々と満足しながら、僕は歩き出す。数人の観客たちが僕に目を向けたが、すぐに目をメインステージのほうに戻す。仲人の役割を終えた僕が静かに去るのを止める者はいなかった。

主たち二人を囲む観客たちの群れから出て行く。

思った以上に層は厚く、抜け出すのに一苦労してしまった。

しかし、なんとか場の空気を邪魔せずに十一番十字路から抜け出して、僕はフーズヤーズの街道を歩きながら独り言を呟く。その胸の中で揺れる魔力に、返答するように。

「わかってる、ティアラさん。ここからが、本当の戦いなんだろ？」

彼女の思惑通りならば、あとでフーズヤーズ国全体を『過去視』したとしても、今日の『真相』には辿りつけない。

『世界』にも『使徒』にも、『ジーク』にも『彼女』にも、誰にも――

これから始まる戦いの悪寒に、僕は震える。

これだけのハッピーエンドに包まれながらも、まだ僕のスキル『悪感』は止まっていなかった。むしろ、その効果は増すばかりだ。

まだまだ続く道は長い。

そう証明するかのように、長い街道が目の前に続く。

そして、ティアラさんのいたフーズヤーズの大聖堂までの道を、僕は進む。

今日、僕の人生において、一つの区切りがついたのは間違いない。

それはハイン兄様に感じていた負い目か、ジークたちに感じていた負い目か……。

はっきりと言葉にはできないが、大事な『使命』が一つ終わったことだけはわかる。

ハイン兄様の愛した少年少女は、いま幸せになった。

あの二人の幸せな姿を見るのは、僕の人生のゴールの一つだった。

きっと死ぬまで、先ほどの二人の真っ赤な顔を忘れることはないだろう。一年前に失敗した『再誕』の儀式は、誰もが望む形で終わった。一年前、ハイン兄様が届かなかった場所まで、弟の僕が代わりに辿りついたと思う。

ただ、これで全てが終わりではない。また新たな『使命』を一つ、僕は得た。

ゴールをくぐった先に待っていたのは、また別の長い道だった。

次の道は、もっと長い。

次の壁は、もっと高い。

次の戦いは、もっと過酷。

しかし、憂鬱な気持ちは一切ない。

これだから人生は飽きず、楽しくて、堪らないと思える余裕すらある。ハイン兄様が死んで、ジークやラスティアラの命を狙っていたときには考えられない感想だろう。

本当に僕は変わったと、自分で自分を少しだけ褒めてから、視線を少し上げる。

「ああ……。今日は、本当にいい日だ……」

快晴の青い空の下。

いま本当の僕の人生が始まったのだと、理由もなく思えた。

5．『真相』

『星空の物語』の始まり。

それは大地を揺らすほどの魔力の鳴動だった。

いや、正確には魔力でなく、『魔の毒』か。

まだ魔力という言葉は、この時代に存在していない。

世界を満たす『魔の毒』が震えて、みしりと建造物の軋む音が世界に響く。

とある巨大な城の壁に、大きな亀裂が入った。

その城の名は、フーズヤーズ城。

とある大陸の辺境にある小国フーズヤーズが誇る城だ。

四方を山と森に囲まれて天然の要塞と化している城は、もう百年近くフーズヤーズの権威を守り続けている。鉱脈などといった資源に恵まれないフーズヤーズ国が、なんとか今日まで生き残ることができたのは、この城の堅牢さが理由の一つだろう。

ゆえにフーズヤーズに生きる者たちは、誰もがフーズヤーズ城を自慢する。

その城こそが国の象徴であり、繁栄の証であると誇りに思う。

ただ、他国の住民に聞けば、口を揃えて「奪っても割に合わない不味い土地だ」と返ってくる。

はっきり言ってしまうと、フーズヤーズ国は周辺国に放置されている。

国によっては、放っておけば自然消滅すると思われているレベルで貧困問題が深刻だった。そして、その他国の目算は当たっている。

もし、あと一度でも災害が発生したら、あっけなく滅亡していただろう。

プラスとなる外的要因がなければ、一年で自然消滅していただろう。

――しかし、フーズヤーズは生き残った。

これから先、千年を越えて生き残り続ける。

プラスとなる外的要因があったのだ。

そして、このフーズヤーズに訪れた外的要因は、余りに規格外だった。

周辺国の目算を覆すレベルの災厄であり、『奇跡』。

その規格外の名称は、『使徒』。

使徒が三人。この国に訪れたことで、この小国の運命は変わっていく。

主の知と中庸の心を司(つかさど)る使徒『ディプラクラ』。

主の愛と正義の心を司る使徒『シス』。

主の力と混沌(こんとん)の心を司る使徒『レガシィ』。

その使徒たちはフーズヤーズ国に住み着き、規格外を増やしていく。

続く災厄の名称は、『異邦人』。

一人目の『異邦人』の名前は『相川陽滝(あいかわひたき)』といった。

さらに、この日。二人目の『異邦人』がフーズヤーズに召喚されるところだった。

先ほどの『魔の毒』の鳴動は、『異邦人』召喚の余波だ。

そして、余波のあと、この夜空の下（大陸の空は常に黒い霧で覆われているが、時刻にすれば、いまは夜だ）、城の大庭で多くの兵士たちが忙しなく走り回る。

物々しい鎧を着た男たちが、ガチャガチャと金属の擦れる音をたてる。

まだ魔法という便利なものがない時代なので、基本的に軍属につく者の装備は重い。

それと、千年後とは違って、兵の男女比は十対零。

選考基準は体格と膂力のみなので、どいつもこいつも例外なく筋骨隆々の巨漢だ。

フルプレートの鎧に巨大な槍を持った巨漢の男たちが口々に、苛立った声を出す。

「『呼び出された異邦人様はどこに行った』……!?」

「『少し目を離した隙に』……！　『恐ろしく素早いお方だ』……!!」

「『絶対に捕まえて、お連れしろ』！　『あの方は使徒様方が希望と称したお方だ』！」

「『今回の異邦人様も奇抜な衣装に黒髪に黒目だ』！　『見間違えるなよ』!!」

男たちは『異邦人』を必死に探していた。その探し人を丁重に扱おうとしていることは、話の内容さえわかれば、察することができるだろう。

しかし、悲しいことに現実は、そう簡単な話ではなかった。

兵士たちが走り回る庭の中、その端にある木々の中の一つ。

木の陰に隠れた黒髪黒目の少年は、怯えながら呟く。

「な、なんだよ……。なんだよ、これっ……！」

まだ少年は、こちらの世界の言葉を理解していなかった。

英語とも日本語とも似つかない『異世界語』は、石臼で磨り潰したかのように聞き取り難かった。

大男たちが眉間に皺を寄せて、呪文のような声を呟いているのを見て、少年が感じるのは恐怖のみ。

捕まればどうなるかわからない。

死ぬだけならば、まだいい。

もっと恐ろしい目に遭うかもしれない。

そう思うのは無理もないことだった。

まず、この日に少年が呼び出されたのは、彼の現代的感覚では気が狂ってるとしか思えない地下室の魔法陣の上だった。蠟燭の光だけの暗がりの中、ローブを纏った怪しい人物たちが囲んでいた。さらには、その人物たちの中には明らかに、この世のものと思えない『化け物』もいた。ファンタジーの物語で頻出する『エルフ』や『獣人』のような風貌の者もいた。

咄嗟に彼が逃げ出したのは無理もない話だろう。

そして、逃げ出した少年は木陰で息を潜める。

兵士たちに見つからないように、忍び足で移動する。

歩きながら彼は自分が、要塞のような場所にいることを理解していく。これもまた、彼の現代的感覚から酷くずれている場所だ。なぜこんなところに自分がいるのか、理由が全く思いつかない。

『混乱』は増すばかりだった。

少年は冷静に状況を整理することすらできず、ただただ歩く。

ただ、何もわからないながらも、一つだけ状況を理解していた。

息を切らして移動しながら、感じるものがある。

「はぁっ、はぁっ、はぁっ——!…………っ!?」

異常に空気が、美味しい。

都会のそれと違うのが一呼吸でわかる。

余りに濃く、瑞々しく、甘い空気。

そのおかげか、身体が軽い。間違いなく、普段より調子がいい。そのおかげで、兵士たちから逃げられたと言ってもいいくらいだ。

少年は不運の中の幸運に感謝しながら、あたりを見回す。

「どこか……、隠れる場所は……」

隠れたところでどうにもならないのはわかっている。一番は、この要塞から逃げ出すことだ。けれど、まず少年は落ち着ける場所が欲しかった。

音をたてないように息を潜めて、周囲を見回し——そのときだった。

「――――、――――」

「え？」

遠くから、透き通った歌声が聞こえた。

歌……でいいのか？

いいはずだ。

その歌に聞き惚れて、少年は硬直する。

先ほどまで走り回っていた男たちとは比べ物にならないほどに綺麗な声だった。

相変わらず呪文のような言葉にしか聞こえなかったが、不思議な魅力のある歌だった。

声の高さから若い女性であると、少年は当たりをつける。

そして、『魔法』にでもかかったかのように、少年は歌の聞こえる方角に歩き出した。

ずっと野太い声の男たちに追いかけられたせいか、その高く柔らかい声に惹かれていた。

もちろん、男性よりも女性のほうが優しいかもしれないという打算もあっただろう。

歩いていく途中、複数の塔を見つける。

物見や物資の保存など、様々な役割を持つ塔が城内には並んでいる。

その中の一つ。

城の敷地内の隅に、ひっそりと建つ石の塔から歌声が聞こえる。

フーズヤーズ城の塔の中で、最も特殊な領域。

その石の塔に向かって、少年は近づいていく。

周囲に兵士たちがいないのを確認してから、少年は塔の扉の前まで辿りつく。

迷いなく、ゆっくりと扉に手を伸ばした。

幸いにも鍵は掛けられていなかった。ただ、ギイイイと、想像以上に大きな音がしたので、慌てて中に入って、扉を閉めることになる。

塔内は、外観以上に質素なものだった。

無駄な物は一つもなく、塔の壁を這うように石造りの螺旋階段があるだけ。ふと顔を上にあげると、最上階に部屋が一つあるのが見えた。

塔に入ったことで、耳に届く歌声の大きさは増していた。

少年は塔の中を歩き出す。まだ彼は混乱していたのか、それとも本当に『魔法』にかかってしまっていたのか……、導かれるように進んだ。

石造りの階段を一歩ずつ上がっていく。

かなりの段数だったが、さほど苦労なく登り切ることができた。

その階段の先には、扉が一つあった。

洋画に出てくるような古い木製の扉で、古びた鎖の錠が一つかけられてある。もしかしたら、無駄足だったのかと思いながら少年は錠に触れる。

すると、その錠は重い音を立てて、階段に落ちた。

古過ぎて、腐敗していたのではない。最初から鎖の錠は、錠としての役目を持っておらず、ただ扉の取っ手に軽く巻きついていただけだったのだ。

不思議に思うよりも、少年は無用心だなと思った。

単純に、鍵の掛け忘れならばよくあると判断して、迷いなく扉の取っ手を摑む。

そして、またギイイイと大きな音を立てて、その扉は開かれた。

瞬間、少年の身体に夜の冷たい風が吹き付けた。

風で目を閉じかける。けれど、少年は閉じなかった。

眼前の光景に目を奪われて、閉じることができなかったのだ。

塔の最上階にあった部屋。

その中身は、塔の階段の質素さとは真逆に、賑やかで雑多なものだった。

濃い焦げ茶色の絨毯が敷き詰められて、石の床が少しも見えない。その上には立派な彫り意匠の刻まれた木製家具で一杯だ。中央にはテーブル。隣に揺り椅子が一つあり、壁際には棚が並んでいる。その全ての家具に、本と思しき羊皮紙を束ねたものが、大量に乗っていた。テーブルの上を埋め尽くして、揺り椅子の上では人の代わりに本が揺らされて、棚の中も上も隣も全てが本で一杯だ。

部屋の中には窓が一つあった。

真っ暗な空を映す窓のすぐ傍に、木のベッドが一つ。ベッドの上には所狭しと大量の本が持ち込まれていて、寝所としての機能が発揮できていない状態になっていた。

そのベッドに少女が一人、座っていた。

白とも黄色とも判断のつかない輝く長い髪を垂らして、薄い服を二枚ほど重ねて着ていた。少年と比べると年は三つか四つほど幼く、二人が並べば少女は少年の腰あたりに頭が来るだろう。

その少女は、ぬいぐるみようなものをクッションにして、毛布を両手で摑んで胸元まで引き寄せ、部屋の中に入ってきた少年を驚いた様子で見つめている。

もう歌声は止まっていた。

あの歌声は少女のもので、少年が入ったことで中断されてしまったのだ。

まず少年は、あの綺麗な歌の邪魔をしてしまったことを恥じた。

それどころではないはずなのに、何よりもまず謝らないといけないと思った。

「ご、ごめん……。綺麗な歌声が聞こえて……、一体どんな人が歌ってるのかなって気になって……」

頭を下げた。それに少女は首を傾げて、言葉を返す。

「『こんばんは』……？　『お兄さん』、『なんでこんなところに』……？」

「えっと……、こっちの言葉はわからないんだ」

「『え』？　『待って』、『いまなんて』？」

互いに言葉は通じない。

少年と少女は同じ困り顔を作って、どうにか意思疎通する方法を探そうとする。

まず少年がボディランゲージという手段に出た。

拙いジェスチャーで、なんとか「自分に敵意はないこと」「いつの間にか連れ去られたこと」「怖い人たちに追われて、とても困っていること」、この三つを伝えようとする。

聡い少女は、すぐに目の前の相手がジェスチャーで意志を伝えようとしていることを察した。じっと少年の動きを追いかけて、その真意を読み取ろうとする。

だが、その真剣な瞳は長く続かなかった。

「『ふふっ』――」

抑え目だが、笑われてしまう。

少年の不格好としか思えない下手な踊りを見て、耐え切れずに噴き出したのだ。

なまじ少年が切羽詰まって必死だからこそ、その踊りは面白かった。

「うん。まあ、そうなるよね……」

少年は少し諦めた様子で、自らの下手なジェスチャーを思い返し、赤面する。

一つずつ伝えればいいものを、三つ一気に伝えようとしてしまい、無様な姿を見せたことを自分で理解していた。

少女の綺麗な笑い声が響く。

当然、それは部屋の窓が開いている以上、塔の外まで声は漏れる。

その笑い声に対して、外から大きな声が返ってくる。

「『姫様』！　『そちらに、どなたかいらっしゃるのですか』!?」

さっきの兵士たちの声だ。

少年を探せども見つけられない兵士たちは、石の塔の下で捜索を続けていたのだ。

すぐに少女はベッドから身を乗り出して、窓から顔を出して叫び返す。

「『ううん』！　『いつもみたいに独り言呟いてただけ』！　『みんなは何してるの』!?」

生まれついての嘘つきである少女は、咄嗟に誤魔化してしまった。

少年と同じように混乱していたのか、『魔法』にかかってしまっていたのか……、少女も導かれるように同じ道を選んでしまう。

「『それが』……、『客人殿が城内で迷子になってしまったので』『みなで捜索しているところなのです』！」

「『お客さんが来てるの』……？」

「『特徴は黒髪黒目』！　『一目見れば、間違いなくわかると思います』！」

少女は兵士たちの探している人間が、この石の塔に迷い込んだ少年であることを理解して、部屋の中に目を向ける。

目線の先には、不安げに様子を見守る少年がいた。

その少年を見て、すぐに少女は判断する。

それは、ちょっとした気まぐれだった。けれど、必然性のある気まぐれでもあった。

この部屋に一年以上も閉じ込められた少女が、迷い込んだ少年ともう少しだけ話をしたいと思うのは当然の結果だった。

そうするだけの積み重ねが、この石の塔の少女にはあった。ゆえに、嘘を重ねる。

「『わかった』！　『この窓から見かけたら、みんなを呼ぶね』！」

少女は窓に向けて一言叫び返し、大きく手を振った。

「『ありがとうございます』！　『それでは、我らは捜索に戻ります』！」

兵士は答えて、また外で捜索を再開させる。

少年は遠ざかっていく兵士たちの足音を耳にして、少女が追っ手を追い払ってくれたことを理解する。

先ほどの馬鹿みたいなジェスチャーが通じたのかもしれないと、少年は明るい顔になる。すぐにベッドの上の少女に近づいて、お礼を言う。

「その、言葉はわからないと思うけど……、ありがとう。助かったよ」

それに少女も笑顔で答えようとするが、

「『ううん』、『気にしないで』。『むしろ』、『お礼を言うのは私の、――っ』!!」

笑顔は最後まで持たなかった。

突如、咳き込みだして、両手を口に当てて身を屈めた。

すぐに少年は周囲を見回す。

看病の経験の長い彼は、対応が迅速だった。部屋の中を探して、陶器の水差しと思われるものを見つける。その備え付けのコップを手に持って、中に入っていた水を少女に手渡す。他に薬のようなものはないかと探したが、見つかったのは水差しだけだったので、じっと少女の症状の変化を見つめ続ける。

「『お水』、『ありがとう』……」

辛(つら)そうながらも、一言だけ少女は返して、その水を受け取って口に含む。

水を口に含んだことで、少女は少しずつ落ち着いていく。

その様子を見守りながら、少年は先ほどの言葉を頭の中で繰り返す。そして、いまのが「ありがとう」という言葉に当たるものだと理解した。

同時に、少女の診断も終える。他人の顔色を窺(うかが)うのは下手だが症状を見るのは得意な彼は、少女に少し熱があることを見て取った。

風邪とは違う。少女は先ほどの咳(せき)に慣れていた。まるで、大声を出せば、喉の調子が悪くなるのは当然といった様子だった。

自分の妹と似た症状だ。

ゆえに少年は、この少女を頼り続けないほうがよさそうだと思った。もしも同じならば、会話だけでも負担をかけてしまう可能性がある。

少年は少女の咳が落ち着いたのを見て、先ほどの言葉を真似(まね)て返す。

「さっきは庇(かば)ってくれて……、『ありがとう』」

兵士たちを誤魔化してくれて『ありがとう』と伝え、塔の外に出ようとする。

また兵士たちに追われるかもしれないが、どうにか言葉の通じる人を探そう。最悪、この要塞から逃げ出すしかない。その為(ため)に、周囲の地図を頭の中に作る必要もある。

計画をたてながら、少年が歩き出そうとしたとき、

「『待って』!!」

呼び止められた。

塔の外の兵士たちに返したものよりも大きな声に、少年は驚いて立ち止まってしまう。

少女は首を傾げて、少し悲しそうに聞く。

「『え』、『なんで』……？　『もう行っちゃうの』……？」

言葉は通じなくとも、なんとなく言いたいことは少年にわかった。

少年は苦笑いしながら首を振り、優しく手を振る。

説明はできないけれど、もうここにはいられないことを伝えたかった。

そして、また背中を向けて、部屋から出ようとしたとき、ガタンッと大きな物が落ちた音が鳴り、少年は一歩目を妨げられる。

少女がベッドから転げ落ちていた。

しかし、立つことすらできず、部屋の床に腰をつけたまま這って、少年の近くまで寄って、その服の裾を引っ張っていた。

「『もうちょっとだけ』……。『もうちょっとだけでいいから』、『一緒にいて』……。『ちょっとくらいなら』『ここに隠れてても大丈夫だから』……。――『そ、そうだ』！『私がお兄さんに、フーズヤーズの言葉を教えてあげるよ』！　『お兄さんは山の向こうの人なんでしょ』!?」

言葉が通じないのはわかっている。

けれど、どうにか伝えようと少女は必死に言葉を紡いだ。

また少年は、なんとなく言いたいことを察してしまう。

服の裾を摑む力が強い。必死に引き止めようとしている。ここにいて欲しいと頼まれている。追われているのならば匿ってもいいと言ってくれている。

一緒にいて、自分とお話をして欲しいのだろう。それがわかる。

——わかってしまう。

つい最近、同じことを同じような状況で頼まれたことがあった。

だから、わかってしまい、また同じ言葉を少年は返すことになる。

「『ありがとう』」

少年は自分の持ち得る唯一の言葉を返して、頷いた。

それを見た少女の顔は明るくなる。

そして、地面に腰を下ろしたまま、嬉しそうに話しかけてくる。

「『じゃあ』、『すぐに教えてあげる』！」

今度は何を言っているのかわからない。

少年が眉を顰めていると、今度は少女がボディランゲージを始める。この国の言葉を教えたいという旨をどうにか表現して、近くにあった本を手に取って言葉を口にする。

「『これは』、『本』！」

笑顔で本を指差していた。

少年は『本』を覚えた。正直、ボディランゲージはわかり難かったが、本を指差してから一言という行動から理解できた。

「『空』！」

今度は窓の外の空を指差して一言。

いまのは窓……いや、空だろうか？

少年は教わった言葉を繰り返して、少女に笑いかける。

「『空』、かな？　『ありがとう』」

少し不安だったが、少女と同じように窓の外を指差してみた。

すると、少女は両手をあげて喜び出す。

「『やった』！　『通じた』！」

通じたわけではない。ただの鸚鵡返しだ。

しかし、少女は喜んでいた。

まるで、この部屋で誰かと話したのは初めてかのように、誰かにものを教えるなんて初体験かのように……、普通では考えられないほどに、喜んでいた。

「は、ははは……」

少年は苦笑する。

完全に困り切っていた。

こうなった以上、もう部屋からは出られない。

この病弱そうな少女を置いていくことなど絶対にできない。

なぜなら、そういう風に少年は、でき、て、いる。

ここで彼女を置いていくようには、できていなかった。この時点でもう、まるで英雄譚の登場人物のように、彼は作られてしまっていた。

だから、少年は少し妥協して、この少女に付き合うことを決心する。

目標を『言葉の通じる人を探す』ではなく、『言葉を覚える』に切り替える。彼女に協力してもらって最低限の言葉を身につけて、なんとか兵士たちと交渉するのだ。

はっきり言って、勝算の低い賭けだ。

少女が引き止めなければ絶対に選ばない選択肢だろう。

それでも、少年は選んだ。このとき彼は間違いなく、『その他全ての可能性』を捨てて、『二人の少女』を選択した。この千年前の物語の時点で、すでに。

「『こっちはベッド』！　『毎日ここで寝てるの』！」

「ん、んー？　いまのはベッドかな？　あ、布団かも？」

少年も部屋の絨毯に腰を下ろす。

そして、色んなものを指差して言葉を口にする少女から、少しずつ異世界の言葉を学んでいく。

少女は楽しそうだった。

本当に酷い話だが、これが彼女の生まれて初めての楽しい時間だった。

少年は真剣そのものだった。

少しでも早く言葉を覚えようと、少女より先に物を指して聞くこともあった。

幸い、こういった暗記作業が少年は得意だった。とにかく黙々と勉強するのが好きなのである。外界から遠ざかって、違うものに没頭すれば色々と嫌なことを忘れられる。何十時間だって、作業に集中し続けられる適性があった。

そして、さらに幸いにも、少女も教えるのが得意だった。

生まれてから一度も発揮されなかった才能が発揮される。

——数時間後。

短い時間で、少年は『異世界語』の単語だけでなく文法まで、薄らとだが理解する。追い詰められていたからという理由だけでは説明できない速度だった。その本当の恐ろしい理由に気づくのは、もう少しあとの話だ。このとき二人は、自分たちの相性がとてもいいくらいにしか思ってなかった。

こうして、その日の最後に、二人は自己紹介に成功する。

不審に思った兵士たちが塔を上りきってしまう前に、二人は伝え合ってしまう。

たどたどしい『異世界語』で、少年は自分の身体を指差す。

「『僕は渦波』……、『相川渦波』。『君の名前は』……？」

「『私はティアラ』……。『ティアラ・フーズヤーズだよ』……」

少女も同じように自分の身体を指差して答えた。

互いの名前を知った。

渦波もティアラも、ちょっとした達成感を味わいながら相手の名前を口にする。

そして、二度と忘れまいと、互いの名前を噛み締め合う。

「『ティアラ』……」

「『カナミ』……」

暗い塔の中、二人は見つめ合う。

この二人は、ずっと濃過ぎる闇の中にいて、強い不安に包まれていた。

先の見えない恐怖に震えて、孤独に押し潰されそうになっていた。

けれど、ここで一条の光を見出した。

この暗過ぎる夜空で、互いに一つの星を見つけた。

それは運命なんて曖昧な言葉を信じたくなるほどの偶然で。

たとえ、これから永遠の時間を生きたとしても、これ以上ない幸運だった。

希望の星を見つけ合った二人は、最初に学んだ言葉を笑い合いながら、口にする。

「『ティアラ』、『ありがとう』」

「『カナミ』！　『こちらこそ、ありがとう』!!」

二人は感謝し合った。

そのとき、顔が余りに近いことに二人は気づき、恥ずかしさで渦波は目を逸らし、

「――『カ、ナ、ミ』」

ティアラは非常に熱のこもった目を渦波に向けた。

ただ、友人を見つけただけの熱ではない。

一目惚れでもない。

少女にとっては、神に出会ったも同然の邂逅だった。

いま、生きる意味を知り、自らの『使命』を知った。

――これが、本当の始まり。

千年前、辺境の国フーズヤーズ。

その城にある一つの塔。

そこで二人は出会ってしまった。

これが、もっと他愛もない始まりだったならばよかった。

例えば、とある迷宮の中に呼び出されてしまったとか。

しかし、違った。まるで、お伽噺かのような始まりになってしまった。

その余りにロマンチック過ぎる始まりによって、全ての歯車が狂う。

これが、このあとの物語全ての原因。

相川渦波が『異世界』で最初に出会ったのは、妹の相川陽滝でなくティアラ・フーズヤーズだったというだけで――

『星空の物語』という本の厚さは、何百倍にも膨れ上がることになる。

『異世界』の運命は大きく変わり、千年後の未来まで歪(ゆが)みは波及する。

『世界の主』は使徒たちを地上に出したことを酷く後悔し、全ての計画が水泡に帰すことになる。

その分岐点が、この日だった。

なんて物語の始まりがあった。

これをラスティアラのやつは見てしまったのだろう。

聖人の器という生まれのせいで、断片ながらも記憶を見る権利があった。

そして、その登場人物の少女に、尋常ではない感情移入をしてしまったわけだ。

こんなのを見てしまえば、ティアラさんとジークの二人が結ばれるべきだと思うのも無理はない。ティアラさんこそがジークを好きだと主張するのも当然かもしれない。

その主張は『正解』だった。

ティアラさんから『真相』を譲渡されて、全ての事情を知ったことで、その鋭過ぎる洞察力には頭が下がるばかりだった。

結局、昨日の儀式で正しかったのは、ラスティアラ・フーズヤーズだけ。

騙(だま)され、間違えていたのは、ライナー・ヘルヴィルシャインだった。

間違いなく、ティアラさんはジークと出会った瞬間から死ぬまでの間、ずっと異性として愛していた。

当初のラスティアラの疑い通り、彼女の持つ愛情の半分はティアラさんのものだろう。下手をすれば、いまジークが感じているラスティアラへの想いの半分さえも、本当は千年前の……、はあ。

溜め息が出てしまう。

ジークが過去の全てを思い出したとき、大変気まずくなることだろう。

一度、気づけば終わりだ。これから先何があっても、そのラスティアラへの愛情の中にティアラさんの影が、ちらつき続ける。かといって、それに気づいたときには、もう別れることなどできないほど深みに嵌っている。

その状態こそが、ティアラさんの狙いの一つ。

『自分がいなくても、自分を愛して貰うこと』。

本当にティアラさんは、ラスティアラとよく似ている。

似たもの同士過ぎて、笑いが出てくるほどだ。

ただ、似てはいても、その年季が違った。

年齢で比べれば、四と千なのだから当然の話だが、ティアラさんは完全にラスティアラの発展型と言える。

ティアラさんのほうが、より重度で、より嘘をつくのが上手い。

その演技力といったら、演劇好きが高じて女優レベルにまで至ってしまっていて。

そのスキルの数たるや、弟子をし続けたことで聖人レベルに至ってしまっていて。

なにより、その愛情の濃度に、子供と大人ほどの違いがあった。

ラスティアラの『好き』が万能だったように、ティアラさんも同じく万能だった。

──ただ、桁外れに愛が深く、重く、濃い。

だから、先ほどの『星空の物語』の続きは、こうなる。

『異邦人』に病気を治してもらって、元気になったティアラさんは塔から出る。次に彼女は、計算高く周りに気を遣いながら、想い人の傍に居続ける方法を探し始めた。異性として好きであると悟られてしまえば、妹さんや使徒に睨まれるのはわかっていた。ゆえにティアラさんは、想い人を師匠として慕っているという演技をする。

これならば角が立つことなく、みんな楽しくやっていけると思ったのだ。

同じ舞台に立って、みんなと一緒に笑っていられることを優先した。

みんな笑顔で、みんな幸せで、みんな一緒のハッピーエンド。

たくさんの星が瞬き煌く完璧な物語こそが、彼女の信念であり、生き様。

生まれついて傲慢で、強欲過ぎる『強い人』。

それがティアラ・フーズヤーズの本性。

千年前、彼女は強かに生きた。

決して、その感情を悟られないように、慎重に生きた。

　各地で悪さをする『魔人』の討伐に参加し、『魔の毒』を分解する術式の開発を手伝い、各国の安定に尽力して、魔法の基礎を少しずつ築いていった。

　ジークが『始祖』と呼ばれて、ティアラさんは『聖人』と呼ばれた理由がこれだ。

　しかし、途中で三人の『使徒』たちの計画が一つ崩れる。

　妹さん――相川陽滝の治療に失敗し、千年前のジークが暴走を始めてしまったのだ。

　それを予期していたティアラさんは『魔石化』という魔法を持ち出して、ジークの説得を行う。ただ、そのときには『理を盗むもの』たちの戦争は末期に至り、世界を滅ぼす『世界奉還陣』も発動してしまっていた。

　結果、多くの登場人物が死んだ。

　それを『代償』に、人同士の戦争も『異邦人』と『使徒』の戦争も終わった。

　生き残ったのは四人だけ。

『始祖』カナミ。

『聖人』ティアラ。

『使徒』レガシィ。

『火の理を盗むもの』アルティ。

　この四人だけだった。

　戦後、全てをやり直す為の『迷宮』計画が立てられる。

　これで治療に失敗した相川陽滝は元通りになり、無念のまま散っていった『理を盗むもの』たちも救済できる。そんな予定の計画だ。

戦争後は、何もかもが上手くいっていた。

もう誰もいがみ合うことも争うこともない世界に近づいていた。

ティアラさんの望む完全無欠なハッピーエンドに向かっている……ように見えた。

そうはならない。

その契機をもたらしたのは『使徒』レガシィ。

平和な日々の中、生き残りの一人が裏切りを白状する。

これが偽りのハッピーエンドであると『使徒』が、『聖人』と『火の理を盗むもの』の二人に伝えた。

まだ本当の敵が残っていること。

『理を盗むもの』たちと『使徒』たちとの戦い全てが茶番であったこと。

全てが一人の少女の手の平の上であったこと。

千年後に本当の戦いが待っていること。

――全てを白状した。

ティアラさんは考える。

もう時間はなかった。

例の『迷宮』が完成する前に選択しないといけない。

このまま、『彼女』の手の平の上で踊り続ければ、始祖カナミと幸せになれるのは間違いない。きっと百年ほどの間、夫婦のように暮らせるだろう。それだけの絆(きずな)が二人の間にはあった。

はっきり言って、それをみんなに許される積み重ねもあった。

異性として、ティアラさんはジークのことが好きだ。

彼と幸せになりたいというのは、世界で一番愛している。

しかし、ティアラさんは自問自答していく。

本当に、それだけでいいのか？

それで、私は満足できるのか？

そのあとに待っているであろう本当の戦いを見過ごして、終わってもいいのか？

おそらく、その戦いに参加できるのは私くらいだ。

『異邦人』でも『使徒』でも『理を盗むもの』でもない『人』の私だけだ。

その『人』である責務を放棄して、そんな終わり(ベターエンド)で私は納得して死ねるのか？　本当に？　もしかしたら、陽滝姉は千年後、あの約束を信じて、私を待っているかもしれないのに……？

ティアラさんは迷った。

約束されたことを受け入れるか否か。

『たった一人の運命の人』か『その他の全て』か。

その結果、ティアラさんが出した答えは――

「もう二度と間違えないよ……。私が一人だから駄目なんだ」

そう呟(つぶや)いて、どちらか一つという選択を拒否する。

どちらか一つではなく、両方を。

誰か一人でなく、全員を。

師匠と結ばれながらも、全部救ってやる。

完全無欠のハッピーエンドを目指してやる。

そう決意したティアラさんが、目をつけたのは一つの魔法。

すぐに、とある魔法の修得にかかる。

前例があった。

全ての問題を解決してくれそうな魔法が、もう存在していた。

師が先んじて、可能性を示してくれていた。

――魔法《影慕う死神(グリム・リム・リーパー)》。

『契約』『代償』『親和』、『永遠』。

当時の魔法技術の全てが、その魔法には結集していた。

ティアラさんの出した回答は単純。

魂の分散。その高過ぎる『数値に表れない数値』が、『魔石人間(ジュエルクルス)』の本当の利用法を見つけてしまう。

いまの私で無理ならば、いまの私をやめるしかない。

一人が駄目ならば、一人をやめればいい。

つまり、『人』でなくなればいい。

『理を盗むもの』でもない。

『使徒』でも『異邦人』でもない。

全く新しい『存在』。

――『魔法』。

私と師匠の二人で創った『魔法』こそが、全ての答え。

そうだ。

『本当の魔法』に、私自身がなるんだ。

生死も我も超越した現象となれば、一人じゃない。

世界中のみんなが使う『魔法』になれば、きっとみんなを同時に幸せにできる。

ああ、やっとわかった……。

そういうことだったのだ……。

あの日、私が師匠と出会ったのは、この為だ。

師匠に弟子入りし、ここまで辿りついたのは運命だった。

これで『永遠』に、挑戦できる。

師匠とだって、ずっとずっと死ぬまで一緒だ。

偽りのベターエンドではなく、完全無欠のハッピーエンドに至れる。

その後(ご)、ティアラさんは他の登場人物三人との生存競争に見事勝利して、世界の最後の登場人物(ひと)となった。

たった一人生き残った偉人として、フーズヤーズ国にて君臨し、世界全土を支配して、操り始める。

千年後の舞台を作る為に、『魔石線(ライン)』や『レヴァン教』を世界に広めていった。

都合のいい『予言』を残してから、どう『過去視』されてもわからない偽りの歴史を紡いでいった。たった一人で。孤独に。死ぬまで。ずっと。

その人生に曇りも迷いもなかった。これから先、避けようのない永遠の苦難が待っているというのに、ティアラさんは笑顔だった。

百年かけて老衰死するまでの間、ずっとずっとティアラさんは笑顔だった。

ティアラさんの胸の中には、ただ感謝が詰まっていた。

この道を進むことを彼女は受け入れていた。

心から納得していた。

みんなを幸せにすることが、私を幸せにしてくれたみんなへのお礼だから。

そう信じて。

『聖人』ティアラ・フーズヤーズは身体(からだ)を捨てて。

『魔法』ティアラさんになって。

千年後、僕と出会う。

それなりに信用できそうな『人』。

ライナー・ヘルヴィルシャインという都合のいい記憶の預け箱を見つけて「やはり自分は幸運だ」と再確認して、ティアラさんは笑ったらしい。

ティアラさんの計画は、また一歩、完全無欠のハッピーエンドに近づいた。

幸か不幸か、僕は全てを知ることになる。

…………。

……………………。

……これで大体の記憶の整理は終わりか。

多過ぎる記憶に混乱したが、大筋は捉えられたはずだ。

正直、まだ全ての確認は終わっていない。意図的な記憶の穴があるのも感じる。

しかし、短期間で無理をしてしまえば、情報を処理し切れずに倒れてしまうだろう。細かなところは、時間をかけて見聞していくしかない。

慎重に、ゆっくりと、やっていこう。

まだ時間はある。まだまだ道は長い。

ティアラさんやジークたちと違って、まだ僕だけは、自分の物語のプロローグにすら辿りついていないのだから。

あとがき

十三って格好いい数字ですよね。

『異世界迷宮の最深部を目指そう』十三巻、手に取って頂きありがとうございます。

コミカライズ一巻も同時発売なので、そちらのほうも手に取って頂けると嬉しいです。

今回の「ラスティアラと決着をつける書籍十三巻」と「ラスティアラとの出会いが描かれたコミカライズ一巻」は併せて読むと、より面白みが増すと思います。

担当して頂いた左藤先生のおかげで、コミカライズは本当に物語が洗練されていて、楽しく、読みやすく、非常にオススメです。書籍では表現し切れなかった様々な表情を見ることができて、キャラクターたちが世界の中で生きているのを感じることができます。この大きな節目となる十三巻を迎えたからこそ、ヒロインたちが楽しそうに笑っているのを、コミックで読んで欲しいと願っています。

書籍本編のほうは、十三巻を迎えて本当に色々な決着がつきました。

主人公はメインヒロインと結ばれて、前巻で大切な妹は（まだ眠ったままですが……）既に奪還済み。もうここで終わっても不思議ではないくらいのハッピーエンドっぷりです。

しかし、作者的には、この十三巻までは所謂「異世界迷い込み系の王道物語」でしかなく、序章だと思っています。

ここから、異世界の核心に迫る『相川兄妹編』に入り、まだ残っている謎を解明していき、相川渦波が主人公ならではの物語が続いていきます。

予告宣伝するならば、次巻は——見事カップル成立となったカナミとラスティアラ。しかし、まだ決着をつけなければいけないことは残っている。大聖都という新たな舞台で一年前の仲間たちを探す中、元妻を自称する『光の理を盗むもの』ノスフィーが現れて、さらには新たな敵や懐かしい顔までもが——といった感じになりますね。

乞うご期待です。

……最近は、左藤先生のコミカライズを何度も読み直しているので、この物語を書き始めたときのことをよく思い出します。正直なところ、ここまで（十三巻まで）来られるとは、当時全く思っていませんでした。

色々な方々に助けられたおかげです。

いつも最高のイラストを描いてくださる鵜飼先生、私の小説を見つけてくれた編集さん、何よりも読者さんたちに、感謝を。

本当にありがとうございました……！

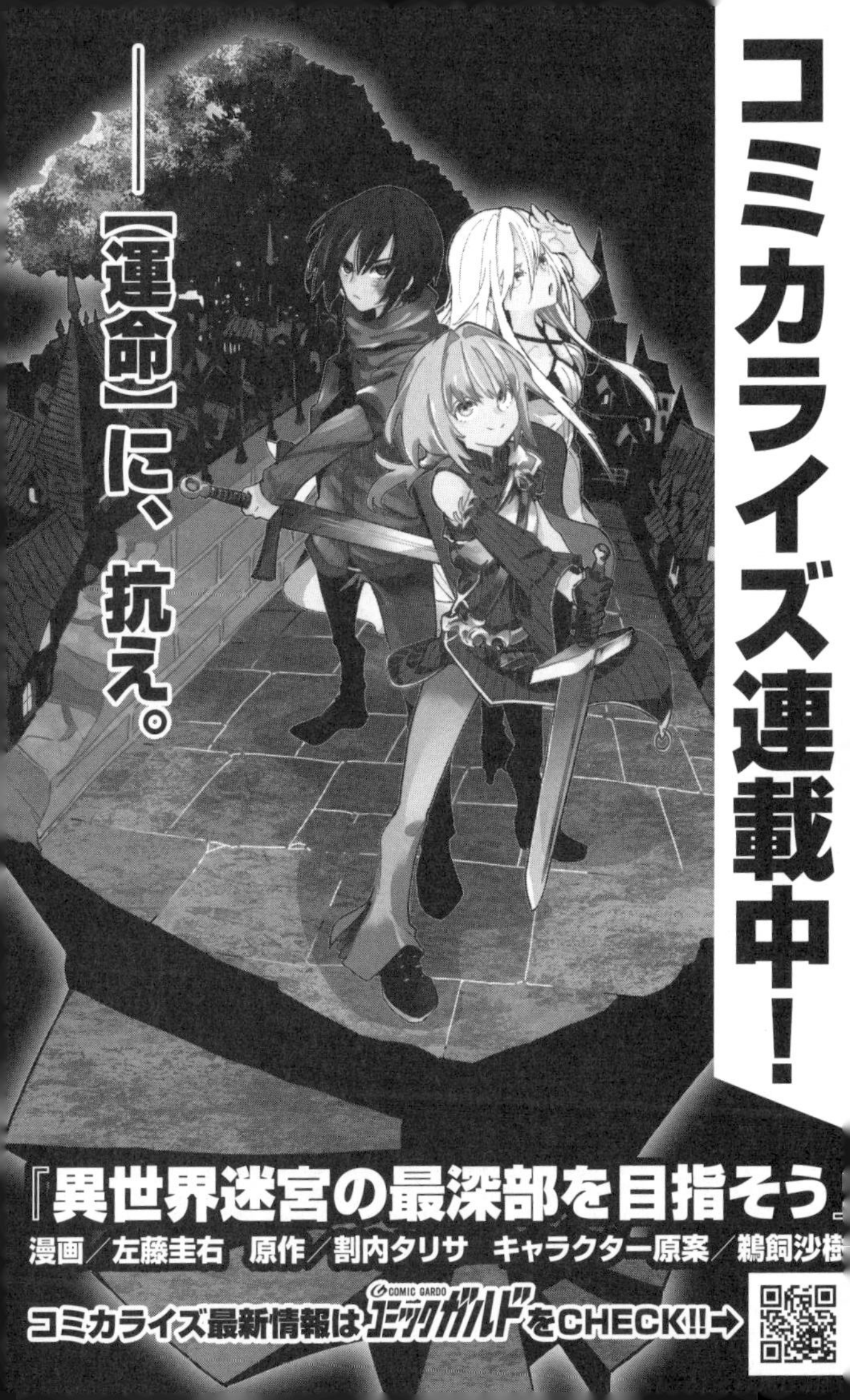

作品のご感想、
ファンレターをお待ちしています

あて先
〒141-0031
東京都品川区西五反田 7-9-5 SGテラス 5階
オーバーラップ文庫編集部
「割内タリサ」先生係／「鵜飼沙樹」先生係

異世界迷宮の最深部を目指そう 13

発　　行　2020年1月25日　初版第一刷発行

著　　者　割内タリサ
発 行 者　永田勝治
発 行 所　株式会社オーバーラップ
〒141-0031　東京都品川区西五反田 7-9-5
校正・DTP　株式会社鷗来堂
印刷・製本　大日本印刷株式会社

Printed in Japan　ISBN 978-4-86554-602-6 C0193

オーバーラップ　カスタマーサポート
電話：03-6219-0850／受付時間 10:00～18:00（土日祝日をのぞく）

オーバーラップ文庫
信者ゼロの女神サマと始める異世界攻略
Clear the world like a game with the zero believer goddess
第5回
オーバーラップ
WEB小説大賞
〈金賞〉
受賞作

手にしたのは、絶望と──最強に至る力

クラスメイトとともに異世界へと召喚された三森灯河（みもりとうか）。E級勇者であり、「ハズレ」と称される【状態異常スキル】しか発現しなかった灯河は、女神・ヴィシスによって廃棄されることに。絶望の奈落に沈みつつも復讐を誓う彼は、たったひとりで生きていくことを心に決める。そして魔物を蹂躙し続けるうち、いつしか彼は最強へと至る道を歩み始める──。

著 篠崎 芳　イラスト KWKM

シリーズ好評発売中!!